生命的课堂

L'École
buissonnière

[法]尼古拉斯·瓦尼耶——著
Nicolas Vanier

王猛——译

湖南文艺出版社
HUNAN LITERATURE AND ART PUBLISHING HOUSE

博集天卷
CS-BOOKY

目录

楔子

1910 年 8 月，索洛涅

夜幕降临时，炎炎夏日炙烤的大地上升起一阵灰色的薄雾，矮树丛里一头鹿探出头来。它的身形在厚重的水汽中跳跃着，仿佛游弋在两条河流之间。

追踪它许久的玛蒂尔德头脑有点发热，她停留在原地一动不动。就在刚才，她悄悄地靠近了这头鹿，现在离它只有五十多步远。尽管周围的灌木扎得她浑身不舒服，天也越来越暗，她还是大气都不敢喘：这是一头健壮的年轻公鹿，估计将将三岁左右，因为看不到鹿角的根部，她还不能完全确定它的年龄。如果它能逃过猎人的围捕长到成年的话，一定是头外表非凡的雄鹿。它的角已经长得相当高，分为两个顶枝，将来一定会长得更高：应该会生出十二个或十四个叉角来，甚至可能更多。玛蒂尔德突然打了个哆嗦，但是她不敢上前去，生怕把它吓跑了。在紧张地嗅了嗅湿润的空气之后，年轻的公鹿发出了一声嘶哑的呻吟声，然后慌张地跺起脚来。通常来说，它应该跟鹿群待在一起，但是看上去它好像一个巡游者一般独自在流浪。再说，如果它真的属于这片林子的话，她早就应该发现它了。这里是她的地盘，她熟悉这里的每一寸土地，每一个池塘，每一片水洼，每一簇灌木，每一棵橡树和山毛榉，还有这里住着的每一头野兽……

她是伯爵的女儿，但是村里人都叫她"野姑娘"。尽管出身高贵，她既不爱慕虚荣，也不愿与那些贵族为伍。虽然大家给她起了这么一个有点嘲讽意味的名字，但这其实是对她的爱称。所有人都尊敬她，就连村里的老人都承认这个小女孩天生嗅觉敏锐，是个追踪鹿群的好手。她能准确判断鹿群的移动方位，追踪猎物的痕迹，预测它们的下一个动向。她对鹿角的了解超越所有猎手，她还知道哪头鹿的鹿角当取，哪头鹿的应该留着。她天性大方，乐于把领地上的麦穗、蘑菇、浆果、野菜、香料和草药分给大家。她的父亲，埃尔代涅领地的主人安托万·德·拉谢奈伯爵，虽然在公开场合时听到女儿这个野姑娘的名号总装出恼怒的样子，但私下里却很享受。玛蒂尔德没有像好人家的姑娘一样学习画画和舞蹈，而是整天穿着裤子起早贪黑地混在林子里，这并没有让他不高兴。不过有些时候，他也会不由得为女儿无拘无束的样子心里发愁，想着必须让她丢掉这些假小子的作风，好早点嫁人。于是他就会暗自下定决心要对她更加严厉一些，然而她一个灿烂的笑容，一个天真的表情就能让他立刻动摇，把管束女儿的责任推到下一年去……每个社交季节开始之初，他总会出于自责而在家中举办宴会邀请宾客前来参加。自从妻子去世以后，他已经很少举办这类活动。但是每次举行宴会时，玛蒂尔德的样子总会让他想到一只被剪去翅膀关在笼中的小鸟。她长得是那么漂亮，却总在这时失去平日里的光芒，而只有当她出发去荒野和森林时，才会重新恢复光彩。在这一点上，她的哥哥跟她正好相反，他只有在举办喧闹的聚会时，才会去领地上转一转，为的是在他巴黎来的朋友面前显摆一番。他号称来这里是为了休息，因为平时学习法律太辛苦，然而他的成绩一点也不突出。

　　小鹿闻了闻地上的青苔，打了个哈欠，看着有点好笑。接下来它便高昂起头，迈开四条长腿向前走着，看上去十分机敏。突然一种气味让它警惕起来，它停下脚步，翻了翻鼻孔，冲玛蒂尔德的方向看了过去。虽然相隔了五十步，但她还是感受到了它炽热的目光，这目光中好奇的成分大过焦虑。它向她走近了几步，再次盯着她看，对她的存在丝毫没有感到惊讶。它用鼻子优雅地喷了口气，然后穿进茂密的小树林消失不见了。玛蒂尔德深吸了一口气，这时才意识到从这头鹿出现到现在她一直都憋着气。一股强烈的情绪突然让她的心揪了起来，是出于对未来的一种预感还是一时的伤感，她说不清楚。这头鹿比起其他任何动物都更触动她，也许是因为它身上兼具的力量与柔弱，它优雅的肢体还是那么柔弱，却又蕴含着强大的力量。她不会告诉父亲自己见到了这头鹿，因为安托万·德·拉谢奈肯定会抵抗不住诱惑，他会在三四年后等到恰当的时机把它抓住，把它的角挂到陈列家族战利品的大楼梯上。玛蒂尔德虽然也喜欢参加一些组织得很好的狩猎活动，但十分受不了这种阴森的展示猎物的行为。没头的鹿角会让她想起那些被砍掉鹿角死去的雄鹿，她更愿意用笔把它们捕捉进自己的速写本中去。每一个季节，她都会在速写本上画那些还未成年的鹿，记录它们身上的每一个细节，通过这些细节，她能辨认出它们中的每一只。久而久之，在幼鹿还未成年之前，她就能猜出它们的角将来会长多大，有多少叉角，侧枝间距有多宽，甚至连鹿角盘和顶枝分叉的形状都能猜得出来。她不仅把生活在这片土地上的鹿群的谱系图画了出来，还能认出发情期闯进来的外来公鹿。根据它们的个性和特点，她给每一头鹿都取了名字：小红、跳跳、修道士、疯子、老祖……如果那头小鹿再回来的话，她一定会给起名叫"领主"，因为它肯定会长得漂亮非凡，大概会是这片土地上有史以来最漂亮的一头鹿……她从背包里掏出速写本，用铅笔迅速地画出了鹿头的轮廓和侧角的形状，把它的样子记录下来，然后在旁边草草写道："领主，1910年8月21日偶见于小树林。"写完之后，带着因为这次相遇而感受到的幸福，她迈出欢快的脚步离开了。此时的她怎么会想到，就在这一天，她人生的轨迹就要发生改变？

她沿着林子边缘走回了正在建设之中的铁道，那里有一条森林小路直通城堡。在要拐弯的地方，她突然看见一群铁道工正在修一个扳道岔，离他们几步远的地方是这片领地最高的那棵橡树，那树已经有三百岁了。她慢慢地向他们走去，当其中一个人直起身来看向她时，她突然胆怯起来。走近时，她看见红彤彤的太阳照亮了他那夜行动物一般的绿色眼睛。她无法把视线从他身上移开，慌乱地从嘴里蹦出了一句："你好！"那男子走上前一步，冲她露出一个大大的微笑，那温柔的笑容让她瞬间呆住了。

"我叫让。"

L'École buissonnière

第一部分

离开巴黎

1

1922 年，巴黎北部郊区

一群铁道工手里拿着呼呼作响的焊枪围着几根巨大的铁杠忙碌着，这些铁杠将构成一个强大的加固构建的骨架。巨大的建筑物墙面上的砖已经被附近工厂释放的黑烟熏得漆黑，他们的脸藏在沾满油污的面具后面，那油污跟那些砖几乎是一样的黑。让起身站立了一下，检查一下大家是不是都在一个进度上。他们的工作十分关键。战争末期的大轰炸把一座桥的地基给震松动了，这个钢组件应该能稳固地基，虽然把桥拆了可能会更省钱，而且他们的工具也没有很顺手。让正要继续干活时，一个声音叫住了他：

"喂，伙计们，快去找马尼昂。现在就去！"

工头站在金属楼梯上，俯瞰着整个车间，大喊着想要压过周围的噪声，但是只有让听见了他的声音。让拍了拍帕特里斯的肩膀，一边把手里的焊枪关了。

"别干了……去找马尼昂吧。我敢跟你打赌他又得嚷嚷工期的事。他自己下来焊接一次就知道了！我在维尼奥就跟他说过，应该把这活交给 46 车间干。我们这儿连干活的工具都没有！"

"等着瞧吧。我们又能歇一会儿了！"

"还休息呢……马尼昂总是让我浑身不自在。快点去吧……所有人！"

其他人已经把手里的活停了，焊枪也放下了。他们伸了伸懒腰，向四周走几步，放松一下酸痛的肌肉，然后一边抱怨着一边把头上的面罩摘了下来。在工作期间突然召集大家可不是常见的事，但是没有一个人敢胡乱猜测。他们知道如果有什么问题的话有卡拉代克挡着。卡拉代克是个勇敢的人，他性格坚毅，尽管有时候有些爱发脾气。他们排队爬上楼梯，楼梯那头连着一个装着刺眼的霓虹灯的长长过道。过道尽头连着一个更小的楼梯，通向经理办公室。韦罗妮克抬起眼睛从大大的金边眼镜上沿看着他们。

"一个一个进去。让，你第一个进！"

这位平时几乎可以当作朋友相处并可以轻易开玩笑的女秘书，脸上挂着一种难以捉摸的表情。

"他想要干什么？"

"没什么好事。他会跟你解释的。"

让的眉头皱了起来，这次他真的有些担心了。虽然马尼昂平时喜欢摆个官架子，对老板们阿谀奉承，但是韦罗妮克不会平白无故地摆出这么一副严肃的表情。在一次年终聚会上，让跟她的老公吕西安成了朋友。吕西安在一家图书馆工作，让跟他可以无所不谈。他们几乎每个周末都会碰面喝上一杯，而且吕西安经常给让的儿子带书看，那孩子已经养成了每周看上两三本书的习惯。

"我进去了。"

　　他进去之后，经理冲他点了点头，但是并没有示意他坐下。他这么做要么是想快点结束谈话，要么是想要彰显一下他的权力，或者两者兼有。这更加剧了让心中的疑虑，他两手下垂，一声不吭，等着经理开口说话。马尼昂知道这么难为下属也没什么用，于是强挤出一个笑容，开始说道：

　　"卡拉代克先生，我有一个好消息。您会挣更多的钱，还能去旅行。"

　　"旅行？"

　　"您知道阿尔及利亚吗？"

　　"阿尔及利亚？！"

　　"是的，阿尔及利亚……"

　　"我们需要派人去那里管理从班舒尔特到辛高乌尔的新铁路上的扳道岔。"

　　"可是我不行啊！我有一个儿子。"

　　"您可以把您儿子留在他妈妈身边……"

　　"先生，我妻子已经去世了，我早就跟您说过！全是我一个人在照顾他。"

　　"这样的话，把他交给家里人吧。"

　　"家里人？什么家里人？"

　　"老伙计，听着，这不是我的问题。我不可能帮我手下的 80 个人照看孩子，更不要说他们的老婆了。我现在跟您说的可是一个重要项目！"

　　"先生，我没有别人可以托付孩子，而且我也不会去阿尔及利亚，就算是涨工资也不去。"

　　马尼昂在椅子上坐直了身子，气得脸色发白，把一切客套都抛到了一边，轻蔑地说道：

"卡拉代克先生，您还没搞清楚状况。这不是一个选项，而是一道命令。作为巴黎－里昂－地中海铁路公司的员工，您当然享有一定的权利，但是您也得履行一定的义务。军队征用了我们公司，您别无选择。实在不行，就把您的孩子送去寄宿学校吧！现在孤儿这么多，寄宿学校可不缺！"

放学的时候，保罗总是从同一条路走到商业街上，因为街道两旁的商店橱窗看上去就好像一个个微缩世界。在那条街上，有食品杂货店，店里有一个装满棉花糖的玻璃罐，就摆在许多罐头中间，每周四，他都会来买一个便宜的棒棒糖吃；有针织品商店，是穿着束腰蓬裙的女士们爱去的地方；有充满笑声和谩骂声的咖啡馆；有卖各种新奇玩意的女商人，保罗就算只听到她的名字都会感到开心，她会在铺着天鹅绒的托盘里展示各种小饰物、手套和带面纱的帽子。街上还有飘着血腥味的肉店，就在科马尔太太的楼前。科马尔太太是他们的"厨娘"，他爸爸就是这么开玩笑地叫她的。在门铃上按了三下之后，保罗耐心地等了好长时间，因为这位善良的女人自从1918年大轰炸之后就一直遭受着胯部疼痛的折磨，没人清楚这个丑陋的"大贝莎"[1]除了能把人搞得焦虑不安之外，是怎么把自己搞跛的。她似乎总是能知道谁来拜访她，因为她递过来的饭盒正好是他今天早上放在她那儿的，饭盒里装着满满的还热乎的饭菜。那是他们的晚饭，雷打不变的土豆或卷心菜，零星搭配点肥猪肉或其他便宜的肉类。然而那天，当门终于打开来的时候，一阵油炸洋葱的味道飘了出来，科马尔太太沉着脸看着他，保罗勇敢地试着朝她笑

1 德国在一战期间使用的重型榴弹炮。

了笑：

"夫人，您好！这饭闻着好香啊！"

"你爸爸没跟你一起过来？"

"没有。他这个时间总是在上班。"

"他没让你给我带点什么东西？"

"没有。"

"呃，好吧，你给他带个话，告诉他我这里不是救世军！他欠我的钱已经拖一周了。"

"我会跟他说的。"

"好。要不然这个饭盒很快就会变成空饭盒，我不会再往里面装饭了。"

"我向您保证……"

她没好气地把饭盒递给了他，然后就把门狠狠地关上了。保罗松了口气：明天一定得付她钱了，不然她会抱怨得更大声！只要他父亲能有点钱……有时候，如果他们房租晚交了几天，那头老母羊就会又是嚷嚷又是威胁，不知道的还以为是她被人抢了呢！这不公平，因为让·卡拉代克是个讨厌欠债的人，他总说小老百姓就是应该保持忠诚正直的作风！保罗心有余悸地走到了他们家附近街角的面包店，买了够两天吃的面包。面包也是赊的账，还好面包店的老板娘没有给他一句冷言冷语。

一回到家之后，他就开始抓紧时间做作业，作业是背诵一段课文和几道算术题。作业一完成，他就迫不及待地一头扎进小说《苦儿流浪记》中去。这本书他去年就已经读过了。他喜欢看冒险和旅行小说，但是尽管他努力地放慢阅读速度，还是看得太快了，所以经常落个没书看的下场。

晚上快 7 点的时候，他把小煤炉烧起来，把饭盒放在上面慢慢加热。爸爸还没有回来，但是保罗并不担心。周五的时候，他经常会跟他那个当图书管理员的朋友去工厂旁边的布朗利酒吧喝一杯。也许他会给他带回来几本赫尔曼·梅尔维尔的小说，学校的女老师曾经推荐过他的书。

他把胳膊肘架在窗台上，有点无所事事，犹豫着要不要把剩下的书看完。透过工厂布满灰尘的玻璃窗，他看到外面下起了一阵密集的小雨，雨水在地面上冲刷出来的泥泞的水流沿着斜坡流到马路上的窟窿里，形成一个个水洼。两名工人一边用手压着鸭舌帽，一边跳着走过马路。在他们后面，一辆盖着挡雨布的马车，在颠簸的路上摇摇晃晃地走着。门砰地响了一声，让骂骂咧咧地走了进来。看着爸爸眉头紧皱的样子，保罗猜出他心情不好，于是就没有提一句关于科马尔太太的事情。

"小保罗，出事了。"

"爸爸，我光看你的脸就知道了。"

让叹了口气，然后半带着微笑地说道：

"你总是什么都能猜到……"

他的神色突然又黯淡下来，把要说的话像烫手山芋一样甩了出去，比他预想的要直接得多：

"我被部队征召了，要去阿尔及利亚工作。"

保罗兴奋得一下子从沙发上跳了起来。

"太好了！你觉得我们会去沙漠吗？那里肯定有很多骆驼，也许我还能骑骆驼呢。我们还可以在绿洲里睡觉，吃椰枣，对吧，还有……"

"不，保罗，我刚才话说得有点快，征召不包括你。我没有权利把你也带去。我要带着我的团队过去。我们的家人得留在法国。"

"如果你把我留下，那我要去哪儿呢？"

"我有一个想法。"

有人敲门的时候，塞莱斯蒂娜正在剥一只兔子，那兔子是她丈夫在菜地门口抓到的。她觉得有点奇怪，因为从来没有人在进狩猎监督官的家里时会敲门。看到门前站着的邮递员时，她的心突然跳了一下。五年前，同样是这个人把一封宣布死讯的电报交到她手里。自那以后，这个正派的小伙子再见到她时总是有点不知所措，而她见到他那张涨红了的大脸，也总是心里有点不自在。

"是你啊，埃内斯特。呃，你好！是有博雷尔的信吗？"

"不是。信是寄给塞莱斯蒂娜·博雷尔的。从巴黎寄来的。"

还没等她邀请他进屋，他就递过来一封贴着邮票的信，然后急忙说了声再见就走了。塞莱斯蒂娜也不以为意。当她看清寄信人的名字写着"让·卡拉代克"时，心猛地跳动起来。千万不要是什么坏消息啊！她按捺不住焦急的心情，撕开了信封，立刻读了起来。

1922 年 6 月 5 日，圣丹尼斯

亲爱的塞莱斯蒂娜：

请不要埋怨我这么久没有消息。孩子一切都好。他长得还是有点瘦弱，但是已经长高了不少。他的学习成绩非常好。至于我的话，自从我亲爱的玛蒂尔德死了之后，生活没什么大的变化。我的工作很忙，下班时间都用来照看孩子。我最近被征召去阿尔及利亚，至少要在那边工作四个月，我不知道要怎么安置他，因为我没法带他跟我一起去。我没有任何人可以托付他，他以前的奶妈已经退休了。我现在是一筹莫展。只有您是唯一一个关心他，还给过我和玛蒂尔德许多帮助的人。您能替我从这个月底起照看他到圣诞节前吗？当然，得想办法让旁人以为他是您某个熟人的儿子……如果您在和丈夫商量之后，愿意考虑这个问题的话，我会在我出发前，6月的最后一周带着保罗到您这儿来。

最热烈的问候。
让

"哦，上帝啊！"

塞莱斯蒂娜把信反复看了好几遍。心脏在胸腔里剧烈地跳动着，喜悦之中又开始有些慌乱。她能管住自己的嘴巴保守住这么一个天大的秘密吗？要瞒住伯爵老爷可能有点难，但是她知道怎么糊弄他。但是博雷尔可有点不好办。她丈夫生性多疑，她不想告诉他真相，因为他会小题大做，尤其是在他知道这可能会威胁到他狩猎监督官的工作之后。她两眼发直地想了一会儿，最后想要见到玛蒂尔德儿子的心情还是战胜了各种顾虑。她着急忙慌地去找信纸，但转念一想又改了主意。明天，她要趁着赶集的机会去寄信。就算是在最坏的情况下，她又能有什么风险？丢掉工作？最好不过！

塞莱斯蒂娜突然感到有一种她许久没有经历的叛逆的冲动涌上心头。这里的一切都发生得太理所当然了！多说一句谎话，少说一句又会怎么样呢……

在他寄出信和接到回信的十几天时间里，让在脑海里把问题的方方面面都反复思考了一遍，他害怕被拒绝，也怕节外生枝。他知道要让善良的塞莱斯蒂娜撒谎不是件容易的事。在知道他们夫妻俩的秘密，又成为他们的共犯之前，塞莱斯蒂娜是玛蒂尔德的奶妈，她一直在拉谢奈家族干活。伯爵老爷应该知道她帮助过他俩私奔。她还会因为一个几乎没见过的孩子再撒一次谎吗？毕竟她只是在玛蒂尔德死后第一次到巴黎来的时候，才见过保罗。那时保罗还只是一个孱弱的早产儿，他母亲在生完他之后就因为产后大出血去世了，都没能来得及把他抱到怀里。

让对那几天发生的事情只存有一片模糊的记忆，悲伤的情绪彻底击垮了他，直到一个月之后，他才从那段噩梦般的日子走出来。那段时间，是塞莱斯蒂娜不顾自己的痛苦，也不顾伯爵和她未婚夫博雷尔的阻拦，过来帮助他、照顾他。在她回城堡之前，她还想办法替他找到一个女人来帮他照顾儿子，好让他早点恢复精神。那段时间，让就如同行尸走肉一般，他和玛蒂尔德爱情的结晶小保罗，是他活下去的唯一理由，是小保罗救了他。

开始的时候，他们互相之间还写过几封信。他聊聊保罗，塞莱斯蒂娜说说她迟来的婚礼（她结婚时已经三十八岁了），但是两个人都小心翼翼地不去触碰心中的痛处。后来，随着时间一点一点过去，为了不给她造成困扰，同时也是因为她会让他想起那段历历在目的痛苦过去，他刻意停止了给她写信。世界大战来临，夺走了许多人的生命，也让人不再纠结什么公平、正义。让不再关心她的情况如何。1918 年年底，战争结束后，他重新拾起了铁道工的工作，成了班长。他尽心尽力地抚养着保罗，但是对玛蒂尔德的思念却让他无法完完整整地活着，就算她已经离开十一年了。

他现在开始后悔自己在给塞莱斯蒂娜写信这件事情上的草率了。如果她回绝的话，他将只能把保罗送去寄宿学校，一想到这儿，他就开始心里一阵难过。他父母很早就去世了，而他唯一能寻求帮助的表哥已经在1914年的11月头部中弹，死在一条战壕里了。至于玛蒂尔德的家人，还不如当他们根本不存在。伯爵在得知女儿结婚的消息后，和她断绝了父女关系，保罗的出生也没能让他回心转意。更何况，让下定决心要把那个冷血的老人从他们的生活中抹去。玛蒂尔德死后，他只是遵照她的遗愿，给他发去了一封死亡通知，并告诉他遗体到达领地的日期。远在悲剧发生之前，也许是预感到自己将来活不长久，玛蒂尔德曾让他发誓将来一定要把自己安葬在家族墓穴她母亲旁边。

伯爵没有回他的信，这也正合他意。玛蒂尔德活着的时候，他们就没有说过话，她死了更是意味着他们之间再也没有任何交流和原谅的可能。

在离他出发去阿尔及利亚的日子还有一周的时候，就在他已经不抱希望之时，塞莱斯蒂娜的回信到了。

亲爱的让：

我希望您没有怀疑过我的答案。我非常高兴地告诉您我愿意！我们可以把一切事情都安排好。我已经想好了一个小谎，让大家都以为保罗是我的侄孙子，这不会给任何人带来麻烦。您可以想象得到，我现在正迫不及待地等着您和您儿子的到来。23日周四有一趟下午3点15分到的火车。我会去火车站等你们。请接受我最热烈的问候。

您忠诚的

塞莱斯蒂娜

让的眼眶湿润了。这个毫不犹疑地帮助他和玛蒂尔德私奔，敢于对抗一切的女人一点也没变！她没有否定任何过往，也没有忘掉一切！

他算了一下，完成准备工作至少要花四天时间，他得打包行李，还清几笔欠款，把他们的小房子转租给韦罗妮克刚到巴黎的妹妹临时居住。出发之前，他还有大把的时间……

2

保罗从来没有离开过圣丹尼斯，除了去翁弗勒尔参加父亲朋友婚礼的那次。一想到可以再次坐火车出门，他就高兴得不能自已。他想象着自己坐着火车穿行在美国的大西部，又或者是在西伯利亚大铁路上奔驰，进行一趟世界上最长的旅行！然而，他不知道还有更大的惊喜在等着他。当他正要走进一个车厢坐下时，爸爸拉着他走向了巨大的火车头，并示意他爬进去。作为铁路员工，卡拉代克享有一些特权，只是他从来不用。但是以他对儿子的了解，他知道安排这次火车头旅行将是他在这次离别之前能送给儿子的最好礼物。在跟两个忙着发动火车的铁道工打过招呼之后，他开始给儿子讲解蒸汽机的运行原理：司炉负责给锅炉加水添煤；司机是火车真正的主人，负责控制刹车，并根据情况调整火车的速度。他指着烧着煤炭的火箱，粗大的活塞还有传动杆，跟儿子解释沸水的运送线路，还有蒸汽如何在压力下驱动车轴带动钢轮运转。他还给儿子看了沙箱里的沙子，当铁道轮轨黏着不好的时候，司机就会通过一根管子把沙子撒到轨道上去。

10 点 22 分，火车准时出发。在大致了解火车的运行原理后，保罗的兴致越加高昂，他看着传动杆缓缓地加速，刺耳的摩擦声几乎没有对他产生任何影响。十分钟后，火车加到了正常运行的速度，与此同时，他们已经出了巴黎，冲着奥尔良的方向，一路向南。

尽管让努力隐藏着自己的情绪，但是一想到即将到来的分离，他就感到痛苦万分。周日，他就要坐船从马赛港出发去白色之城阿尔及利亚了。他应该为儿子找到落脚的地方感到高兴，然而见到沙漠和升职加薪的可能性也没能让他的心情稍微好一点。就算他知道把保罗交给塞莱斯蒂娜是最好的选择，但是一想到伯爵就住在她附近，他就感到担心。他们俩会碰见吗？老先生应该不太可能会注意到一个工人家的孩子，但是他心里还是惴惴不安，他莫名地感到威胁，好像是索洛涅那片土地本身就有某种魔力，他吃过这魔力的苦头，他的人生也随之改变。谁会相信只要一个眼神就足以让玛蒂尔德·德·拉谢奈的命运和区区一个铁道工纠缠在一起？

就在让陷入对过去的沉思之时，保罗走到了敞开的机车门旁，他的内心被两股激烈的情绪冲撞着，这是一种掺杂着恐惧和兴奋的复杂情绪。保罗当然也非常想去阿尔及利亚，但是他直觉地预感到只身一人去一个陌生的地方，必然是一种冒险经历。在某种程度上，与父亲的分离正像是他所酷爱的小说中主人公会经历的动荡情节。他的人生突然发生了一件意料之外的事情，这改变了他所熟悉的一切，把他变得跟《苦儿流浪记》中的雷米几乎一模一样。他沉浸在嘈杂的背景声之中，开始遐想各种可能会发生的意外和堪比他最喜爱的两位作家——儒勒·凡尔纳和杰克·伦敦——的小说的曲折经历。索洛涅能不能和极北地区的泰加森林相提并论呢？爸爸曾经跟他讲过那里有茂密得让人走进去就会迷路的森林，有沼泽地，有掉进去就有可能被淹死的淤泥坑，还有动物满地跑的荒原……

他正做着梦，突然被火车司机叫醒。火车司机留着粗黑的八字胡，脸被锅炉里的火照得通红。他向保罗招了招手。保罗怯生生地走过去，然后就被他抱起来放在了一个铁箱子上。当保罗坐好之后，健壮的火车司机指着调整阀手把，叫他往前推，好让火车沿着长长的笔直的轨道加速。手柄右边用螺丝固定住的计速器的箭头跑到了八十公里每小时。看到火车继续在加速，保罗开始担心起来，他想把手抽回来，但是司机大笑着又把他的手按回了手柄上。

"等它跑到快每小时一百公里时就会唱歌的，我们还可以继续加速！"

随着火车的移动，保罗兴奋起来，他把手柄继续往前推，火车发出轰隆隆的响声。他们就这么操纵着火车飞快地前进着。保罗感觉时间好像停止了，火车司机一会儿帮着他操作，一会儿又放手让他自己来，时不时地给他一句指令，一个建议。

"小家伙，你长大后一定会成为一名优秀的铁道工的！卡拉代克，你看到了吗？你儿子已经成为一名真正的火车司机了！"

保罗昂首挺胸，心中充满了骄傲。火车头拉着一百多名乘客，几吨重的车厢、行李和货物，而他就像骑在龙背上的骑士一样，神色自若地操纵着火车。他转头看向父亲，父亲在笑，明亮的眼睛中有泪光闪烁，仿佛要哭一样。

火车穿越一片城区时，保罗按照司机的指令，开始减速；当他们沿着一片森林行驶的时候，又开始加速。

"枫丹白露！"

胖胖的司机喊道。

"就保持现在这个速度。"

保罗大着胆子踮起脚往外看，不想错过眼前的任何风景。铁轨在夏日阳光的照耀下闪着白光，两旁是高大的橡树，它们在湛蓝的天空下，看上去仿佛是厚厚的一层绿色床垫。一个池塘在闪着光芒，一只小鸟在展翅飞翔。他的视野随着速度发生变化，眼前的世界都跑动起来。想到自己从来没有经历过如此疯狂的事情，他的头脑一阵晕眩，他想要大喊，又想大笑。远方一个小镇的轮廓渐渐浮现，他开始减速。火车司机发出赞赏的声音，指着吊在火车顶部的一个手柄对他说：

"看到这个把手了没？等我信号再拉！"

保罗有点担心地点了点头。虽然火车速度已经开始慢下来，他还是看到一个农场，两个农场在快速地向后驶过，一个农民的身影刚一出现就消失了。几个栅栏、一片小树林、看上去非常矮小的房屋依然快速地向后面跑去。他的心开始狂跳起来，担心会撞到什么。

"现在，拉！"

他拉下手把，火车发出一声震耳欲聋的汽笛声。

"再拉！"

这一次，他对汽笛声有了准备。

"非常好！你表现得跟一个老手一样好！"

保罗被夸得有点飘飘然，不禁开怀大笑。刚刚是他坐在铁箱上，控制着巨大的机器，向全世界宣告着他们的到来！保罗越想越激动，又第三次拉了手把，司机立刻拦住了他：

"不要拉！路过村子的时候，只拉两下。进隧道三下！"

"哦……对不起！村子两下，隧道三下！"

"作为一个小不点，你已经干得相当不错了！你现在大概已经是全世界最年轻的火车司机了，对吧？现在，我觉得该我来开了，可以吗？"

他冲保罗眨了眨眼，按下调整阀，火车超过了最后几栋房屋。

"保罗，过来！"

让叫儿子过来。火车头里各种机器散发出的呛人热浪让他一直喘不过气来，另外他也想要好好利用跟孩子剩下的最后时刻。他走到驾驶舱外那短短的带着栏杆的铁皮过道上透透气，保罗跟着他，心情依然止不住地激动。

"爸爸，你看到了吗？"

"看到了。"

"我告诉同学的话，他们肯定都不会相信！"

保罗的脸色突然阴沉下来，他意识到自己开学时再也不会回到原来的学校了。埃米尔和雅科会交到新的朋友，而等他再回去的时候，一切都会不一样了。为了不再想这些烦心事，他转过脸，半眯着眼，任由风吹打着自己的脸。

让偷偷地观察着儿子，看到他那头褐色的鬈发在风中胡乱地飞舞着。做了那么多准备工作，让居然忘了带他去剃头，现在已经晚了，塞莱斯蒂娜应该已经对这些事习以为常了吧……他把一只手放在保罗瘦弱的肩膀上，轻轻地按了一下，想要表达一下他对保罗的爱。一直以来，面对儿子，他总是有点不知道该如何表达，好像他不会言语一样。大概是因为只要一开口的话，就要跟保罗解释很多困难的事情，所以他就沉默着，用沉默去替代解释。现在他有点后悔，因为他想让保罗提防一些事情，但是具体该提防什么呢？一个尖酸刻薄的老人？那片土地上的魔法？

让之前一次也没有回去过索洛涅，就连运送玛蒂尔德遗体的那次也没有。他心甘情愿地为儿子活着，然而他心头的伤疤从未愈合过。人们宣称时间会消除一切，但是它什么也没能改变。让依然思念他的妻子，并把这种苦痛当作难以启齿的伤疤隐藏着，因为它是如此强烈，没人可以理解。就算是对他的好朋友吕西安，他也没有向吕西安倾诉自己的孤独感，只有他的儿子能填补他心头的空洞。当然随着时间一年一年过去，他已经习惯了这种孤独，至于找一个别的女人重组家庭、共建新生活的想法对他来说都是荒唐的念头，是别人会做的事情。比起接受他所失去的，他更愿意继续憧憬没有失去玛蒂尔德的生活。然而现在他又回到了爱人的家乡，想到他还要把他们的孩子抛弃在那里，他就越发痛苦不堪。

最近几天，尽管心情烦躁，他还是思考了他的人生选择，反思了他拒绝接受一切新变化的态度。这真是他想要为保罗打造的生活吗？他突然意识到他的生活跟节拍器一样单调，只有工作和孩子上学两个节拍，除此之外没有其他的节奏。这是小老头的生活，而不应该是一个正当年的男人和一个爱做梦的孩子的人生！这次去阿尔及利亚的工作机会来得正是时候。这对他、对保罗来说都将是一个摆脱过去生活习惯的机会……另外，在他的潜意识里，一种想要拥抱改变、迎接新生的冲动开始慢慢升起。在某些时刻，让觉得自己更加放松起来，好像十一年以来一直让他拒绝迎接许多东西的包袱突然落地了。

火车好像是知晓了他的心思，在穿越单调空旷的博斯和卢瓦尔河后，一头扎进了索洛涅森林。茂密的矮树林和许多池塘从让的眼前飞驰而过，那里正是玛蒂尔德的家乡。从繁茂的森林中，他认出了深绿色的松树，顶着圆形树冠的橡树，千金榆又或者是栗子树，还有随风摇摆的白桦树，那树皮在阳光下闪烁着白色的光芒。他惊讶于自己居然能忘记眼前这片美丽的景色。随着火车继续前行，迎面吹来的风和大自然的气息令他陶醉，隐约中他看到几条小径在翻滚的蕨树林中忽隐忽现，一块沼泽地在闪着亮光，一切都与他在巴黎郊区的环境不同，这种反差让他头晕眼花。一阵痛苦的回忆又把他拉回了现实。为了不再去想过去的事情，他低头看向儿子，问道：

"你喜欢这里吗？"

孩子用力地摇了摇头，有点担心地问道：

"我们马上就到了吗？"

"是的。"

"你会跟我一起去那个太太的家吗？"

"不，孩子。我已经告诉过你了，我没时间。"

"但是你不能明天再走吗？"

"那样时间就太紧张了。而且等我走的时候，你会更难过。与其这样，还不如你早点适应。你看着吧，我很确定你会喜欢她的。她人非常好，一点也不严厉！"

"但是我不认识她！"

"我敢说你不用两天就会把她耍得团团转。"

"你怎么知道？"

"因为我了解她。"

"她是你的朋友吗？"

"她是我最信赖的朋友。"

"那为什么我们从来没拜访过她？"

"因为她住得很远，而且……人生就是这样。别担心，你会喜欢住在那里的。而且你不会住很久的，说不定你将来还不想走了呢！"

"我不相信！"

火车终于开出了森林，穿过一连串牧场和矮树丛，绕过一片农场，一个长着芦苇的池塘，又开过一大片田地。它穿过一个长满草的小山丘，山丘上有羊群在吃草，远处一个乡村火车站的轮廓开始慢慢浮现。汽笛声打破了眼前的宁静，他朝紧贴在自己怀里的儿子笑了笑。火车已经开始减速……

　　塞莱斯蒂娜站在站台的一个角落里已经等了大半个小时，一边沉浸在即将再次见到让和保罗的喜悦中，一边又担心被村里人看见。她没有立刻看到被三名拿着许多行李的旅客挡在身后的父子俩。让一眼就认出了她，心猛地揪了起来。她现在应该已经五十多岁了，但是这么多年过去了，这个美丽结实的女人几乎一点也没变。他注意到她的两鬓已经花白，背也有点驼了，意识到悲伤在她身上也留下了痕迹。然而当他们的眼神交会时，她立刻直起身来，脸上散发出喜悦的光芒。

　　"让！天哪，您一点也没变！"

　　"您也没变，塞莱斯蒂娜。"

　　"哼，您总是这么客气。快跟我说说，这个高个子的男孩是谁？"

　　她两眼闪着泪光，蹲下身来好跟保罗一样高。保罗一声不吭地看着她，意识到这就是他父亲之前跟他提到过的那位负责照料他的太太。让轻轻地推了他一下。

　　"我叫保罗，我是……"

　　"哦，好孩子，我已经知道你是谁了！你是旁边这位男子汉的儿子！我抱你的话，你会不高兴吗？"

　　"不会，夫人。"

　　她笑起来，然后压住嗓子里的一声呜咽，把他紧紧抱在了怀里。

　　"不要叫我'夫人'。我叫塞莱斯蒂娜。你的塞莱斯蒂娜妈妈。而且你可以用'你'来称呼我！"

　　"好的，夫……塞莱斯蒂娜。但是我不要叫你妈妈！"

　　"保罗！不要不懂礼貌！"

"没事，让！这说明这孩子很有个性！要我选的话，我也喜欢这样。听着，最简单的办法是，你叫我塞莱斯蒂娜，然后如果有人问你的话，你就说你是我表妹外甥的儿子……"

"谁的外甥?!"

"这不重要，这么做只是为了……你别管这些事了，需要的时候我会介绍你的。"

她苦着脸重新站了起来，拉着让的手说道：

"您一定不能去那里……"

"我知道，塞莱斯蒂娜。我不到一小时就坐火车回巴黎。"

"我很想多留您一会儿，但是如果庄园里的人看到我们……"

"您别担心。我只是想把孩子带过来，再跟他好好道个别。"

保罗看着他们，心里越来越疑惑。

"庄园里的人是谁？"

"谁也不是，都是些大人的事……"

看到自己被排除在外，保罗沉下脸来，塞莱斯蒂娜拨了拨他的头发。

"你跟你的父母可真像！"

他想反驳她说他母亲早死了，她在胡说八道，但是让一皱眉头，就让他把话吞回去了。让把手伸进口袋，摸索出一个信封来。让突然好像失去了信心，声音嘶哑起来：

"里面有我在那边工地的地址，还有一些钱用来支付这孩子的开销。秋天快结束的时候，我应该能回来。"

他呼吸急促，说不出话来。塞莱斯蒂娜赶忙上前安慰他，用保罗听不见的声音对他说道：

"我会像过去照顾他妈妈一样照顾他的。一切都会顺利的，我向您保证。还有，我会给您写信的……"

让没说话，只是蹲下来抱紧了儿子。他有好多嘱咐的话堆在嘴边，还有许多深情的话压在胸口让他喘不过气来。最后为了不让孩子难过，他还是选择了不说出口，只是抱着儿子小声地说道：

"记住我爱你，还有几个月我就会回来找你。到时我们会有好多话要聊。"

保罗点了点头，靠在父亲怀里，闻着父亲身上熟悉的皮革味和古龙水的味道。他对自己发誓说一定不能哭，但是尽管如此，当塞莱斯蒂娜温柔地拉起他的手要带他走的时候，他拼尽全身力气才忍住不哭。等他们一直走到火车站巨大的玻璃门时，他才敢回头看。父亲神情严肃地站在那里一动不动。他想要对父亲喊些什么，但是他的嗓子紧得说不出话来，而且现在也来不及了，他感到自己被拉扯着带出了火车站……

第二部分

L'École buissonnière

初识索洛涅

3

　　从火车站到城堡，足足有四公里路，他们走了不到一小时。奶妈拿着孩子的包裹。他们不紧不慢地走着，谁也没有说话，给彼此留出适应的空间。就冲这一点，保罗觉得自己会非常爱她，另外也是因为她有一张温柔美丽的脸。他时不时地拿眼角看她。她厚厚的嘴唇挂着微笑，走路时两只胳膊欢快地摆动着。塞莱斯蒂娜刚才说她是塞莱斯蒂娜妈妈……他觉得她做他妈妈有点老了，但是她一定是个很温柔的妈妈！

　　他们走过几栋房子，引来几只看门狗的狂吠。它们兴奋过度地跳到空中，又被链绳拉回了地面。一老一少接着又爬上一个小山丘，一条狭窄的土路蜿蜒在长满欧石楠的山坡上，他们顺着那条路往南走下去，走到一间农舍，农舍前有几条被单挂在晾绳上被风吹得啪啪作响。保罗听见流水的声音，看到一条闪着银光的小溪从疯长的草丛中穿过。他们继续赶路，并加快了脚步。塞莱斯蒂娜好像突然变得焦躁不安起来，急着回家。

　　转过一个弯后，脚下的路开始分岔，其中一条路是两旁长着参天大树的林荫道。他们走过一个有两人高的铁栅栏，走上了那条路。路的尽头是一座雄伟的府邸，保罗不禁发出感叹声。

　　"你住在城堡里？"

"老天爷啊，当然不是！还有，这不是城堡……在这里我们都叫它庄园，伯爵老爷住在那里。这里的一切都是他的，房子，公园，还有森林，池塘和葡萄园……就连这里的人……"

她压低声音说道。

保罗想知道为什么是这样，突然一声发动机的声响让他们赶紧躲到路旁的斜坡上。一辆汽车在超过他们后突然停了下来。这是一辆炫目的车，深蓝的车身，闪着棉花糖一般的釉彩。开车的人是一个年纪尚轻、衣着优雅的男子，他用严厉的目光打量着保罗。

"这个小家伙是谁？"

他身旁半藏着一位年轻女子，冲他们不好意思地笑了笑。塞莱斯蒂娜对他的没礼貌一点也没生气，反而规规矩矩地回答道：

"少爷，这是我表妹外甥的儿子。他到我这儿来度假。"

保罗都没来得及纠正，塞莱斯蒂娜就已经抓住了他的手腕，并紧紧地攥了一下，警告他不要说话。他突然想起她之前跟自己说过的话：他必须说他是一个他不认识的人的儿子。

"你可要知道你在庄园里有很多活要干，可没时间磨蹭。"

他的女伴轻轻地插了一句嘴：

"我们好像是打碎了蓝色房间里的一盏台灯呢！对不起啊，塞莱斯蒂娜。"

"您不用担心，小姐。我会去处理的。老爷回来之前一切都会恢复原状的！"

就在他们说话的当下，眼前的汽车让保罗惊叹到忘记了平时的羞怯。在他原来住的郊区，唯一能看到的汽车都是些用来拉货的笨重卡车或者是废旧车辆，他从来没见过如此漂亮的一辆车。他伸出手想要摸摸那耀眼的车身，却招来那男子的厉声斥责：

"那小孩，放下你的爪子，不许碰！"

保罗低下头，双颊羞得通红。那人继续对塞莱斯蒂娜说道：

"我走了，今天晚上之前应该能到巴黎。"

说完他就开车扬长而去，保罗摇了摇一直抓着他手的塞莱斯蒂娜。

"那是什么？"

"什么什么，我的孩子？"

"那辆车！那是什么牌子的车？"

"那是一辆瓦赞 C1。我不懂车，但是少爷一天到晚都在夸他的车，说得好像那是从天上下凡似的！哼！"

塞莱斯蒂娜压下心中的不快。与其发牢骚不如闭嘴，要不这孩子肯定要出去跟人乱说，眼前的情况已经够困难的了。

"走吧，再不走都要在这儿生根了。我还有好些事要做……"

"伯爵是他吗？"

"不是。他是伯爵的儿子。我以前是他的奶妈。"

"你？那他不是很客气啊。"

"大概吧，但是他已经过了可以被责骂的年纪。"

"为什么你要跟他说我是一个我都忘了是谁的人的儿子。"

"我表妹的外甥。因为……我没有权利随便收留谁，你明白吗？所以我才撒了一点小谎。"

"你的谎言就是我？"

"你以为呢！从这里到庄园都有规矩，还有伯爵老爷……你最好还是让我来处理这件事，好吗？"

"好。"

保罗半信半疑地点了头。说真的，对他来说这一切都太混乱了。还有那个伯爵的儿子，看着就很没有教养，当然这跟他一点关系也没有。

他发现，父亲除了告诉他要把自己送到乡下一位熟人太太家去之外，还是跟往常一样，什么也没有多说。一想到自己被当成小孩子排除在大人的事情之外，他就气愤不已。无论如何，大人们总是有许多秘密。他决定问一个无关紧要的寻常问题：

"那你住在哪儿呢？"

"这条路的尽头。你应该累了吧，我的小宝宝。走吧，我们快到家了……"

守卫的小屋位于庄园旁边一个隐蔽的地方，离庄园足够远，不至于妨碍了建筑的整体景观，又在执行任务必需的距离之内。相较于伯爵的豪宅，小屋的寒酸让保罗有点失望。塞莱斯蒂娜打开了门，站在门口看着他在那里胡思乱想。他走了进去，看见屋里暗暗的，四周的墙上挂着帷幔。他闻到木头的味道和刚吃过卷心菜的味道。客厅里摆着一个矮桌，一座跟个小塔一样高的钟，还有两个深色的木头碗橱。地面铺的是形状不一的石板，被洗刷磨损得锃亮。在客厅一个塞满衣服的凹位后面，他看到一个亮堂的厨房。塞莱斯蒂娜往一个楼梯上爬了几步，示意他跟上去。她推开走道里的第一扇门，走进一个小房间，把他的行李放在地上，然后满意地喘了口气。

"这就是你的房间啦。你自己能收拾吗？"

"能。"

"等你把衣服都放进衣柜之后，就到外面来找我。别担心，你会很快适应这里的。你看着吧……"

她把后面的话咽了回去，笑容里带着一丝他看不懂的忧伤。奇怪的是，保罗很喜欢跟她待在一起。等她走出房间之后，保罗开始自在地检查自己的房间。床上铺着一条有点褪色的玫瑰色的被子，看着就非常舒服。固定在墙上的搁板上面醒目地摆了两个玩具娃娃，旁边还放了几本书，一盒多米诺牌和一盒画片。房间里除了床和衣橱，还放了一个儿童书桌。这肯定是女孩儿住的房间。他叹了口气，开始收拾行李。

让在他的箱子里装了两条短裤、几件毛衣、四件衬衫、几双羊毛袜子、一件正装、一件校服还有一套睡衣。作为礼物，让还往里面放了他最喜欢的一本书——《野性的呼唤》。想到自己在这里一个人都不认识，保罗不禁打了个寒战。这里会有跟他差不多年纪的孩子吗？他们会喜欢他这个城里来的孩子吗？他可不傻，他知道新来的孩子总是会被捉弄。

等把所有的衣服都叠好放整齐以后，他把箱子锁好，放到了衣橱的最里头，然后坐到厚厚的被子上。他不敢躺下，生怕把被子弄皱了。他开始想父亲。他猜想他这时应该已经在回去的火车上了。如果他能爬上刚才那辆光彩夺目的汽车，他们也许还能在一起度过最后一晚，伯爵的儿子可以第二天早上再把他送回来，然后……他都在胡思乱想些什么呢！他感到眼泪要涌上眼眶，便猛地站起来，深吸了一口气。哭是懦弱的行为，再说塞莱斯蒂娜还在等他呢！

他走进厨房，穿过半开着的一扇门走进一片方方正正的菜地，菜地里种着紫甘蓝和三排笔直的韭葱。菜地尽头有一个鸡窝，旁边有几个关兔子的铁笼子。塞莱斯蒂娜正从一个桶里取出一些果皮喂兔子。她的好心情也感染了他，他急忙走上前去帮忙。他在其中一个打开的兔笼里看到一只红褐色的大肥兔子，毛茸茸的，眼睛滴溜溜地转。

"它们吃得多吗？"

"可多了，比一头狼吃得还多！"

"我能喂它吗？"

"如果你喜欢的话……我去喂其他的兔子。"

保罗朝那只兔子递过去一片苹果皮，结果它直接扑了上来，把他吓得赶忙往后跳，引得塞莱斯蒂娜哈哈大笑。

"好了，快点喂吧！它不会咬你的，你咬它还差不多！"

"它叫什么名字？"

"这个小畜生？嗯，让诺！你觉得怎么样？"

她半笑着，孩子脸上开心的表情让她不禁动容。之前她一直担心伯爵的反应，一点也没有考虑到这孩子该如何适应这边的生活。看着他的注意力全放在兔子身上，她正好可以好好地观察他，看看他跟他母亲的相似之处。她心里一会儿高兴一会儿害怕，但是决定不管未来会发生什么，她接受这孩子的决定都是对的，就因为他是玛蒂尔德的孩子。

"好了，我觉得它晚饭吃得够多了。我给你准备了一杯牛奶，你把它喝了然后去玩吧。我开始做饭。"

她抓起让诺的耳朵，兔子在她手里激烈地蹬着腿。保罗不敢问她为什么她要抓它。

当博雷尔老爹迈着沉重的脚步进屋来时，太阳已经要下山了。他身上散发着森林的味道和刺鼻的烟草味。他把捕兽器扔在靠近厨房门口的地上。在捕兽器锋利的锯齿上，保罗觉得自己看到了一些带血的毛发。他正在把一块黑麦面包切成一片一片大小完全一样的面包片，并对自己的成果沾沾自喜。他突然打了一个寒战，手一松，刀直接掉在了厨房的地砖上又弹了起来。

"啊！这就是你说的那个男孩？"

他在跟塞莱斯蒂娜说话，黑色的眼睛却一直盯着孩子看。他穿着一件厚厚的栗色天鹅绒外套，保罗很快就发现这是狩猎监督官的制服。他的裤子很旧，裤腿塞在高筒靴里。

"他叫保罗……"

她转脸看向保罗。

"这位就是博雷尔，我丈夫。你不要被他的样子吓着了。他虽然粗鲁，但是人一点也不坏。哎，你快点去洗洗，我给你盛汤。"

"粗鲁！说我粗鲁……"

博雷尔一边耸着肩一边嘟囔着。

老家伙把肩上的枪取下来挂到枪架上，然后去石头砌的洗脸池里用肥皂洗了手。保罗把刀从地上捡起来，手足无措地站在一旁，思念父亲的情绪再次涌上心头。面对塞莱斯蒂娜，他至少还能问问题或者不说话，因为她好像很喜欢他。但是自从这个男人进屋之后，整个气氛就变了。

他们很快就在餐桌前坐下了，每人面前都放着一盘冒着热气的汤。他刚想要拿起汤勺，塞莱斯蒂娜就拦住了他，她垂下眼皮，嘴里开始念念有词：

"主啊，感谢您赐予我们食物，感谢您的圣恩照拂我们。感谢您让这个孩子来到我们身边，感谢您的所有善行，请让我们的灵魂安宁，让忍饥挨饿者有饭吃。阿门。"

博雷尔跟着她一起嘟哝了几句；保罗虽然不清楚规矩，但是赶紧跟着学了起来。一阵短暂的安静之后，汤勺响起的声音把保罗从尴尬之中解救出来，他终于可以再次自由地呼吸了。塞莱斯蒂娜相信宗教有用吗？他既没有上过教理课也不会一句祷告词，因为他父亲不让他学："你想看什么书都可以，保罗，但是跟上帝有关的书，我宁愿你去学中国话也不要去学那些迷信的东西！"

汤很烫但很美味。他突然感到一阵强烈的饥饿感袭来，眼皮开始打架。忙着吃饭的博雷尔看上去没有之前那么可怕了，尽管他的每一个动作都很粗鲁。博雷尔把盘底的汤一口吸完，抓起一瓶酒给自己倒了一杯，喝了一口然后咂着嘴说道：

"今晚做了什么好吃的，老婆？"

"你应该等孩子吃饭了再问！"

博雷尔没接话，又给自己倒了一杯，一边喝一边品着酒；保罗急忙像他一样把盘底的汤吸干净。塞莱斯蒂娜把他的盘子拿过去盛了一盘浇着厚厚汤汁的炖肉。博雷尔又想要去抓红酒瓶，她用另一只手敏捷地拦住了他。

"你不觉得你已经喝得够多了吗？"

盘子里一块黏糊糊的肉让保罗有点没胃口，他开口打断了夫妻俩正要开始的争吵。

"这是什么？"

被老婆的警告惹得不高兴的博雷尔没好气地回道：

"小洋葱炖牛粪。"

看到孩子睁大双眼不敢置信的样子，塞莱斯蒂娜半笑着对他说道：

"当然不是，小笨蛋。你看不出来他是故意气你的吗？这是兔肉。"

"刚才那只兔子？"

"是的，刚才那只……让诺。"

保罗的脸唰的一下白了，把盘子一推站了起来。等到他三步并作两步爬上楼梯回到房间关上门时，塞莱斯蒂娜才意识到自己做错了什么。他已经对那只兔子产生感情了。博雷尔摇了摇头，装出一副惊讶的样子。

"让诺！多大的事啊！"

他咕哝着。

私下里，他为自己有理感到高兴。他早就跟他老婆说过帮这个忙是自找麻烦，可惜他老婆是个固执己见的蠢女人。

这顿饭吃得比平时更加安静。塞莱斯蒂娜心里的烦恼一句也不能说，因为博雷尔早就警告过她。她丈夫是个循规蹈矩的人，不喜欢自己的生活节奏被打乱。她跟他吵了很久才让他接受这个巴黎来的侄外孙。至于那个孩子，他对乡下的事情一无所知，大概还需要一点时间才能适应……

一段过去的回忆让她的心揪起来，她想起了在他这个年纪的玛蒂尔德，她是那么野，简直就是个假小子。要是事情真比她想象的要复杂该怎么办？让在那么远的地方，几千公里之外……

她叹了口气，把这些烦恼抛诸脑后，决定把餐后甜点给他送到房间里去，这样他们应该就能和好如初了。

"孩子，你知道的，兔子养来就是为了吃的，你不应该因为这件事而难过，不然的话我们要吃什么呢？像让诺一样吃草和菜叶子吗？"

为了表示歉意，她递给他一块奶油蛋糕，但是他把脸藏在书后面，一动不动。他在床头柜上放了一张照片，塞莱斯蒂娜看到那是让和玛蒂尔德结婚那天拍的照片，心里不由得一紧。有一瞬间她在想她把自己唯一一张他俩的照片收到哪里去了。她把它放在这儿的某个地方了，因为博雷尔不喜欢她老啰唆过去的事情。阁楼里还是二楼的壁橱里？她用欢快的语气哄他道：

"你知道吗，这里是我的孩子们以前住的房间……"

这次他压抑不住自己的好奇心，上钩了。

"你有几个孩子？"

"我都记不清了……"

看着他目瞪口呆的样子，她松了口气，咯咯地笑起来。

"他们并不真的是我的孩子。仁慈的上帝不希望我有孩子，所以我就照顾别人的孩子来安慰自己。是他们叫我塞莱斯蒂娜妈妈的……"

"他们是被人抛弃了吗？"

"当然不是，他们只是寄养在我这儿！你也是，你小的时候也有一个奶妈，阿里科妈妈，她在圣丹尼斯当门房。"

"你怎么知道？"

"你爸爸在信里告诉我的。"

"你怎么认识我父亲的？"

"怎么认识的？……天哪，那是好久以前的事情了，我都记不清了！"

"那我妈妈呢，你也认识她吗？"

"你妈妈……"

她沉默了，想要尽可能地不撒谎。她把甜点递给他，想要转移话题。保罗应该是饿了，因为他把奶油蛋糕吞了一半，然后接着又问她：

"她是你的表妹？"

"多奇怪的想法啊！你从哪里来的这个想法？"

"是你说的，我是那个谁的儿子……"

"我表妹外甥的儿子，完全正确！你记性不错……只是这些都是我编的！"

"为什么？"

"塞莱斯蒂娜！"

博雷尔的叫声正好帮她解了围，她立刻大声地喊了回去："来啦！"然后冲着保罗眨眼说道：

"这个人，跟鸡一起睡觉！"

"他睡鸡窝?!"

"当然不是，小笨蛋！跟鸡一起睡的意思是说一个人睡得很早！"

"那他是生病了吗？"

"不是，只是他天一亮就得起床，有时候，他甚至还要夜里起来去森林里巡逻。"

"摸黑巡逻？"

"是的。他是狩猎监督官，你知道吗，在你睡觉的时候，林子里会发生很多事情。"

保罗把空盘子递给她，担忧地看了看漆黑的窗外。

"我不是很想知道……"

"这样正好，这不是你的工作。好了，现在躺下吧，给我好好地睡上一觉！"

她等他躺好之后，给他把被单拉好，又把被单掖得严严实实的。保罗睁大眼睛看着她，有点犹豫地问道：

"如果我想尿尿怎么办？"

"床底下有个尿壶。"

"如果不是尿尿呢？"

"那你就点个蜡烛拿着去花园尽头的小棚屋里解决。我在抽屉里给你留了一盒火柴，但是可不许浪费啊。晚安，我的小兔子……"

她弯下身来亲吻他，没注意到他稍微往后缩了一下。不过他还是让她亲了自己，然后害羞地问道：

"你能把窗户关上吗？"

"老天，为什么要关窗户？！晚上要睡得好，就要通风。你吸着城里的空气长大都没什么血色。在这儿，相信我塞莱斯蒂娜的话，我一定会把你养得壮壮的！等到你爸爸来接你的时候，你会长得又高又壮，让他都认不出来！"

她关上了门。博雷尔又在叫她，就听见她大声喊道：

"来了，来了，该死的！"

保罗等了一会儿，想要确定她不会再上来。当他确定之后，便从被单中爬了出来，走到窗户前，踮起脚把窗户关好，然后隔着玻璃看外面有什么动静。夜幕下的小花园已经陷入黑暗，小树林里有一些影子在动。博雷尔大概就是去那边巡逻吧……一只鸟的叫声打破了夜的宁静，那声音有点吓人，像在呻吟又像是在哀号。头顶上的屋架咯咯作响，让他不禁暗暗担心。在睡着之前，最好确认一下四周没什么危险。他决定擦一根火柴点亮蜡烛检查一下房间。衣橱还保持着他整理衣服时的原样，床底除了一个尿壶没有任何人。房间里只有他一个人，他是安全的。他又回到床上，把被单裹在身上，吹熄了蜡烛，不想要浪费更多的蜡烛。明天，他会看书，但是今天晚上，他没勇气。白天忍住的眼泪突然又涌了出来，滚烫的泪珠从他的眼眶中滚下，顺着脸颊落到枕头上，打湿了粗棉布做的枕套。他是多么想回到自己的床上啊，回到他在圣丹尼斯巷口的家中，听着城市的喧嚣、酒鬼的吼叫声，还有父亲轻轻走进客厅的脚步声入睡，一切都是那么近……他就这么睡着了，脸颊还是湿的，脑海里还萦绕着让站在火车站里的画面，画面中两条闪亮的铁轨穿过车站，伸向远方。

博雷尔指着两个桶，其中一个装满了水，另一个装了令人恶心的饲料。

"干活了，小伙子！你想帮把手，不是吗？"

保罗坚定地点了点头，很高兴受到了大块头的重视。博雷尔叫他到工具棚里来帮忙。刚刚赶到的塞莱斯蒂娜表面上抗议了一下：

"你觉得把他带过来合适吗？"

"如果这样就让他不开心的话，他大可以待在巴黎。"

说完这话，博雷尔就迈开大步走远了，保罗拎起两个桶急忙跟了上去，桶的重量压得他双肩下垂。走了不到二十米，水桶的金属提手就把他的手勒得生疼，但是他咬着牙越走越快。博雷尔真不是个好人——他简直就是个坏蛋！但是那笔直的背影又让他不禁佩服。正当他在努力追赶博雷尔的时候，他突然看到了绣在博雷尔衣袖上的徽章，上面写了个"法"字。他一边喘着粗气，一边开口问道：

"先生，您有抓人的权力吗？"

"那是当然！狩猎监督官就是森林里的宪兵。"

"那就是说森林里有小偷喽？"

"当然！我们叫偷猎贼，他们都是些卑鄙的强盗！没有比他们更坏的害虫，他们偷猎、偷鱼、偷蘑菇，还偷砍树，一切能偷的他们都偷！"

"您认识偷猎贼？"

"当然，他们中间最坏的一个叫托托什，他总在捣鼓一些坏事！如果你看到他，要么躲在一边，要么就通知我，看我不把他抓进牢里！"

"他都干了什么？"

"你还不如问我他不干什么，这样还省点时间！你看着吧，这个狗娘养的，等不了多久我就要抓他一个现行，把他送回监狱去！到了苦牢里，就算……"

他的话音突然被一阵狂叫声盖过。他们走到了一个狗圈前面，里面有四十只饥饿的猎狗，它们闻到了来人的气味，特别是食物的味道。猎狗们冲到铁栅栏前，激动地乱吼乱叫。保罗停下了脚步，血管里的血液都凝固了。听见它们的腭骨咯咯作响，他想到了博雷尔昨天晚上带回来的那个血呼啦嚓的捕兽器；这些猎狗的嘴巴看着比捕兽器要危险一千倍。他想象着它们的牙齿咬进他的小细胳膊里，还有他那已经起满鸡皮疙瘩的小腿上，不禁想要往后退，但是博雷尔已经一脸嘲笑地叫住了他。

"这些都是伯爵老爷的狗……在你们巴黎，肯定没见过这种狗吧！"

"它们一直被关在笼子里？"

"当然不是，为了让它们保持健康，我们得每天遛它们……它们可不是宠物狗，它们可是被养来抓鹿的！这个狗圈是为了防止它们乱跑的。"

狗叫得越来越大声，博雷尔冲着它们吼了起来：

"路西法，塔帕约，追风，后退！我说了，后退！"

猎狗们听话地往后退了几步，压低身子，尾巴拖到地上，感觉马上就要扑过来，但是对狩猎监督官的惧怕又让它们止步不前。保罗僵在原地，就连博雷尔向他招手他也没动。

"你不进来吗？你不是猎物，它们不会吃了你的。"

博雷尔的语气刺激了保罗，让他终于下定了决心。当他走进狗笼时，两只普瓦图犬从狗群中蹿出来，一边大声哼哼着，一边向水桶闻过来。他控制不住自己地往后退了一步，洒出一大片水，更别说还洒出的一片狗食了。猎狗们立刻吧唧着嘴扑了上去。保罗停在原地一动不动，害怕得全身僵硬，见到这种情景，博雷尔勃然大怒。

"没见过你这么笨的！赶紧出去，免得给我糟蹋更多粮食！早知道我自己来更省时间！"

尽管满脸羞愧，保罗一秒也没有多做停留，赶紧说了声对不起，跑去找塞莱斯蒂娜了。她站在远处看到了发生的一切，用一只手温柔地拨了拨他的头发。

"别怕这个牢骚鬼，很快你就会习惯了……"

保罗不知道她指的是博雷尔还是那些恶犬。无论如何，他都觉得自己大概不会被它们接受了。他真的是个胆小鬼吗？如果是的话，他还有机会弥补吗？他既觉得屈辱又感到失落，既想跟着学，又怕再被博雷尔当成胆小鬼。他犹豫着要不要问问塞莱斯蒂娜的看法，但是他不知道该怎么问，再说她太善良了。于是他只能吞下心中的屈辱，一句话也没说。

到了厨房以后，塞莱斯蒂娜抓起一条她熨烫过的干净围裙，系在黑色的裙子上，然后麻利地打了个鼓鼓的结。看着她那绑着发带的光滑头发，她那大大的发髻和她那双明亮的眼睛，保罗突然觉得她好美。

"我得去庄园里干活了。你可以去照顾菜地。韭葱苗得重新移植，土已经翻过了，拿个小手铲就能做好。我教你怎么做好吗？"

"我不能跟你一起去吗？"

"不行……"

她看上去好像是在考虑事情，最后飞快地说道：

"伯爵讨厌孩子。如果你看到他来了，就赶紧躲起来！"

保罗没有坚持。他很早就知道如果大人们决定保守秘密的话，他怎么问都没用，但是他又不傻，他知道这里有蹊跷。

博雷尔背上背着枪，沿着特马耶树林的篱笆走着。他发现了一串脚印，五感全开地跟了上去。那脚印是一个男人和一只狗留下的，熟悉的印迹让他热血沸腾。自从那孩子来了之后，他就自觉受了冷落，这让他越想越气。这种烦躁的心态并不利于工作，但是越是知道这样他越烦躁，这种情绪让他巡逻无法集中精神，回到家还是疲惫不堪，然后还要跟塞莱斯蒂娜吵架……没有比暴打一顿他熟悉的偷猎贼更能让他开心的追捕行动了。

他循着足迹走进林子里，深入一片低矮的桦树林深处，这里是野兽栖身的地方，他的心情也越发激动起来。这不可能是个巧合，只有猎手敢跑到这里来。他看到在一条壕沟和一个蕨树丛之间拴了第一个索套，这是一根专门用来抓兔子的黄铜线，林子里有很多这样的索套。他蹲下来察看还湿漉漉的地面，仔细检查四周错综复杂的植被，看有没有动物走过的痕迹。他看到一个几乎看不清的小径入口，然后发现了其他的陷阱。在足足有一百多米的距离里，一连串的索套被布置在落叶堆里、茂密的灌木丛里和用树枝特意堆起来的杂物堆里。他加快了步伐，因为脚印留下的时间不长，被踩出来的水坑里的水还是浑的，这说明偷猎贼就在附近。博雷尔继续前进，支起耳朵仔细听，终于听到林子深处有窸窸窣窣的声音，有人动了，正在偷偷逃跑。他更加快速地移动，同时小心不发出任何声响以免暴露位置。在绕过一个池塘之后，他看到树篱之后有一个身影穿行在树林之间。他冲向树篱，但是那人已经消失不见了。涌上心头的怒气和想要打一架的冲动让他越发加快了脚步往前冲，想要缩短两人之间的距离，抓到那个人。

在追了一百多步远之后，那个偷猎贼跑步的身影开始弯下来，他的小母狗紧紧跟在他的后面。他的背包和装得满满的猎袋重重地击打着他的肋部。他应该把刚刚到手的猎物扔了之后再跑，但这样就太给那个该死的狩猎监督官面子了。那家伙肯定已经发现了他布置的索套，再把猎物留给那家伙，那他还当什么偷猎贼！他失误了，他应该在天亮之前设置陷阱的，但是吕西安老爹的酒把他灌醉了，他没能准时醒来。他本该推迟这次行动的，但是他非要碰碰运气。他这是接二连三地失策啊！自从几次得手之后，他有点太大意了，他早晚要被抓住！从他身后某个地方，传来博雷尔声嘶力竭的喊声：

"给我站住！我以执法官的名义命令你停下！"

这只老猴子鼻子真灵，耐力也是真好。他加紧了脚步，担心马上就要被追上。前一晚的倦意让他的身子越来越沉，他暗暗咒骂了一句自己。小母狗嗅到了他的焦虑，蹦跳着蹿到他前面好像是要给他鼓劲似的。突然，在一堆蕨树丛遮盖的壕沟前，它停住了，转脸看着他，好像是在冲他笑。他滑了进去，然后弯腰曲背，使出全身力气尽可能快地往前冲。那些蕨类植物的树叶长得是如此之密，在他头顶上方形成了一个绿色的圆拱。当这个天然的坑道开始分岔转弯时，他从壕沟里跳了出来，确保自己没有留下任何痕迹。他正好停在一片沙地前面，在脚下翻了翻，启动了他的逃生机制。他把小母狗紧紧地抱到怀里，然后果断地迈开步子在地面上留下清晰的脚印。在走了三十多米之后，他纵身一跳，跳到另一条壕沟里，然后再倒退着，朝他刚才逃跑的方向偷偷摸摸地跑去。

不到一分钟之后，博雷尔满脸通红地从树下的灌木丛中走出来，他喘着粗气，神色既癫狂又焦急。他很了解那个偷猎贼，知道偷猎贼什么都干得出来，但是他知道偷猎贼就近在咫尺！他很快就发现了偷猎贼留下的痕迹，他按捺住激动的心情，尽可能安静地冲了过去。但是在他蹲下去之后，心里又强烈地怀疑起来。那个死猴子太狡猾了，而这些脚印留得太明显了，不可能不是故意留下的！虽然眼前的证据让他有点信心不足，他还是走到了足迹的尽头，那里的脚印好像是凭空出现的一样，他又折返回来，走到最后几个脚印处。那足迹在一堆沙子中停住了，好像是一个天使，又或者是一个恶魔从天上降落到那里，只是为了嘲笑他。博雷尔气疯了，冲着老天破口大骂起来：

"狗东西，我知道是你，你这个坏种（眼见四周一片安静，他骂得更加大声）！托托什，你给我听着，我早晚会抓到你的。等我抓到你后，我会打得你宁愿被魔鬼抓走！"

博雷尔的怒火让偷猎贼笑起来。他就藏在离博雷尔只有三十米远的地方，小母狗抖着身子贴在他身旁。看到它有点摇晃，他小声说了声："嘘！"小母狗立刻一动也不动了。我托托什敢向天保证，他博雷尔想抓我可不是那么容易的！

4 🖋

　　保罗来了已经有一周，塞莱斯蒂娜总算是松了口气。博雷尔不再搭理他，大概是因为已经把他当成了一个胆小鬼。她接受了博雷尔的这种态度，因为这种不闻不问的态度对那孩子正好是一种保护。

　　为了避免村里的闲言碎语，同时也是为了让孩子散散心，她决定带他去村里的客栈逛逛，那个地方既是酒馆，又是杂货铺，还是邮局。客栈名声在外，有人从大老远过来吃偷猎来的野味，因为众所周知，客栈老板吕西安从来不管他的肉是从哪里来。在这里，任何事情都要视情况而定。这里大部分的人见到偷庄稼的都会破口大骂，但是他们也都会时不时地在林子里下个索套。就连博雷尔也喜欢装作不知情的样子光顾这个地方，因为宪兵老爷也有自己的毛病……只要大家都心知肚明，面子就算保住了，而且所有的人都在那里，猎人、渔夫、宪兵还有干农活的，大家都聚在一起，为了几个钱互相吹捧……保罗想要利用这个机会挑一张明信片寄给让，他应该已经到阿尔及利亚了。塞莱斯蒂娜跟他保证过要给他写信，没有什么比收到孩子亲手写给自己的几句话更能让他高兴的事了。

　　到了客栈之后，看到上面油漆写着的招牌，保罗惊讶道：

"拉博利奥！是这里？"

"老天，你认的字还真多！你知道拉博利奥这个词是从哪里来的吗，小先生？"

"从刨子来？"

"当然喽，我得把这个告诉大家！刨子！"

她笑得是那样大声，连带着心中的忧虑也烟消云散了。谁会怀疑一个孩子呢？等她的笑声停了之后，她指着画着野兔的招牌说道：

"我们的吕西安可没你有文化，你看到那幅画了吗？"

"那是一只兔子……跟让诺一样。"

"差不多。这只是野兔，住在拉博利埃，拉博利埃是兔舍的意思，兔舍是……"

"是兔子的家，我知道。我在一本书里看到过。"

"天哪，我没什么可说的了。除了这个客栈的名字就是这么来的……"

保罗已经拉起了她的手，迫不及待想要看看客栈里面。

他们一进去，里面交谈的声音立刻低了下去。尽管吃饭的时间已经过去了，一些男人依然赖在那里，就着咖啡喝上最后几杯。他们盯着新来的小家伙，听说他是狩猎监督官的侄外孙，但是有一点不对劲的地方勾引着他们的好奇心。

塞莱斯蒂娜走到狭小的大厅深处的一张桌子前坐下，让保罗去装着明信片的旋转架子旁挑选明信片。在那些地方风景照片上，保罗看到附近一个镇的菜市场，一座教堂和市政厅，几个池塘，三座桥，一座城堡和几位头戴礼帽站在大街上摆姿势的女士，还有坐在一块巨大的长着苔藓的石头上的一家人。他犹豫了一阵儿，最后选了一张池塘的明信片，那池塘在阳光的照耀下，闪闪发着光。在近景处，一片芦苇之中，隐约有一只小船在等人。他父亲一定会喜欢这张照片。在父亲那边，干旱的沙漠里会不会只有树呢？他刚想回到塞莱斯蒂娜身边，吱呀一声门响的声音拦住了他。一个嘴歪眼斜、浑身打着补丁的脏兮兮的男人推着一辆手推车走了进来。客栈老板急忙叫住他：

"德德，我跟你说多少回了？把你的车放外面，明白吗？放外面！"

那人嘴里不高兴地嘟囔了几句，转脸又出去了。保罗呆呆地看着他把手推车停在房檐下视线尽可能所及的地方。当他重新进来的时候，一个猎手冲他打趣道：

"哎，德德，你拿到驾照了吗？"

"什么驾照？"

"开手推车的驾照啊！省里面刚出的规定。"

看着德德满脸震惊的样子，猎手得意地昂起头来拉上旁边的宪兵们给他做证道：

"对吧，官老爷们？"

穿着制服的三个男人严肃地点了点头。

"奥古斯特，你说得一点也不错。而且这不只是省里的规定！全国都一样！"

得到配合的奥古斯特喜笑颜开，进一步补充道：

"看你整天走哪儿推到哪儿，也许你该给你那车装上转向灯，再加一个备胎！"

德德半信半疑地看向那几位执法者。领头的小队长应该是有点心不忍，因为安慰他道：

"你的车不用遵守这些规定。如果是汽车的话，奥古斯特的话说得没错。现在驾照取代了能力证明，只要你的车不超过三吨，你就不用担心！"

在一片闹腾声中，保罗带着对手推车主人的好奇回到了大厅里头的桌子旁。他还没来得及坐下，头顶就响起一个粗重的声音。前来下单的吕西安拿手指着他，像指着一个物件或是一个哑巴一样问道：

"这小孩是谁？"

塞莱斯蒂娜过了几秒钟才冷冷地回了话。她的口气把保罗吓了一跳，因为除非是博雷尔惹怒了她，她说话一向很温柔：

"一个巴黎小孩。如果不是特别麻烦你的话，请给我们来一杯热巧克力和一杯咖啡，你的好奇心还是自己收好吧。"

吕西安没有气馁，继续问道：

"你当我真感兴趣啊！他到我们这里干什么？"

保罗不想再听到塞莱斯蒂娜编的谎话，他举起一根手指，焦急地问道：

"洗手间在哪儿？"

"你是说茅房吗？"

客栈老板哈哈大笑起来，但是两眼仍然跟死鱼眼一样冷漠。

"这儿，我们叫茅房。在院子尽头。"

他一边小声嘟囔着一边走回到吧台后面。宪兵们点了最后一杯烧酒要上路。他们还有许多任务要执行，快点走也是好事……吕西安没想到塞莱斯蒂娜会回嘴，这让他有点恼怒。这个女人嘴巴很毒，总是知道怎么让你闭嘴或是摆出一副高人一等的样子。她那副高高在上的样子让他很生气，但是又忍不住承认她这样子很吸引人，他又不是瞎子！就算这样，她也不能为了一个连正常人话都不会说的孩子大动肝火啊！

保罗把小棚屋的插销插好。他很高兴自己躲开了众人的关注。厕所是用四块木板搭成的，没有顶棚，里面有一个脏兮兮的马桶，旁边一根钉子上挂了一沓用来擦屁股的纸。厕所还不算太脏，比他想象的要干净一点，尤其是如果不太喘气的话。

正在他解手的时候，一阵大风把他的头发吹了起来，让他害怕得叫出声音来。他一下子站了起来，用一只手把裤子提好，另一只手把门打开，冲出了厕所，生怕自己被一头未知的猛兽抓了去。院子里没有怪兽，只有一只母鸡疯狂拍打着翅膀，怒气冲冲地盯着他。厕所旁边是一个鸡圈，几只大胆的鸡停在厕所上方。一只野猪的怒吼声紧接着母鸡拍打翅膀的声音传来。保罗吓得呆掉了，猛地一跳转过身来，随时准备逃跑。

那声音来自一个身形高大一脸络腮胡的大汉，他手里拿着一个酒杯，挥向天空，嘴里骂骂咧咧的。那人脚下绊了一下，扶住了墙，然后大笑起来。虽然烂醉如泥，他的强壮实在让人无法忽视，这让他看上去更加伟岸。咖啡馆的门猛地开了，老板抢着胳膊冲了出来，作势要打的样子。

"醉鬼，闭嘴，你要把宪兵队队长招来了。他跟手下正要离开……"

"去你的宪兵队，你可以去替我告诉他们，我去他妈的宪兵队和政府，还有……"

"还有英格兰国王，好好，我会告诉他的！现在快给我看看你包里的东西，我们赶紧完事！"

"如果我跟你一样急性子的话，我连个屁都抓不到……哟，小吕吕，你可真是个好猎手啊！"

"你呢，托托什，你就知道骂人！"

客栈老板的怒火在托托什从猎袋里掏出两只漂亮的山鸡时消了不少。就在这时，吕西安突然看到保罗躲在厕所旁边的岗亭处，恶狠狠地瞪了保罗一眼，吓得保罗退回了厕所里。老天爷，他把那孩子给忘了，就差把那孩子也带到这里来了。他焦躁不安地接过猎物，往伸过来的手里扔了几个硬币。

"不够肥，但还凑合吧。接着，你的酬劳！"

就算喝醉了，偷猎贼一眼就看出来他想占自己便宜，便又开始抱怨起来。

"这数不对，说好的价钱是……"

"什么不对！你笑话我呢！不满意的话，你可以去找宪兵告我啊，他们会给你出个好价钱的！要我说，你不会找到比我这更好的价钱！"

偷猎贼已经醉得构不成什么威胁了，把他骂得不吭声之后，吕西安心满意足，忘记了害怕。反正他们两个中间，他的风险最小，另一个人自己也清楚这一点……现在他花了个好价钱买到了想要的东西，他赶紧爬上台阶关上了门。

保罗从藏身之处悄悄走出来，如果那个醉汉突然想要撒尿的话，他可不想被醉汉堵在里面。他突然想起来这个醉汉的名字为什么听起来如此熟悉，醉汉应该就是博雷尔要抓的小偷，那个他得小心的托托什！

托托什嘴里骂骂咧咧的，但是听不清他到底在骂什么。他突然大喊起来：

"小男孩！过来！快点！小男孩！"

保罗怯生生地向他走过去几步。

"您在叫我吗？"

"不然还有谁！小家伙，你在这儿干什么？还有你是谁？"

一只小母狗从街上蹿了出来，当它跑到主人跟前后，立刻抬起前腿站了起来，好像音乐盒里的小人儿一样摇摇晃晃地跳起舞来。它的舌头伸得老长，一脸认真的模样看着十分搞笑，保罗忍不住笑出声来。那个大汉似乎已经忘了他的存在。他在兜里摸了半天，掏出一块饼干屑，举在空中，小母狗摇着尾巴，动作更加滑稽起来。

"看，这样才是好孩子！"

最后偷猎贼停止了逗弄，那狗一口就把饼干吞到了肚里。保罗惊叹着伸出手去想要摸摸它，它立刻冲着他嗅来嗅去，边跳边发出欢快的叫声。

"你驯过它？"

狩猎监督官的嘱咐早被他忘在了脑后，也许他根本就没放在心上过。他觉着这个偷猎贼怎么看都是个了不起的人，还有这样一条狗，不可能像博雷尔说的那样坏。

"如果你要这么说的话……人都说它跟它主人一样，脾气好，还聪明。"

"它叫小男孩?!"

"是又怎么了？"

"呃，首先……它是条母狗，不是吗？"

"如果我想叫它小男孩，谁能拦得了我？像你这样的小屁孩吗？"

"当然不是，先生！我只是觉得……"

"你觉得一切都应该合乎常理是吗？不过我怎么觉得你不老实呢。你躲在茅房里干什么呢？还有你是打哪儿来的？我从来没见过你……"

"我是……我住在城堡附近，还有我是巴黎来的！"

"原来如此！小巴黎佬！你不说我还真不知道呢！我好像听许多长舌妇说起过你！好了，走吧，我可还有好多事情要忙呢……"

保罗很听话，一声不吭地就走了。他怕偷猎贼知道了他住在博雷尔家里后会骂他，另外塞莱斯蒂娜这时候也该在纳闷他跑到哪里去了。他吭吭哧哧地说出一句"再见"，便跑回了客栈大厅，托托什冲他回了个响嗝。

亲爱的爸爸：

我在这里睡得很好，像个小农民一样什么都吃，但是我不吃兔子，因为它们长得太可爱了。我种了许多韭葱、土豆还有洋姜，我还负责去母鸡屁股下面捡鸡蛋！晚饭前，塞莱斯蒂娜会祷告，感谢上帝保护我们。你已经骑过骆驼了吗？狩猎监督官博雷尔先生，负责监视森林，他还管着城堡里的四十条猎狗！我要学习怎么喂它们，还要开着窗睡觉，因为这样会促进"血液流通"。等你回来接我的时候，塞莱斯蒂娜说，我会长得健健壮壮的，让你都认不出来。但是你当然知道我依然是你的儿子，还有我想你。请接受我紧紧的拥抱。

保罗

保罗很想告诉爸爸他遇到托托什的经历，还有托托什的狗"小男孩"，以及这里人们的一些好笑的行为。他还想抱怨一下把自己看得一无是处的博雷尔的坏脾气。但是他不是傻子，他知道会有人在背后偷看他写信。还是保守秘密的好。他把整张明信片都写满之后，塞莱斯蒂娜买了一个信封，在上面抄上了让在工地上的住址。当他们正准备要离开的时候，吕西安从吧台后面走出来，一脸假笑地冲他们走过来。

"这么说你是塞莱斯蒂娜的外甥喽……你在乡下待着不会觉得无聊吗？城里的孩子到了这里，肯定会的吧……你知道吗，小伙子，只要没人跑来找我们的麻烦，我们可都善良着呢！这里是加蒂纳人的地盘，我们可不相信乱说话的人。"

说完，他冲保罗夸张地眨了眨眼，露出一口黄牙冲保罗做了个鬼脸，看上去像一只怪兽。听出他话里有话，塞莱斯蒂娜决定跟他一次做个了断，她用轻蔑的语气对他说道：

"告诉我，小吕吕，你是有病啊这么喘气？我可不是德德，想吓住我你还得多使把劲儿。现在可没有你平时那些观众给你鼓掌。这个孩子，据我所知可从来没得罪过你！你想要我说说你吗？听我的吧，巴黎人到这儿来花他们自己的钱碍不着你什么事，你也就是跟一个孩子耍耍威风！看着，我把钱放桌上了，快让开，我们在这里已经磨蹭得够久的了！"

客栈老板满脸通红，一边给他们让路，一边嘴里嘟囔着说现在都不能随便开玩笑了！

与此同时，保罗已经很清楚他的意思了，保罗刚才看到的事情一句都不能对别人说。

把明信片投进信箱之后，他们去面包店买了两斤的面包，然后塞莱斯蒂娜没有带他走平常回庄园的路，而是沿着卢瓦尔河一路走回家。虽然这么走多绕了一公里，但是今天天气很好，而且保罗之前也没见过这条河。塞莱斯蒂娜迁就着保罗的速度放慢了自己的脚步，她开始哼起歌来，保罗也跟着一起大声唱起来。他们俩就这么开心地一起离开了村子。

这个老实的女人第一次为自己耽误了伯爵的时间而感到高兴。她以前出门办事很少耽搁，另外每次回去都还有许多家务等着她做……她有点自责自己每天大部分时间都让孩子一个人待着，但是她又能怎么办呢？他看上去毕竟还没有那么想家，寄出去的那张漂亮的明信片应该能让让安心不少……那个客栈老板差点就毁了她忙里偷闲的时光。他干这行就是爱说人闲话，不过她已经灭了他的威风，短期内应该不会再来自找没趣了。

"托托什是谁？"

塞莱斯蒂娜正沉浸在思绪当中，保罗的问题突然让她有点措手不及。

"我的天哪，谁跟你提起的他？"

"呃，是你丈夫博雷尔。他说他要把托托什关进苦牢去。"

"还苦牢，呸！这家伙一工作起来就让人扫兴！我告诉你，这两头犟驴一直以来就跟狗和猫一样。但是托托什不是个坏人，他只是有点……怎么说呢……无拘无束，对，就是真的很无拘无束！博雷尔跟他正好相反，喜欢什么都管，另外那一个，就爱开玩笑，比泼猴还招人烦。"

说完她就开怀大笑起来，两眼乐得眯起来。保罗摇了摇头，气她不把自己当一回事。

"但是他是一个偷猎贼，一个偷人家猎物的小偷！你丈夫都说了！"

"哼，我没说他说得不对，但是在这里，每个人都多多少少会偷猎，改善一下家计，你在这边偷 只兔了，我在那边偷一只野鸡，这都是被容许的。这片土地太贫瘠了。就连博雷尔都会下索套，伯爵老爷应该都知道……"

"那托托什呢？"

"托托什做得有点过，这就惹人不高兴了……"

"我觉得你很喜欢他！"

"哦，你可不要在脑子里瞎想！我只是说他不是个坏人，还有他不喜欢守规矩……"

当他们走到河岸时，她指着一个上面草草地乱搭着一间小屋的平底船说道：

"看，这不就是一个无拘无束的人的家吗？只要解开绳子，你就可以出发了！"

保罗惊呆了，站在原地一动不动。那条船跟他书里一幅插图中的船屋一模一样，那不就是迷失在极北深处的猎人的船嘛！

"托托什就住在那儿？"

"对啊！"

"你怎么知道？"

"因为那就是他的家啊！"

"可是如果所有人都知道他的老巢在哪儿的话，那为什么博雷尔不抓住他把他交给宪兵呢？"

"因为要抓到他正在偷猎的证据啊，要不就太简单了，还有怎么才能证明是他干的呢？他玩这个游戏可精着呢！"

突然担心自己讲了太多，塞莱斯蒂娜加快了脚步，保罗跟在她后面。她知道博雷尔不喜欢托托什，而保罗只要出现在他眼前就能惹他生气，要是他想起来问保罗……她突然意识到自己已经忘了孩子们都是怎样的了，忘记了他们总是有层出不穷的问题，总想知道为什么。玛蒂尔德也总是什么都想知道：为什么地球是圆的，海水是咸的？天上有多少颗星星？还有女孩子为什么要穿裙子？总之是各种问题，大的小的不断。

她知道保罗还在盼着自己继续说下去，便语气严肃地说道：

"我现在还有事情要做，你可以去看书或者去菜地，你总能找到点事做。我要去庄园了。"

"但是你昨晚就已经去过了！"

"我明天还得去……还有些屋子的地没擦！"

"他们不能自己擦吗？"

"小傻瓜，他们是贵族，我们是伺候他们的，这就是为什么。要我说，你身上也流着贵族的血，你……"

她叹了口气，想到有一天这个问题将会像一道阴影一样盘旋在他头上，困扰着他，而他却永远也不会知道这困扰的根源来自哪里……乐观情绪已经离她而去。

高大的庄园外墙让走近的保罗觉得自己像个小矮人。他已经被警告过不要靠近那里，但是好奇心和无聊驱使着他走到了这里，而且破坏规矩让他有活着的感觉，好像是在开始一段冒险。只要有人从那些巨大的窗户往外看一眼就能发现他……发现他之后会怎样呢？他想象着会有一个像历史课本插画里那样穿着丝质褶裥西装的人物发现他，然后会因为他的胆大妄为而命人鞭打他。会是博雷尔负责来惩罚他吗？

狩猎监督官今天又是怒气冲冲地回到家，保罗都不敢跟他说话，就连想要帮他忙都不敢。自从那天早晨狗圈的事情之后，除了有时嫌他走路慢了或是吃饭不够快而骂他几句，博雷尔可以说是几乎当他不存在了。当塞莱斯蒂娜去庄园里干活的时候，他不喜欢跟博雷尔单独待在一起。她已经走了有两小时，保罗也快无聊死了！他先是吃了块面包片，然后去花园里晃了晃，他刻意跟兔子窝保持距离，他不是不想看它们，只是他已经被告诫太多次不要对它们产生感情，所以便只能装作看不见它们。至于那些母鸡就简单多了，它们都很蠢，又不通人性。除了去捡鸡蛋，平时他对它们完全不感兴趣。

他沿着砖墙走着，然后在走到正南向的那堵外墙前停了下来。他侧耳听了听动静，没有人。他小心翼翼地探出头，看见一辆汽车停在石阶前。他不顾危险，悄悄地向汽车走去，看见里面有红褐色的皮质座椅，还有令人赞叹的仪表盘。四周的安静让他紧张得全身僵直，他转脸看了一眼庄园，透过大大的玻璃窗往里看了一眼。

一个外表严肃的老人正坐在一张巨大的表面比水面还光滑的桌子尽头吃饭。他看上去很悲伤，保罗想是不是因为他只有一个人，没人陪他一起说话。他穿着一件深色的西装，就算以孩子的眼光来看，那也是一件非常优雅的西装。他肯定就是塞莱斯蒂娜说过的伯爵老爷。餐厅看着十分宽敞，奢华无比，天花板上吊着一个巨大的吊灯。装着墙裙的内墙上挂着几幅展示狩猎场景的油画，一只野鸡标本，还有一对头戴假发、毫无笑容的夫妻的肖像画。在餐厅尽头，壁炉上方挂着一面银框的镜子。整间屋子只有红白相间的地砖散发出一丝欢快的气息。

当保罗想要爬高点好看得更清楚时，他一脚踩空，重重地摔在石子路上。慌乱之中，他急忙爬了起来，然而他爬得还是不够快，因为他还没来得及逃跑，就被一个叫声定在了原地：

"小无赖，你就是这么听话的嘛！我不是跟你说了不准来嘛！"

他撒腿就跑，气昏了头的塞莱斯蒂娜继续骂着他，完全没有意识到她掀起的动静。窗户立刻就打开了，德·拉谢奈皱着眉头训斥她道：

"塞莱斯蒂娜！您发什么疯呢，这么大喊大叫的？让我安安静静地吃个饭，您都做不到吗？"

"对不起，伯爵老爷，只是刚才有一个……一个……"

"一个什么？"

"一个动物，一个……"

"一个什么？"

"一个好大的野兽！"

"见鬼！要真是一头野兽，您张牙舞爪的样子就能给轰走了！您确定您不是看到狮子了？"

"我向您保证，伯爵先生……"

"保证什么？"

"嗯，我不记得了……现在想想，刚才大概是池塘里的鹅跑出来了。"

"现在又变成鹅了。您都把我说累了……"

说完他就已经转过身去，气也消了一半。刚才要是他看见了保罗，真不知道会发生些什么，塞莱斯蒂娜一想到这里就不寒而栗。这几年来，伯爵变得越来越闷闷不乐，一点小事都能惹得他大发脾气。还好保罗的头发和肤色都随他父亲。她闭上眼睛，松了口气。

保罗躲在一棵茂密的黄杨球后面，听到了他们之间的对话。那个老人面色不善，说话方式很奇怪，虽然他的车比他儿子的逊色了不少，但他看着没有他儿子那么讨厌。也许他也很无聊吧，不过这有点奇怪，因为他可以去开车兜兜风，又或者骑骑马啊，他住在城堡里，也有钱，还有一大群训练有素的猎狗，还有好多用人伺候他，然而这些好像都不能让他开心。他还不喜欢小孩，这一点保罗倒是能理解，因为就算保罗还没有再碰到贝特朗·德·拉谢奈，保罗就已经恨上他了！

当塞莱斯蒂娜端着洗衣篮回屋的时候，保罗有点泄气。很明显，除了知道这里的人好像都讨厌他之外，他什么都不知道。塞莱斯蒂娜当然不会讨厌他，但是塞莱斯蒂娜认识他父亲，自称是他的家人，另外她还照看过一大堆孩子，所以不能算数。再说，她不允许他做好多事情，而且她还杀兔子！保罗遇到的少数几个孩子都嘲笑他的样子，然而他并不觉得自己跟他们有多么不一样，除了他们说话的口音很难听，还总爱吞音。但是如果只有他一个人这么认为，这对他们又能有什么影响呢？在等了好长一段时间，确定周围没什么动静之后，他从藏身的地方走了出来，离开了庄园。杰克·伦敦的书他还剩一章没看，他是故意尽可能地把这一章留得久一点的。他认为这本书将会是他一生的最爱，首先是因为它是爸爸离开之前送给他的，其次是这本书讲的是一个只有靠勇气和力量才能生存的国度。这本书启发了他，让他心中有了一个初步的计划。如果他锻炼自己适应乡下的生活方式，让自己变得强壮起来，一切都会好起来，甚至他和狩猎监督官的关系也会好起来。另外塞莱斯蒂娜也会为他感到高兴。他不想让她继续生气……

5

第二天，保罗拿着下周要吃的面包正从面包店走出来，突然被人拦住了去路。三个孩子坐在一辆由两只杂种狗拉着的破烂小车上，旁边还有一个小孩一边跑着，一边拿着一个像鞭子一样的东西，在空中甩着，大声喊着："吁，驾！"其实他这喊声除了吵并没起多大作用。看到保罗后，驾车的小孩立刻拉住了缰绳，完全不管这么做会不会伤到那两只狗。他讥讽地对保罗喊道：

"这不是那个巴黎佬嘛！看他穿得多精致啊！喂，牛脑袋！"

一个坐在两个同伴中间的头发乱糟糟的小女孩高兴地喊了一嗓子。所有人都嬉皮笑脸地盯着他看。那女孩开始笑起来，笑得嘴巴都歪了。保罗犹豫着是要保持礼貌还是挑衅性地回击他们，最后他谨慎地选择了一个中间的态度。

"我不是巴黎人。"

"是吗？那你那身城里人的行头是从哪儿来的？"

"行头是什么意思？"

"看吧，你果然不是本地人！"

"我没说我是本地人啊。"

那女孩鄙视地嘘声道：

"那你是从天上掉下来的？"

"梅利，别烦他了，你要把他弄哭了！你亲他一下试试，也许他就变成青蛙了！"

保罗绷紧了身体，摆出防卫的架势。虽然他没有完全听懂，但是那话里意思再明确不过了。

"我不是从巴黎来的，我是从巴黎郊区来的。"

那几个孩子被他补充的这句话震惊得张大了嘴巴，他气红了脸，接着说道：

"我才不怕你们这些乡巴佬呢！"

说完他就开始跑，因为他感到他们的眼神简直要把他吃了，而他宁愿死也不愿承认他们有理！他出于本能地跑到了通往卢瓦尔河的那条道路，他一边跑一边抽着鼻子，不想让眼泪流出来。他忽然觉得自己好孤单！塞莱斯蒂娜在傍晚之前不会回家，他又不想让博雷尔撞见自己想哭的样子！

开学的日子在他到庄园来的时候曾经显得是那么遥远，然而它还是不可避免地快要来到了。他算了一下，离开学还有不到七周的时间，除非那几个乡巴佬在特殊学校上学，不然他们还要碰面。他冷笑了一声，然而这冷笑的意味在他自己听来都觉得假。那群孩子看着应该跟他差不多年纪，他会不会在新班级里碰到他们？

一想到学校，一阵绝望的情绪笼罩了他。本来，他应该先上完小学第二年中级课程之后再跟大孩子们一起去上初中的。他本来应该是会跟埃米尔和雅科再见面的，他们会迫不及待地跟他讲他们的恶作剧，他们在没人的工地上玩的游戏，在空地上举行的球赛，还有在贝尔东街广场上的弹珠比赛。而在这里，他要面对的是一群乡巴佬，他们不仅嘲笑他的口音、他的行为举止，还嘲笑他穿得太隆重！最好还是不去想他们了。两三个月之后，他爸爸就会回来了。到时候，保罗就不用搭理这些蠢蛋了！

保罗走过通向庄园的岔路口，沿着河岸往前走，在离那个偷猎贼的平底船不远的地方，他发现了一座石桥。他走了上去，在看到桥下的人影时突然停了下来。他不想被那人注意到，因为他已经挨过那人的骂了。高大的偷猎贼半条腿没在水里，正在收渔网。他手里拿着一根树枝，上面拴着一根绳子，绳子那头连着一个用两块洋槐木箍着的方形的捕鱼篓。他用力拉着渔网，浑身的肌肉绷得紧紧的，嘴里咬牙切齿地骂着脏话。结果捞出来一看，里面只有半篓子淤泥。他一边骂着白费了半天力气，一面往岸边走去。刚才在河岸斜坡上打盹的小母狗连忙爬起来迎上去。它还没来得及张嘴叫，脚下的土就塌了，它一下就被河水卷走了。

那人立刻扔下了手里的渔网，抓起一根总是随身带着以备不时之需的绳索朝桥墩跑去，那只可怜的小狗陷在漩涡里，四肢绝望地在水里扑腾着。他把绳子向小狗的方向扔去，喊道："小男孩，抓住它，我的好姑娘！"绳子在水里漂荡了一下，然后就被水流推到了小狗够不到的地方。

保罗往岸边跑去，嘴里面一边喊着："快跳进河里去救它！它要淹死了！"偷猎贼转过头来看他，脸色因为焦虑而变得惨白，无奈地说道："我他妈的不会游泳！"

保罗脚下一滑，摔了个屁股蹲儿。他立刻爬了起来，然后开始脱鞋。"我会。把绳子递给我！"

他学着曾经在一本书中看到的那样，迅速地把绳子的一头缠在腰上。但是当他想要打结时，他的双手颤抖得厉害，怎么也打不好，最后是托托什替他把绳子系好。托托什明白了这孩子的想法，推了他一把，好让他游得更快一点。小母狗的脑袋被湍急的水流淹没的时间越来越长，快要探不出头来了。它的四肢扑腾得已经没有刚才那样快了，好像就要被河水吞没了。

就在保罗往河里跳时，托托什对小狗喊道："小男孩，挺住。我们马上就来救你了！"小狗好像听到了他的喊声，因为它的身子往岸边方向挺了一下，有那么一瞬间，托托什以为它要挣脱漩涡了。然而旋转的水流再次紧紧地抓住了它，小狗在水里打了一个圈，往下沉去。保罗从水中抬起头来，换气的时候被呛了一口。河水比看上去要冷得多，他的骨头都要被冻僵了。他感到自己要被水流带走，于是拼命地用脚拍打着河水，重新向桥墩游去。他已经看不到小男孩了，只能靠托托什的叫喊声来辨别方向。保罗加了把劲，隐约中看到在离他只有几米远的地方有东西在动。水流十分湍急，对他来说甚至有些过于湍急了，而且为了避免逆流而上，他还是从漩涡上游下的水，斜插着游向漩涡的。突然间，一个湿透的毛球在离他不远的地方冒了出来，他伸手抓到了它，但是它的毛太滑了，而且他没有足够的时间来抓紧它。就在这时，他感觉到漩涡的力量正在把他往河底拉。突然一股外力把他从河水的吸力中拽了出来，是一直看着他的托托什，把他拉出了漩涡，但是又没有把他拉得离小狗太远。小狗这时也发现了保罗，它好像突然活了过来，它扬起脖子，重新开始勇敢地划起水来。他们俩在中途会合，保罗两脚踩着水，伸出双臂把它抱进了怀里。他感到自己体力不支，想要喊托托什来帮忙，但是周围的声音实在是太大，托托什什么也听不见，另外他也只发出了一声低低的尖叫声。小狗把头枕在他的肩上，贴着他的脖子一动也不动，好像死尸一般任由保罗带着它游。保罗想要往前游，但是身体像灌了铅一样往河底下沉。突然，仿佛神迹降临一般，他感到腰间的绳子一紧，被逆着水流往岸边拉去。保罗感到自己被拉上了岸。他和小狗、狗主人一起瘫坐在地上，大口喘着气。过了一会儿，托托什发出一声怪叫，像松了一口气的声音，又像是庆祝胜利的喊叫声。

"好小子，你救了我的狗！"

小狗咳嗽了几声，吐了几口水然后摇摇晃晃地站了起来。

"我的老天爷啊，你终于活过来了！"

托托什高兴地在地上打起滚来，笑声也越来越大，好像打雷一般。看着身材魁梧、一脸络腮胡的托托什四肢着地趴在被河水泡得跟个鸡毛掸子似的小狗面前的样子，保罗也忍不住大笑起来。

托托什用一套精巧的滑轮和绳索系统在他小屋的天花板上挂了一堆东西：一口锅、两把凳子、一个小猎袋、一个破背包、一口熏黑的平底锅、三盏煤油灯、几个篮子、两个水桶，还有一个大得能躺下一个人的大盆。多亏了这套系统，只要小心不要碰到脑袋，待在他这个十五平方米左右的小屋里，感觉还是比较宽敞的。屋子的每一面墙壁前都摆着箱子、柜子又或者钉着搁板，上面摆放着一些小件杂物。屋子的一角放着少得可怜的食物：一把燕麦、一点猪油，还有一小块肥肉。屋子再往里的地方放着一圈草褥，几块布，一床破被，还有几件衣服。一张木床被摆在两个衣柜中间就构成了他的卧室。至于厨房，里面摆了一张桌子，配了两把不一样的椅子，另外还有一个火炉，正呼呼冒着热气。

保罗已经不再冷得牙齿打架，他的身体缩成一团，浑身上下只穿着湿漉漉的内裤，小母狗紧挨着他趴在一旁。他的衣服挂在一根细绳上，样子十分寒酸，但是他一点也不在乎。他惊奇地看着屋子里的捕猎工具、诱饵、线绳还有黄铜卷筒，好像是见到了什么不得了的宝贝似的。他一边看着一边小口喝着托托什为他准备的肉汤，托托什往汤里面加了一把燕麦，说是为了让他"恢复体力"。他不想说这汤实在太难喝了，因为自己能来到这间小屋就已经是非常幸运了，一切都好像冒险小说里的情节。保罗想道：

"他是这里最坏的偷猎贼，什么都偷，没有人能抓到他，而我却进了他的家，上了他的船！"对保罗来说，一切都是那么不可思议，既危险又刺激。保罗在这边胡思乱想着，高大的托托什则在旁边一个箱子里乱翻着，好像在找什么东西。那箱子里装满了各种鱼钩、别针，还有各种各样的假饵。保罗知道自己现在如果不问的话，就再也没有机会了。于是他鼓起勇气问道：

"您愿意教我钓鱼吗？"

"你还想干什么？还要我教你跳舞吗?! 我可没工夫陪你瞎闹。"

"我可以教您别的作为交换！"

"啊，你是这么想的！你要拿什么跟我交换？教我认字还是唱摇篮曲？"

"我可以教您游泳！"

托托什被伤了自尊，他想要讥讽保罗，不过最后还是把话吞了回去。保罗羞辱了他，就算不想承认，他确实是欠了这孩子一个人情。想到这里，他的态度和缓了一些，但是心里的想法还是一点没变。

"听着，你救了小男孩确实勇气可嘉，我欠你一个大人情，这我承认。但是我不喜欢有小孩子跟着我……更不要说还是一个大城市里来的小娃娃了！"

为了表明他的决心，他起身把保罗还湿着的裤子取下来扔给了保罗，保罗一把抓住了裤子，脸上露出失望的神色。托托什给自己卷起了一支香烟，摆出不为所动的样子。他一点也不想为这个孩子心软，尤其是这里面还牵涉着狩猎监督官。

"把裤子穿好后就回博雷尔家去吧。留在这儿对你没什么好处。"

在他粗大的手掌里,那片卷烟纸看上去薄得可怜。他用舌头把卷烟纸封好,把烟草压实,然后满足地吐了口气。看到保罗还在一旁呆呆地看着他,他没好气地说道:

"你怎么还在这儿? 快点走吧。"

保罗站起来穿裤子。被不公平对待的感觉让他心里很难受,他既难过又生气。他救了小男孩,这可不是件小事! 从某种程度上来看,托托什跟庄园里的猎狗一样凶,而且还粗鲁,比博雷尔和吕西安没好到哪里去! 所有这些人都嫌弃他是城里来的孩子,好像这是他的错一样! 难道一个人必须来自一个特定的地方才能被人高看一眼吗?

他穿好裤子之后,摸了摸小母狗,又磨蹭了一会儿,期待着万一托托什改变了主意,但是那人正嘴里抽着烟,头埋在钓鱼的工具箱里。他爬上了用来当作阶梯的箱子,大声地说道:

"我走了!"

"谢谢,再见……不要再让我看见你在附近转悠了,小伙子!"

上了岸之后,保罗才意识到天色已晚。天空已经染上了金紫色,一棵老柳树的枝头在落日余晖的照耀下闪烁着光芒。奇怪的是,眼前的美景让他心中生出了一丝希望。他会一遍又一遍地回来向托托什证明,作为一个城里来的孩子,他能干得很!

博雷尔手里举着几乎空了的杯子,脑子里想着事情。

"今天晚上,我去橡树林那边站岗。现在北风起来了,野鸡都得跑到那里去躲着了……"

"那就去呗。不过你准备干什么呢？"

"我什么也不干。但是我猜去那边的肯定不会只有我一个人，你知道我在说什么吧……今天满月，那个狡猾的家伙肯定不会错过这个机会。我正好可以抓他一个人赃并获，跟他来个彻底了断！"

"你又开始了……"

"当然喽，你等我把他逮住的！"

"想得真美！"

保罗正站在水池边洗手，塞莱斯蒂娜的口气勾起了他的好奇心。从她玩笑的口气中，他好像听出了一种挑衅的意味。虽然他回来晚了，但是没人批评他，空气中飘荡着一种紧张的气氛，好像是在保护着他。博雷尔应该也是听出了他老婆话中的讥讽味，因为他没好气地接着说道：

"哼，看谁能笑到最后吧！他要为我的每次扑空，为他不经允许偷猎的每一只兔子，射杀的每一只倒霉野鸡付出代价！"

"博雷尔，他不是这里唯一的偷猎贼……"

每当塞莱斯蒂娜这么叫她的丈夫时，她好像是站在远处看他，就好像她是一个局外人一样，但是他丝毫没有感到这种距离感，继续挥舞着双手说道：

"没错，但是我只看到了他在偷！"

"还不如说是他惹恼了你！"

"他怎么可能不惹恼我呢？他总是给我添乱，一直挑衅我！"

"呸！都是你自己瞎联想的！他没比别人给你找更多的麻烦，是你总是跟他过不去，老天爷都知道怎么回事！"

"你的老天爷什么都不知道，因为这跟他一点关系也没有！如果像你说的，是我在找他麻烦的话，那是因为这附近没有比他更恶劣的小偷！等着吧，我要让这个家伙再也不敢嘲笑我，没了他，我们这里会变得更好，而且好得不是一点半点！伯爵想要一切都井井有条的，要不他花钱雇我做什么？"

"伯爵才不在乎……我天天见他，我觉着他没那么关心偷猎的问题。再说，有这些人偷猎，还帮他解决了不少臭烘烘的畜生呢，还能控制野兔的数量。"

"控制个屁！他们就是在偷东西！"

"又说到犯罪了！要我说，托托什把你脑子都搅糊涂了！"

最后，为了结束这场争吵，她直接切断了话题，转脸向保罗问道：

"你洗完手了吗？"

在这个时候，她好像才注意到他的衣服皱巴巴的，都是泥点子。

"你又跑哪里去了？"

保罗还没来得及编出一个借口来，她已经转脸去盛肉汤了，心思显然不在他身上。他们坐到桌前，一句话也没有说，听完了餐前祷告，便开始安安静静地吃饭，每个人都在想自己的事情。博雷尔抓了几个去年冬天剩下的核桃当点心，把它们放进了口袋里。之后，他开始装备起来，为今晚的守夜做准备：猎枪、灯笼、一条深夜御寒的毯子，还有一个空口袋，那是他打算在抓到托托什之后用来装他的赃物的。他哼了一声算是跟他老婆打了个招呼，然后就出门去了。

塞莱斯蒂娜两眼放空了一阵子，然后又开始忙碌起来。她把盘子放到水龙头下冲洗，然后把厨房上上下下打扫了一遍。有时候，她会抬头看看外面的天色，观察外面的动静。保罗从她仓促的动作中感受到了她的紧张情绪。当她把一切都打扫干净，擦得锃亮之后，她晃着手里的湿抹布对保罗说道：

"我去把抹布挂到楼上的窗户上。"

"为什么要挂到楼上的窗户上？"

见她没有接话，他便跟着她走上了楼梯。塞莱斯蒂娜今晚绝对有些古怪。

到了楼上的走廊里之后，她走到一个天窗前，打开了窗户，把抹布搭在了外面。

"把抹布放这儿做什么？"

"当然是为了把抹布晾干啊！"

保罗嗅出了一丝可疑的味道，继续问道：

"晾在走廊里？"

"为什么不呢？"

"夜里晾？"

"夜里晾、白天晾都行，晾抹布可没什么固定时间。再说湿的可不是只有我的抹布啊……你究竟是跑哪里去了，把衣服泡成这样？"

"我滑倒了。"

"滑到哪里去了？"

"一个水洼。"

"水洼……你当我是傻子啊！你不是掉进水塘里去了吧？"

他点了点头，为这句真假参半的谎话松了口气。如果塞莱斯蒂娜知道他跑到河里游泳，一定会狠狠地罚他！

"可怜的，你可能会淹死知道吗?!"

"不会，我会游泳！"

"嗯……如果你被马尔努盯上可就说不好了！"

"那是谁？"

"马尔努？那可是一条十分邪恶的地下河！老人们都说它是看不见的水流的魂，而且因为它发生了不少灾难。有人听到过它在井里轰隆隆地叫，还有人听到过它在烟囱板后面噼啪响，随时要把冒失鬼吞掉。还有人说在索沃泰尔林子那边，有几个机灵鬼曾经把几只鸭子赶进了喷泉下面的水洞里，一周后才发现它们出现在了离喷泉几十里远的卢瓦尔河里。但是不是所有的鸭子都被找到了！"

"哇！"

"小傻瓜，光会喊'哇'可不管用！你现在明白为什么要非常小心了吧？"

保罗迅速地点了点头，庆幸自己这么轻松地逃过了一劫。当塞莱斯蒂娜走过来拥抱他时，他不禁想到塞莱斯蒂娜这么盘问他，倒是不用解释自己刚才为什么那么奇怪了。

他听着她走下楼梯去，她的脚步声听上去很欢快，好像是在跳着下楼一样。他的头有点晕，累的。今天晚上，他不需要再浪费蜡烛了，他已经困得眼皮打架看不了书了。一片漆黑之中，他想起小男孩，不禁微笑起来。他可以打着去看它的借口再回到那艘船上去。现在他也开始有秘密了。也许这里的人都是这样，又或者是他长大了……他被所有这些情绪折腾得累了，慢慢地陷入了沉睡。

黑夜之中，天窗上那块抹布上的污迹看上去好像一个细小的幽灵。

他不知道究竟是哪一个动静把他吵醒的，可能是人踩到石头上发出的窸窣声，也有可能是那人转动窗户的把手用力过大造成的动静，还有可能是来人翻到地板上发出的沉闷的撞击声。总之，保罗根据这些动静推测出有人从窗户偷偷翻了进来。隔壁用来放杂物的空房间里有动静。一阵欢快的咯咯笑声传来之后又立刻被压了下去。博雷尔？但是博雷尔从来都不笑，而且他没有理由进自己的家还要爬墙。保罗悄悄地从床上

066

滑下来，走到门口，千万个小心地打开了一个门缝。从门缝里，他看到有两个人在小声说着话，不一会儿他又听到了同样的欢快笑声，中间还穿插着大喘气。他在门口站了一会儿，心脏扑通扑通地跳着，被害怕和一种不可名状的情绪笼罩着，最后他决定把门轻轻地关上，重新回到了床上。

他现在已经彻底醒了，但是还是不要点蜡烛的好，免得惊动了那位夜间来客。塞莱斯蒂娜上楼来了吗？外面的声音听得不是很清楚。他躺在黑暗之中，脑海中浮现出博雷尔藏在高大的橡树林里的画面。他这个时候应该正全神贯注地警戒着，一旦林子里有个风吹草动就会立刻扑上去，坚信自己必将取得最终的胜利。夜越深，他的怨念也会越来越深。他对自己的判断是如此坚信不疑，又把自己全副武装，不等到天亮肯定不会回来的！他注定要空手而归了……

自从保罗救了小男孩之后，三天的时间过去了，托托什几乎要把这件事忘到了脑后。这天早晨，他离开船穿过一片荆棘进了森林。他迈着稳健的步伐向前走着，速度既没有太快，也没有太慢。小母狗在他前面胡乱地跑着，不停地回头看看他询问前进的方向。突然，他停下来检查地面，他在地上蹲了很久才手扶脑门站了起来。有人要是这时候看到他，肯定会以为他晕头转向了，因为他转过身来，身子稍微晃了一下。突然，没有任何预警，他向一片灌木丛直直地冲去，抓住了躲在那里一脸惊恐的小孩。

"天哪！又是你？简直不可思议，你比鼻涕虫还黏人！是博雷尔派你来监视我的吗？"

"不是，我发誓！"

"人永远都不应该发誓，你不知道这个道理吗？好了，快滚吧，跑快点！在我打你巴掌之前赶紧跑！"

"我想要跟着你！"

"瞧瞧，瞧瞧！你还要干吗？你还想我把你挂到月亮上去？"

"求求你了！"

"嗯，我不愿意，这是你自己的事情！"

"你是要去偷猎，对吧？"

"偷猎？你知道你自己在说什么吗？这林子里的猎物都是谁的？那些白天跑到这里，夜里又窜到那边的野猪又是谁的？那些一飞飞上成百上千里的候鸟又是谁的？是你的？是狩猎监督官的？说到这儿，水里的鱼又是谁的，还有那些苍蝇、我们呼吸的空气、喝的水又都是谁的?! 好了，在我发脾气之前快给我滚开！"

托托什说完就转身走开，以为保罗不会再跟来。然而保罗跑到他前面拦住了他，决心来个孤注一掷。

"博雷尔那天夜里在橡树林里等了你一夜，他一定很想知道你当时去哪儿了。"

"你怎么知道这件事的？"

"因为第二天早晨，他一直在打哈欠，然后塞莱斯蒂娜叫我不要管他，说他正窝了一肚子火。可是我知道你那天晚上在哪里。而且我还知道为什么那块抹布没有挂在原来的地方了，所以如果你不带上我的话……"

托托什被他的威胁唬住了，一脸惊讶地摇了摇头。

"小兔崽子！"

他晃了晃手里明晃晃的猎刀，保罗向后退了几步，被自己招来的祸事吓到了。

"你看到这把刀了没？如果我被抓了，我会用这把刀了结自己。"

他把刀摆到脖子前比画了一个割喉的动作。为了显得更加逼真，他一脸严肃地接着说道：

"我宁愿死也不愿意被关起来。我不会再次成为不公平判决的受害者！你知道为什么法官要把像我这样的家伙扔进监狱吗？不是因为两三只兔子，而是因为我没钱。"

"是的，冉·阿让也是因为同样的原因被关进牢里的！"

"谁？冉·阿让……"

托托什略微仰了仰头，突然安静下来。这孩子看来是打定了主意要跟着他，老实说，这孩子的这份坚持让他感到自己受到了追捧。说到底，他还因为小男孩获救的事情欠了这孩子一个人情。他夸张地叹了口气，不想被看出来自己让步得太容易。

"好吧，我就带上你，但是听好了，只有这一次，你明白了吗？"

大获全胜的保罗强忍着笑意点了点头。他默默地跟在高大的托托什身后，知道他们俩之间达成的这个约定随时都可能被解除。小母狗在他俩前面跑着，托托什迈着大步，往森林深处走去，他避开林子里的空地，又绕过了沼泽地，即使在四处都是别无二致的植被面前，他也没有对前进的方向犹豫过片刻。他们就这样走了好一阵子，突然托托什停了下来，指着地面对保罗说道：

"你看到了吗？"

潮湿的泥土里嵌着一个分叉的脚印，他俩在那脚印前蹲了下来。小男孩开始用鼻子四处闻，它的尾巴冲着天，激动地晃着。托托什命令它安静下来，然后用手指轻轻地擦了一下两个大脚趾印的外缘，一边小声地漫不经心地说道：

"这是一头野猪，公的，不然蹄印的外缘不会这么清楚。像这样。"

他抓起一根树枝，在沙地上画了一个稍微小一点的分叉蹄印，而后又回到了刚才那个蹄印。"

"你看那里，看到那两个大脚趾后面分开的两个小趾印了吗？凭这个你就能看出那头畜生的体重。一厘米相当于十公斤。看着。"

他伸出拇指和小指，量了量那两个小趾印之间的距离。

"大约十二厘米。也就是说这头三四岁的公猪差不多有一百二十公斤。老天爷啊，这可真是头肥猪！"

保罗紧紧盯着托托什的每一个动作，生怕漏了一个细节，连大气也不敢喘。托托什向他眨了眨眼睛，然后站了起来。

"现在，我们去解索套……我在特马耶林子那边下了几个套，不准乱说话，你可给我把嘴缝紧喽。不准对博雷尔说一个字，听到没？"

"听到了。"

"你发誓？"

"你刚才不是说不要……"

"嘘！不用你操心……你发不发誓？"

"发誓。"

"吐唾沫不？"

他张口冲草丛里吐了口浓痰，保罗学着他的样子也吐了一口，只是相较之下，保罗吐出的唾沫量少得可怜。吐完之后，保罗张嘴严肃地发誓道：

"金十字，银十字，撒谎我就一定死……"

托托什压住想笑的冲动，带着保罗继续上路了。比起刚才，他们现在走得更快。大半个早晨已经过去了，托托什不想多做耽搁，因为这附近除了博雷尔还有别的人在巡逻。

在托托什下的第二个索套里，他们发现了一只已经不动弹了的兔子，那兔子的黑眼珠子死死地望着天空。托托什小心翼翼地把兔子解了下来，用手摸了摸它的皮毛，他摸兔子的动作是如此之快，如果保罗不是一直全神贯注地盯着他看，很有可能就没看到。托托什把兔子扔进了口袋里，然后向保罗展示怎么把索套重新布置好。其他的索套全都一无所获，但是每到一处，托托什都跟他讲了每个索套的不同之处，从它们放置的位置，到各种野兽的行动方式，还教了他怎么看出有没有动物路过。在一块空地的边缘，一棵橡树下，他们发现了一只鹿角，上面还带着一点已经干了的血迹。保罗虽然心里难受，还是硬逼着自己看过去。一想到要看到像鹿这样美丽的生物的尸体，他就有点忍不住难过。

"它是被猎人杀死的吗？"

"当然不是！这是鹿的退角。"

"退角？是说像蛇蜕皮一样吗？"

"要我说，你还真没学过多少关于大自然的知识！博雷尔也没帮你补补课……每年冬季结束的时候，雄鹿都会退掉原来的角。到了夏天，它们的角又会重新开始生长，这样到了秋天发情的季节，它们的角就会长得足够硬，可以保护自己了。"

"它们的角是用来跟猎人打架的吗？"

"呸，傻子！它们的角是在争夺母鹿时，用来跟别的雄鹿打架，还有就是为了吸引母鹿，你明白了吗？"

保罗半信半疑地接着问道：

"可是它们退角不会疼吗？"

"不会比你掉奶牙的时候疼。你看看这只鹿角，这是一只十叉鹿角。雄鹿的角是根据它的叉角的数量来分类的，你也可以根据它有多少角尖来分类，这是辨别鹿的一种方法。这个是鹿角的第二枝，只有在四五岁的成年雄鹿鹿角的第一枝上面才能看到它。这头鹿应该正是最强壮的时候。这是一头顶着皇冠的鹿。"

"为什么这么说？"

"因为你看，它的叉角组成了一个皇冠的样子，那儿，看出来了吗？另外还有些鹿角的顶枝长得就跟人的手掌上的手指一样；还有的鹿角分叉分到最后只剩两个角尖，再还有些鹿角长得奇形怪状，完全没有规律……"

保罗全神贯注地听着托托什的解说，一个字也没漏掉。他突然觉得森林不再像原来那样原始和吓人了。在两小时的时间里，托托什让他对大自然完全改观了。托托什向他展示了一种全新的观察和思考的方式。他猜在托托什粗鲁的外表下，隐藏着一份无穷尽的耐心，还有一份对这块土地，乃至托托什所追捕的猎物的热爱之心。

他们再次上路，急于把所有的索套都检查一遍。尽管浪费了不少时间，托托什还是感受到了一种他并不习惯的满足感。也许是因为那孩子的存在减少了他的孤独感，又或者是向那孩子传授知识稍稍满足了他的虚荣心……

他们正坐在一个老树桩上吃饭时，德德突然推着装满柴火的手推车从一片荆棘丛中走了出来。托托什刚刚切了一大块香肠，正在抠沾在他那满是油污的裤子上的一层泥。他用旁人听不到的声音小声对保罗说道：

"要我说，这个叫德德的家伙，他的柴火可不是从商店里买来的。孩子，你看见了吧，当你是穷人的时候，你就会各种去偷……"

他从包里抽出一瓶酒来，仰头喝了两大口，然后满足地打了个响舌。

"喝点酒对身体有好处。我不会劝你喝……"

小母狗突然开始低吼起来，他立即一动不动，全身戒备起来，一扫之前的懒散。保罗还没动一下，他就从牙缝里挤出来一句话叫住了保罗。

"别动！一毫米也不要动。"

保罗条件反射地朝托托什眼神的方向看去，眼前的景象把他吓得定在原地一动也不敢动。其实就算他想动，他也动不了。一条毒蛇正快速地扭动着身体向他游过来，几乎要游到他两腿之间，眼看着那蛇抬起头向他的大腿弹去，他忍不住大叫了一声，只见那蛇已经蜷缩成了一团，被托托什用刀钉在了树干上。托托什迅速地把死蛇从刀上拔了下来，用行家的眼神看了一眼，然后就把它塞进包里送去跟刚才那只兔子做伴了。

"把它卖给药店老板，能值一百苏，够我喝上一升好酒了。"

托托什满意地伸出舌头舔了舔黏糊糊的刀刃，然后把刀插回鞘中。保罗忍住了想要吐的冲动。如果他做出娇弱的样子，托托什也许会嘲笑他，甚至可能会打发他回家。托托什站了起来，把吃剩的东西重新收好。

"现在我要教你怎么用黄铜线做索套。谁说得准呢，也许这个技巧会对你一直有用。你不学的话，死的时候也不会比你刚到这里时更加无知。"

突然一群猎狗的叫声打断了他的讲话。他立即挺直了身子，捡起所有能捡起的东西，什么也不管地向林子里逃去。保罗迟疑了一下，立即也跟了上去。之前一直安静的森林突然充满了越来越近的响声，有汪汪汪的狗叫声，有发号施令的叫喊声，有荆棘丛晃动的簌簌声，还有受了惊吓的野公鸡拍打着翅膀飞上天的声音。这突如其来预示着厄运的嘈杂声让保罗胆战心惊。托托什已经跑得没影了。而就在他绝望地一边寻找着方向，一边跑了有五十多米远的时候，他差点就摔到了托托什的身上。托托什藏在一簇茂密的荆棘丛后面的地坑里，他把小母狗紧紧抱在怀里，不让它发出一点动静。保罗缩起身子躲到了他旁边，心脏扑通扑通地跳着。如果那群猎狗扑上来，他们可要怎么办呢？

博雷尔骑着一匹枣红马走进了刚才的那片空地。围着他转悠的猎狗早就已经发现了他们之前坐过的树桩，它们亢奋地嗅着地面，四处寻找线索。留在地上的一截香肠引发了一阵短暂的撕咬，博雷尔大喊了一声"安静！"，然后下马开始检查周围环境。当他看到地面上还留着托托什没来得及带走的索套时，他举起拳头大喊道："托托什！你这个臭狗屎，快给我滚出来！"

就在这时，伯爵骑着一头乌黑的骏马走进了空地。他驾着马不紧不慢地走着，对博雷尔说道：

"博雷尔，你喊什么喊！我原本想着要看几头鹿，现在还看什么看！"

"伯爵老爷，都是托托什的错。"

"又是那个托托什？"

"又是他，一直都是他！您过来瞧瞧，我发现了他的索套，就在这里！"

他一边跺着脚一边指向那个树桩，一心想着要把托托什扳倒。

"您得去报案，好把他尽快抓回监狱里去。要我说，像他这样的祸害就该关一辈子！这个家伙比魔鬼还坏！"

"等一下，要报案的话，除了有推断还得有点别的东西，而您现在什么都没有，连个证据的影子都没有。谁能证明这些索套属于您口中的那个偷猎贼？您看到这索套上刻他的名字了？"

博雷尔简直要气疯了，他低下了头，一边强压着心头的怒火，一边暗自想着要不是有人给他捣乱，他早就能把那泼猴五花大绑地捆起来了。伯爵老爷这种阻止他行动的宽容态度实在让他无法理解。更糟糕的是，他现在心里已经偷偷地瞧不上伯爵了。在自己的领地上无所不能的安托万·德·拉谢奈，出于迟钝又或者是出于懒惰，居然放任他人偷盗自己的财产，便宜了一个臭狗屎。他无奈地攥紧了拳头。他前天夜里刚熬了一宿，睡眠不足让他变得比平时更易怒：他的主人什么都不懂，现在还跑来教训他，好像是自己没有责任似的！他想要找出无法反驳的论据来，但这一切都是徒劳的，因为伯爵固执地认为这些小偷小摸的行为都是些不值一提的琐事。

"听着博雷尔，这块地方兔子多的是！总得有人来控制一下它们的数量不是？那么为什么不让一个穷人来做呢？……"

"如果您要控制兔子数量的话，装上铁栅栏把它们围起来就可以了。"

"啊，这个永远都不可以！只要有我活着的一天，我的地界上就不可以有栅栏和围墙！怎么能把一片森林跟人一样关进监狱里去呢！"

伯爵终于发了次脾气，为的却是这么一件不值得的事情！博雷尔一边小心翼翼地往后撤，一边说道。

"我说的是……"

"最后一件事，博雷尔，算我求你了，不要再在我的林子里鬼吼鬼叫了。你不只把我的耳朵要震聋，还把这里的动物也都吓跑了……把狗都带回去吧，它们今天已经跑得够多的了。要是打猎季开始了，你刚才那样肯定要被我的客人们笑话。下次你一定得给我冷静点，我不想再看到你咋咋呼呼的样子……"

老人说完掉转马头径自离开了，把一脸屈辱的博雷尔晾在了原地。当确定伯爵走远了之后，博雷尔愤怒地抬起脚狠狠地踢着地面的青苔，那群狗压低身子小心翼翼地往后退去。

"我自己找宪兵去，看看到底谁有理。坏透了的偷猎贼……你要为我今天受到的羞辱付出代价！"

托托什躲在土堆后面，嘴角露出一丝讥笑。他用手势示意保罗再多

藏一会儿，等博雷尔把地上的索套拿光带着猎狗离开之后再出来。一分
钟之后，他站起身来，轻松地喘了口气。

"出来吧，他不会再回来啦。"

"他会继续来抓我们的！如果他放狗来追我们，我们不可能把它们
甩掉的，也许它们会把我们吃了，不是吗？"

"不可能。"

"为什么？"

"这些狗是专门养来抓鹿的，除了鹿它们不抓别的。"

"什么意思？"

"意思是这些狗被训练得脑子里想的、鼻子里闻的只有鹿，除了鹿，
它们对什么都不感兴趣，更不要说一个像我这样的偷猎的和你这样的怪
小孩了。"

"即使它们闻到了我们的气味，也不会搭理我们吗？"

"相信我吧，它们早就发现我们了，但是它们对我们一点兴趣都没
有。只要我们身上没有沾了鹿的气味……"

保罗稍稍放了心，站了起来，调皮地接着问道：

"那博雷尔呢？他是专门养来抓我们的吗？"

"可以这么说……老天哪，原来你这张天真的小脸也没有看上去那
么蠢嘛！你看着吧，博雷尔那个家伙还要被骗。"

"他不是要去宪兵那里举报我们吗？"

"是啊，我等着呢……"

他用手指指向一片荆棘丛，阻止了保罗继续问下去。

"你从那边钻过去，小心不要留下任何痕迹，绕开有水的地方和
沙地。"

"那你呢？"

"不用你操心。"

当保罗钻进灌木丛里，脚踩着苔藓、蕨树和松针穿行时，托托什选择了一条两边都长满青苔的石子路。他看上去不怎么在意自己的脚下，却十分关心保罗的进度。十多分钟之后，他们一起来到了一条泥泞的小路上，那路通向一个水塘。多年以来，人和动物在这条路上走来走去，把它拓宽了不少，泥土很松散，上面的印记清晰可见。这条路简直就是一个脚印收集器。

"把小男孩抱起来。"

保罗把小男孩抓起来，小母狗摇着尾巴任由保罗把自己抱起来。托托什已经蹲了下来，他麻利地转动着双脚，然后后脚跟在前、前脚掌往后地反着站了起来。看到保罗一脸惊愕的表情，他发出了一阵响亮的笑声。

"不要露出这种没见过世面的样子！我这招只能骗到傻子！跟我往前走，注意不要留下任何痕迹！"

他向一片沙地走去，留下一列跟他前进方向相反的脚印。当他觉得留下的印记已经足够多的时候，便纵身一跃，跳到了铺满松针的地上。

"你想知道接下来会发生什么事情吗？"

保罗嘴巴咧着，点了点头。

"博雷尔把狗送回去之后，一定会立即去拉博利奥客栈，他应该有很大概率会找到正在那里喝烧酒的宪兵！他会告诉他们他发现了我下的索套，说我这次完蛋了，只要跟着我留下的痕迹就能一路追踪到我家，这样他们就能把我送到法官面前，让法官判我个死刑！"

"你会被砍头？"

"当然不会，傻瓜，这只是一种比喻！博雷尔以为他能赢得了我，可惜他又得碰一鼻子灰。"

"这太棒了。"

保罗的语气里没有多少信心，他的脑子里有太多问题了，他想知道如何设陷阱骗傻子，想要了解更多关于那些猎狗的习性，还有跟博雷尔和宪兵有关的事情……他还想跟托托什讨论一下塞莱斯蒂娜，还想知道为什么伯爵那么吓人，还有为什么乡下人这么看不上城里人。然而，托托什已经迈开大步走远了，保罗只能急忙跟上去。他已经累得两腿像灌了铅一样沉，但是他克制着自己不要抱怨，生怕让托托什对自己失去信心。为了给自己鼓劲，他在脑海里想象着当他给小伙伴们讲这些经历时，他们脸上会露出的表情……在连续走了半小时之后，他们从树林里走了出来，来到了卢瓦尔河边，保罗看到了他救小母狗的那座桥。托托什抓了一下保罗的肩膀，完全没有意识到他下手有多重。这是他能允许自己做出的第一个亲密动作，保罗开心得像个国王一样，但是因为疼痛还是忍不住地发出了一声"哎哟"的声音。

"我们就在这里分开吧。塞莱斯蒂娜该在纳闷你跑哪里去玩了。总之，我一点也不后悔带上你。关于抹布的事情，你一个字都不会说的，对吧？"

"一个字都不会！"

他想要吐口唾沫表示永不反悔，但是刚才走了那么远的路，他的嗓子早就干了。

"我相信你，不会割了你的声带的！"

"托托什？"

"你还想说什么？"

"二楼天窗上的那块抹布，是个信号吗？"

"我的老天爷啊，你这个好奇鬼又来了……看来我得高看你一眼啊！说吧，你是怎么想的？"

"如果那是个信号的话，为什么你要爬上去把它取下来呢？"

"这个跟你没半毛钱关系。"

"我可以再来找你吗？"

"如果你少问点问题的话……但是别忘了你还得上学！博雷尔找我麻烦没关系，我可不想让他老婆来追我！"

托托什发出一阵响亮的笑声，然后就走远了，小母狗紧紧跟在他的后面。当他们的身影在斜坡上消失时，保罗才又动起来。回家还有整整三公里的路要走，如果走快点的话，他应该能赶上吃饭时间。尽管他浑身酸痛，但心里还是充满了欢喜。他现在交到一个朋友了，他不用再害怕无聊了，也不用担心开学的时候有人会来嘲笑他了，他一点也不在乎，因为他现在有一个秘密要保守！

在回去的路上，他的脑子里好像一直有个声音在回响，那是托托什藐视一切的轰隆隆的大笑的声音……

第三部分

L'École buissonnière

森林的奥秘

6

随着过去的习惯渐渐消失，保罗已经开始适应他在狩猎监督官家中的新生活。他跟博雷尔的关系一点也没有改善，博雷尔只是容忍他的存在。塞莱斯蒂娜对他的喜爱补偿了他从博雷尔那里受到的冷漠。多亏了托托什，他在漫长的夏日里学到了比任何一本小说或者教科书都多的东西。

每天，在菜地里帮完忙之后，他就会跑去找托托什，迫切地想要看着托托什一面嫌弃地嘟囔着"小孩真是跟鼻涕虫一样黏人"，一面从屋里走出来。托托什现在不仅习惯了他跟在身边，还开始对他产生了一种粗糙的喜爱之情。偶尔有几次找不到托托什的人，毫无疑问，他不是去拉博利奥喝酒了，就是去干啥坏事了，保罗就会着急得像失了魂一般地打转。当然，他俩的这种关系不能让任何人知道，而且这种带有冒险意味的偷偷摸摸碰面的行为也让他们的每次相遇都更加刺激。所以当他们在村里碰到时，会互相装作没看见。加蒂纳这边的人只知道托托什是个打猎的好手，甚至有点崇拜他，但是他们跟他的接触并不多，所以最好不要被人发现他总跟托托什待在一起。一旦事情败露，托托什是天然的替罪羊，因为他本人就是各种偷猎、顺手牵羊行为的化身，这么说不是因为他不担心受到法律的制裁，而是因为他是最狡猾的猎手，另外他的穷困潦倒也让他更加肆意妄为……

为了避免撕坏衣服，让塞莱斯蒂娜起疑心，保罗从托托什那里收到了一套他已经不穿了的"乡下人装扮"。从此以后，每当他跟托托什在一起的时候，他就会戴上一顶旧旧的鸭舌帽，用来遮挡正午的阳光，他还会穿上一件打了蜡的外套，以防天要下雨，他的兜里放着一把折叠刀，脚上蹬着备用靴，专门用来蹚水。晚上回家之前，他会把这身装扮脱下来藏到工具棚的一角，等第二天干了之后再拿出来穿。老实说，这套衣服对他来说大了一点——鸭舌帽能盖到他的耳朵，外套长到膝盖——但是他还是开心得不得了。穿上这身衣服，他觉得自己更像一个冒险家，更像一个大人，一个道地的索洛涅人！他是如此骄傲，甚至为自己不能穿着这身衣服在其他人面前炫耀感到遗憾。

在夏天最热的时候，托托什喜欢去钓鱼。当他在船上没什么活干的时候，他俩就会一直走到博蒙水塘去，自从听了塞莱斯蒂娜的故事后，保罗就把这个地方叫作"马尔努沼泽"。天气炎热，水里的鱼儿也懒，只有到水底才能抓到一些鲤鱼、鳊鱼又或者是五彩斑斓闪着亮光的冬穴鱼。托托什开玩笑说，钓鱼是他的周日休闲活动，一切全靠运气……在这里钓鱼完全不需要像在河里钓鱼那样累，只要选好地点，下好饵，等着鱼儿上钩就好了。当他坐在那儿打盹，时不时懒洋洋地晃动一下鱼竿时，保罗负责拿着桶和筛子去抓蚯蚓，还有那些看上去相当恶心的红色的蛆虫。这个活要求干的人既要有体力，又得有动力，奇怪的是，保罗偏偏就爱干这个活，不论是散发着恶臭的黏糊糊的淤泥、筋疲力尽的感觉，还是挑选蚯蚓和蛆虫时胃里翻腾的轻微的恶心感，他都喜欢。当他抓到足够多的蚯蚓和蛆虫之后，会坐到托托什身旁，听托托什讲大树的故事，小鸟的故事，还有备受发情期折磨的雄鹿的传说……

随着时间一天一天过去，保罗开始学着观察藏在欧石楠花丛里的麻雀、黄莺、朱顶雀还有柳莺，追踪狐狸爱吃的田凫的老窝，辨认鸰鸟悠扬婉转的歌声，红隼的尖叫声，还有苍鹭嘶哑的呱呱声。苍鹭那副老贵族的步态尤其让他着迷。那里还有长着鲜红色眼睛的鹛鹛，有在第一场霜降之时就会飞往非洲的燕鸥。托托什说，燕鸥春天会在靠近岸边的睡莲或者水草上搭窝。想象着那些在水里漂荡的鸟窝，保罗有点遗憾自己看不到它们就要离开这里，然后他又想起了父亲，这点小小的遗憾立刻就消失得无影无踪了。他在这儿也许还要再待上三四个月呢——漫长得好像一辈子！——然而还有许多东西等待着他去发现！

他学着给在沼泽地上绕着大圈飞行的鹬、高大的白鹭还有摇晃着嗉囊的绿头鸭起名字，他很快就学会了如何区分水鸡和白骨顶鸭。不过他最喜欢的还是翠鸟，它们是那么敏捷，好像一支箭，又似一道蓝色的闪电一般飞过水面，想要看到它们只能靠运气。

黄昏时，他们不紧不慢地走在回家的道路上。一路上，托托什会教他辨认哪些野草可以用来调味，哪些可以用来退烧、消炎甚至止血。有时候，他们也会捡起一只孤零零的索套，他们不常这么干，因为托托什主要是在夜里或是凌晨行动。他在白天下索套一方面是为了教保罗，另一方面也是为了气博雷尔……在这些闲逛的途中，他对保罗也越来越信任，甚至告诉了保罗他最重要的一个秘密：往橡树林方向走，再沿着桦树林里的一条沟往前走，就可以找到一个长着大片鸡油菌的地方。虽然保罗兴奋得要死，但是托托什不让他摘走一棵蘑菇，生怕惊动了那个废物狩猎监督官、塞莱斯蒂娜的丈夫！人们对蘑菇的生长地向来保密，有些人甚至把这些地点当作家族秘密一样守口如瓶，代代相传。博雷尔就算再笨，也会发现一些蛛丝马迹。保罗假装听话，心里却想着既然他已经知道了地方，他下次可以自己过来。反正，博雷尔对他一向不闻不问，从来不关心他一天里都做了些什么，在他眼里，保罗连只苍蝇都不如。他只要什么都不说就可以了……随着时间一天一天过去，保罗变得越来越自信，胆子也越来越大。现在他基本上可以到处走而不会迷路了，他探险的地方不断扩大，他甚至飘飘然起来，觉得自己什么都能做，什么都可以发现，并且第一次觉得他十一岁的年纪从来都不是什么问题，重要的是他有一颗求知心！8月的一个下午，阳光正毒，他们撞见德德靠在他那看得比命都重要的手推车上睡觉。托托什想要跟他开个玩笑，便小心翼翼地把手推车偷过来，把它挂到了一棵橡树上，手推车的轮子就像挂在一根绳子上的灯笼一样滴溜溜地打着转……托托什往德德身上扔了几块小石头，把他叫醒。可怜的家伙在发现自己心爱的手推车不见了之后，开始像杀猪一般号叫。他叫喊的声音如此之大，让他们几乎要展现出比博雷尔带着猎狗突然出现时更多的勇气才不至于笑出声来！一阵辊辘声传进了德德的耳里，这声音对他来说再熟悉不过了，他循着声音找了半天，最后终于仰起头，目瞪口呆地看到了眼前的场景。他是如此震惊，就连一大一小两"孩子"的笑声都没听见，他们一边笑着一边一溜烟儿地跑掉了。

"你听到什么了吗？"

这天早晨，他们正默默蹲在高大的草丛里往外看，托托什突然小声对他说道。保罗紧张得心脏怦怦跳着，一样小声地回道：

"鸟叫声。"

"你怎么不说是鸡叫声呢，净说废话！鸟叫声，这话什么用都没有。如果你看到一个人，问我这人是谁，难道我要回你说'这是一个人'吗？"

"当然不会。"

保罗讪讪地回道。

"这就是了，你得说出具体的名字。刚才的这只鸟，是一只灰莺。现在你再听呢？"

"我什么都没听见。"

"你知道为什么吗？"

"它睡着了？"

"呸！灰莺又叫'森林哨兵'，因为当有危险的时候，它就会发出警报。如果它突然不叫了，这就说明敌人已经在附近了。睁大你的眼睛，好……"

托托什说着指向草地远处的一个小点，保罗隐约中看见有什么东西在动，好像是微风轻轻吹动草丛。他看不清楚那是什么东西，但那东西正在向他们靠近。突然，一簇红棕色的毛发从草丛里冒了出来，瞬间又扎进了荆棘丛里。是狐狸！他们只能从荆棘丛的起伏状况来辨别狐狸的前进方向。保罗睁大眼睛仔细观察草丛的晃动情况。那只狐狸悄无声息地穿过了草地，好像什么都没有发生过一样，麻雀继续叫着，微风继续吹着，炎热的午后一切都是那么平静。在离他们五十多步远的一个矮树林附近，那狐狸又重新冒了出来，呆住了两三秒钟之后，缩起身子突然像弹簧一样跳了出去。从它刚刚穿过的荆棘丛那边突然传来一阵激烈的喧嚣声，接着几根鸡毛飘上了天空。托托什笑着站起身来，放出了一直端坐他身边的小男孩，小母狗像箭一样蹿了出去。

"狡猾的狐狸刚抓住了一只野鸡！"

见到保罗脸一下白了，他想要开句玩笑，安慰保罗一下。

"这就是人生！你不会因为这么点小事就昏倒吧。"

他的这句嘲笑话显然是伤了保罗的自尊，保罗怒气冲冲地反驳道：

"人生不等于死亡！"

托托什这种对生命死去无动于衷的态度比其他人更加让他难过，也许是因为他知道他有多么热爱大自然。怎么有人会在夺去一条生命之后还能够保持如此的平静呢？即使托托什给他上了那么多次课，保罗始终无法接受这个现实。他捕猎只是单纯为了让猎物跑动起来，他追捕它们不是为了吃掉它们，而是为了欣赏它们，观看它们飞翔或是奔跑的姿态，赞叹它们的力与美。但是托托什显然没有理解他，也激动起来：

"错！要想那只狐狸活下去，那只野鸡就得死，那只野鸡要活下去就得去吃那些吃草吃种子的昆虫。这就是大自然，生命是一个循环，所有生命都会死去，所有生命又都会重生。"

"这不是真的。死人不会重生，永远也不会！"

气愤之下，保罗喊叫起来。他的突然发作把托托什吓了一跳。托托什想要再解释下去，就在这时传来了小母狗激动的狂叫声。

"快来，它发现猎物了。"

在狐狸仓皇逃命之下扔掉的野鸡前，小男孩不停跳着，激动地哼哼着。这是一只美丽的野鸡，羽毛上布满金色的斑点。

"我们要把它埋了吗？"

"你是不是有点疯了？晚饭要吃什么？"

"但是你已经有鱼了！"

"我还缺下饭的酒呢！我知道要把它卖给谁……听我的，小子，猎物不是抓来玩的。"

"我不是玩！我只是想……"

"给它建座坟？你以为那些畜生会在乎这个……你这么做，它就能不死了？至少我卖掉它，它能喂饱一个人，还能给我换点钱花。你不能按你自己的想法来改变这个世界，这不可能。你知道吗，保持原样的大自然就是最好的大自然。"

他把野鸡塞进猎袋收好，然后上路。

"走吧，我们回去。我把你放在村口林子的岔路口。你总算可以提前到家一次了……"

保罗跟着他上了路，一路上两人无话。托托什的话让他心里翻腾起来，他需要时间来思考这些话的意义。托托什当然比他更懂得大自然的法则，而且托托什捕杀动物从来不是为了玩乐，这些保罗都清楚，他只是想要告诉托托什自己心里害怕，告诉托托什自己害怕一切突然停止，害怕生命冻结，这是一种早早就埋在他心头的不知从何而来的焦虑，这种感觉时不时地让他心痛。另外，他不想惹托托什发火，害怕个性孤僻的托托什突然决定不再带他出来……他思考着该如何道歉，但是心头又泛起一阵酸楚，美好的一天全毁了。

几声枪响突然从他们的右边响起，三声密集的轰鸣声把他们震在了原地。

"什么声音？"

"有人在打猎……如果这也能叫打猎的话。邻近领地的主子是个银行家，他围起了一片地，在里面放野鸡，然后开枪打它们。这种打猎方式，才是屠杀，真是不要脸！狩猎期都还没开始！"

"是说他没有权利这么做吗？"

"当然没有！只是这些城里来的老爷，以为他们可以为所欲为，因为他们有钱……"

"不能让他们这么干！"

"你说得轻巧，我要怎么阻止他呢？我们什么也做不了，我们太微不足道了……"

"可是你……"

"我跟其他人是一样的，甚至还不如他们！我跑过去找他，然后我要说什么？教他怎么打猎吗？'喂，银行家老爷，你枪使得跟个棍子似的，不如去市集上射草扎的动物吧。'你觉得他会怎么着？是给我发个奖章还是勒死我？"

托托什突然不说话了，但是保罗没注意到有什么异常。他继续往前走，没有看到有动物正从林子里走出来。在距离还有不到十五米远的地方，他才看到它。那是一头巨大的野猪，它一边喘着粗气，一边发出低吼声，随时准备要发起进攻。就在这时，他突然感觉自己领子被人拎了起来，耳边传来托托什的呼气声。

"别动，它更怕我们。它在护崽，没事。"

尽管害怕得要死，保罗一动不动，连声也不敢吭。托托什曾经警告过他，母的护起崽来比公的凶多了，眼前的这头显然很可怕。他们慢慢地往后退，一个多余的动作都不敢做。小男孩汪汪地叫了几声。它站在一片欧石楠丛中，旁边是一条几乎看不见的小径。托托什小声抱怨了一句。

"那儿！快看，它在那边停下了，它发现了什么东西。"

他们赶到小母狗旁边，野猪在他们身后远远地跟着。一只野猪崽躺在小径上，一只脚困在捕兽器里。看到他们靠近，野猪崽开始挣扎，嘴里可怜兮兮地呜咽着。

"现在你知道为什么那头母猪要发疯了。干这事的浑蛋最好不要被我抓到！"

"又是那个银行家吗？"

"哦，肯定不会是他，这种有钱人可不会偷猎，他们喜欢开枪打，主要是靠碰运气……不可能是他，这更可能是哪个浑蛋偷猎贼干的！"

"跟你一样？"

"胡说八道！他是个啥也干不好的蠢蛋！你看这铁丝弄的，一点技巧都没有，他这种人下索套，不论时间，也不管技巧，只知道怎么轻松怎么来，根本不管动物死活，连带崽的都抓，也不怕被逮住。这个浑蛋偷猎贼，他只知道胡来。捕猎需要顾忌猎物的生存，不考虑这些，你就什么都不是！"

托托什发的这通脾气，保罗只听到了一半内容，他脑子里还固执地坚持着自己的想法。他继续问道：

"你要把它也杀了吗？"

"不，它还不到六周大，还太小了，但是它需要包扎，它的大腿在流血，可能会有炎症？"

"炎症？"

"就是感染的意思。"

他抓起野猪崽，用一种与他粗犷的外表格格不入的温柔声音对它说道：

"安静，我马上就把你救出来，听话哦……"

母野猪这时靠近了过来，嘴里低吼着，犹豫着是要攻击他们，还是让他们继续对自己的孩子做着什么。它的一部分本能让它继续看下去。托托什一边用眼角余光注意着母野猪的动向，一边把铁丝松开，把野猪崽受伤的腿救了出来。他一只手抓着野猪崽，另一只手从他的皮挎包里取出满满一把当天早晨刚摘的黑莓。他用手把黑莓挤碎，把挤出的大量果汁胡乱涂抹在伤口上，小野猪疼得直抽抽。

"好了，我的小胖子，现在你想跑的话，就跑吧。"

他朝小男孩吹了声口哨，叫它不要动，然后才放下野猪崽，就看着那小猪一边哼哼着一边朝母野猪身边跑去。母子俩互相蹭了蹭鼻子后，就径直往林子里跑去，周围环境很快就恢复了平静，仿佛什么都没有发生过。

在离开之前，托托什两眼直视着保罗，一脸严肃地对他说：

"孩子，你看到了，打猎有打猎的道，生活有生活的理。我下套子、卖野味是为了填饱肚子、喝酒过日子，但是我从来不会任性妄为、什么都干。对动物，必须要抱有敬畏之心，不然的话，你什么都不是。下索套，钓鱼，打山鸡，都得有点判断力。"

保罗这次听进去了，心中的怒火也一扫而空。托托什是爱动物的……他有他自己的方式。至于保罗自己，他至少没有一声不吭不发表意见，任由大人们像往常一样把他当小孩子对待："你还太小不明白，等你长大后就懂了。"

虽然害怕上学，有时又想念父亲，但保罗还是开心的。每天早晨一下床，他就迫不及待地想要去认识各种小鸟、植物，到林子里去追寻野味，钓鱼，清洗工具。就算他不喜欢在索套上发现野兔的尸体，他还是学会了如何布置索套。他现在觉得自己好像杰克·伦敦书中的主人公一样，在野外任何地方都能存活下来，就连在极北森林里也行！他现在根本不在乎结识新朋友了，因为托托什一个人就相当于一群朋友！跟托托什在一起，他学会了如何辨认各种树木，如何在灌木丛里找到出路，他还窥探了被芦苇荡包围的沼泽地的秘密，知道了卢瓦尔河也像雷雨来临之前的天气一样有它自己的脾气。

托托什没空的时候，保罗会大着胆子在庄园周边转悠，他现在已经练得可以像穿堂风一样悄无声息。就算塞莱斯蒂娜禁止他这么做，他也没有放弃，因为只要他待在外面，他就几乎不可能被发现。再说，就算他被发现了，又能怎么着呢？被痛骂一顿？还是被暴揍一顿？塞莱斯蒂娜从来不主动说主人的闲话，但是保罗对他已经有了自己的想法：首先，德·拉谢奈老爷不是个和善的人；其次，他太敏感，受不了噪声；最后，他离开了仆人的话，连生活都不能自理。保罗有好几次撞见伯爵穿着深色的衣服往小树林走去，好像是去参加什么正式活动一样。一天晚上，保罗在后面远远地跟着他走到了公园深处被矮树林遮掩着的一个小教堂。进去之后，伯爵先是点燃了一大堆蜡烛——他才不在乎浪不浪费呢！——然后把头埋在双手之间在地上跪了许久，看得保罗都无聊了，于是就离开了。在回家的路上，保罗在想究竟什么样的祷告能让他这么虔诚。在保罗原来住着的巴黎郊区，还有这里，通常都是女人、神父和唱诗班的孩子们去教堂。也许伯爵祷告是因为他老了，又或者因为他是贵族……可以肯定的一点是，这个人非常奇怪。

塞莱斯蒂娜慢慢放下心来，保罗来了已经两个月了，他的存在不仅没有造成任何伤害，就连她的谎言都渐渐被当了真。村子里已经没有人对他再感兴趣，大家都习惯了他的存在。博雷尔似乎也没有之前那么爱发火了，这倒不是说他对那孩子有所改观，只是说当那孩子再惹到他的时候，他不再小题大做了，仿佛那孩子对他来说跟屋里的家具没什么两样。为了让她的谎言更加逼真，她决定放宽对保罗的禁令，并瞅准主人们都外出不在的一天，把保罗带进了庄园的用人房，把他正式介绍给其他的用人们认识，说："保罗·拉卡萨涅，我表妹外甥的儿子！"

玛德莱娜在他的脸颊上响亮地亲了两下，又拨弄了两下他的头发，惹得他心里暗自想着以后一定要跟她保持两米远的距离。这位厨娘长得像集市上的摔跤手，一举一动都很好笑。她请他吃蛋挞、喝牛奶，还给他准备了面包片，还对他说无聊的时候可以来找她给她搭把手。她的话很多，小舌音发得非常重。她看着很和蔼，但是让人有压迫感，没有塞莱斯蒂娜优雅和节制。除此之外，保罗不习惯被人当成女孩子一样宠爱！管家阿尔芒跟她正好相反，态度冷淡，语气生硬，比根木头还无聊。他顶着一个秃瓢，比蜡烛还亮。他庄重地握了握保罗的手，转身就去忙自己的事情了。他伺候了伯爵老爷二十年，也沾染了一些老爷的做派，但他是个老实人，也不是个为了点蝇头小利就打小报告的人。

塞莱斯蒂娜看着眼前的场景，高兴得脸都红了，想到以后再也不用藏着掖着她的小保罗了，心里不禁松了口气。从今以后，她可以好好享受他的陪伴而不用担惊受怕了，她甚至畅想这时光会永远持续下去……

8月末，在一个人度过了一天之后，保罗想起来那块长着鸡油菌的地方，决定去摘上满满一筐蘑菇带回来。还没出发，他就已经在脑海里想象着塞莱斯蒂娜看到蘑菇时的惊喜表情了。这可比捡鸡蛋、摘大头菜的功劳大多了！

托托什应该是已经来摘过了，而且还不止一次，因为蘑菇少了不少，它们稀稀拉拉地长在茂密的灌木丛下。他在那儿摘了整整一小时，赶在塞莱斯蒂娜开始做晚饭前回到了家。塞莱斯蒂娜刚刚把围裙系上，正要给一筐沾满泥土的土豆去皮。他跑着进了家门，一脸得意地把摘回来的蘑菇和一把野菜放在了桌上。那些野菜都是他按照托托什的教导采来的，托托什说过，没有野菜的煎蛋就像没了鱼的沼泽一样可怜。

"我在树林里找到了这个！"

"老天哪，你当我是傻子吗？"

"当然不是啊！傻子不是你！"

"最好不是！不要把你这些谎话说给博雷尔听，他不会信你的。"

"为什么？我对林子很熟，我知道哪里有陷阱，还有……"

"可不是嘛！我说的就是这个！你对林子很熟，那你是怎么熟的呢，小机灵鬼？"

"因为我到处逛，逛得久了……然后，我还看了很多探险小说！"

"好嘛！那你已经变成探险家喽？听着，你不可能单凭自己就能发现蘑菇生长的地方的，谁也不会相信你编的故事，博雷尔更不可能……你知道吗，嫉妒能让人变得更加多疑，我丈夫他就算是狩猎监督官，也找不到好的牛肝菌，你这个城里来的小孩子，就能赢过他了？他也许脑子狭隘得像根柴火，但是他可一点也不傻，他会想知道是谁教你的。还有我呢？你以为我会放心让你一个人这样在林子里乱跑吗？"

"嗯……"

"嗯什么嗯！我动动小指头就知道你都跟谁混在一起……"

看着保罗还想顶嘴，她皱起了眉头。

"你要还想撒谎的话就给我把嘴闭上！只要这件事只有你知我知，你就不用担心。如果我丈夫知道了，他肯定不会再让你去林子了，这你肯定受不了吧，你很喜欢托托什不是吗？"

"你也很喜欢他……"

"老天爷啊，我可不是唯一喜欢他的人，村子里不少人都喜欢他，就连那些不想跟他扯上关系的胆小鬼都喜欢他！他跟那些只知道唯利是图的小人不一样……"

"但是你比其他人更喜欢他多一点，不是吗？"

"你想要挖什么呢?!你这些都要把我烦死了！好了，把篮子给我吧，我会说这是从特罗沙尔奶奶那里买的。你快给我把脚洗了，我去准备点大蒜和猪油。"

他们开始默默地各干各的，厨房里的光线渐渐暗下来。保罗非常享受这些平静的时刻。塞莱斯蒂娜从来不会真的对他发火，她对自己一如既往的态度也让他更加安心。她对他来说就像一棵粗壮的橡树一样真实而又结实，她温柔的时刻总是会在他心头勾起一阵莫可名状的伤感，但是这种伤感的情绪也让他为自己能够待在这里——这个热烈的索洛涅——感到幸福……

等他洗完脚，塞莱斯蒂娜叫他去找一个瓷盘子专门用来盛那个著名的野菜煎蛋。他在客厅的碗橱上方一个鼓状的挂钟后面发现一张之前从没有注意到的照片。照片里，一个身着军装，脚踩军靴，上嘴唇留着一撮粗黑小胡子的士兵站在布景画前面摆着姿势。他看上去有点腼腆，脸上半挂着微笑，神情有点心不在焉。画框上绑着黑纱，保罗知道这意味着什么，因为在他小伙伴的家中，还有他们学校看门人的房里都有这种绑着黑纱的相框。虽然他父亲不常跟他讲世界大战——又是一个禁忌的话题！——自他懂事起，他就经常听见大人们在谈话中谈起那些战役，从凡尔登的战壕，到索姆河战役、贵妇小径战役，再到沃堡、杜奥蒙堡，还有所有死去的人……在圣丹尼斯住着一个幸存下来的老兵，他的脸缺了四分之一的下巴、一只眼睛，头上还缺了一块头盖骨。没人敢正面看他，就连街头的混混见到他都会低着头赶紧跑走。有一次，保罗听见他们的门房贝尔纳先生对那个老兵说他们那一代人都是从地狱里爬出来的。现在保罗在博雷尔的家里也发现了那次大战的遗迹！奇怪的是，在这之前，他从来没有想过在这里也能遇到这样的事……他转脸看向塞莱斯蒂娜想要询问她，他看到她的眼里已经泛起了泪花。

"这是我弟弟皮埃罗，他是我家的老小。他去参战之后就再也没能回来。他死在了战场上，连座坟都没给我们留下……"

她走到他身边，擦了擦相框上的玻璃，悄悄地抚摸了一下那相片中士兵的面庞。为了转移她的注意力，不让她继续难过，保罗笨拙地问道：

"人死后会去哪儿呢？"

"当然是上天堂喽！"

"那为什么要把死人埋在地下呢？这样一点帮助都没有！"

"老天，当然有帮助！因为就算灵魂进了天堂，坟墓还是死人的家。而且对被留在世上的家人来说，这是一个安慰。他们有一个地方可以前去悼念。我的话，如果能在一块石头上看到我弟弟的名字，我的心里会好受不少。另外，有人说要在喷泉旁边盖一座纪念碑，用不了多久，所有的市镇都会有……"

"我妈妈，我从来没去过她的墓，我连她的墓在哪儿都不知道。"

"你没问过你爸爸吗？"

"他从来都不告诉我。他说讲过去的事一点用处都没有。我对她几乎什么都不知道！"

"也许，说这些事会让他太痛苦……"

"那我呢，我就不痛苦吗？大人们总说小孩子什么都不懂，其实是他们不想解释，剩下的全是借口！"

塞莱斯蒂娜脸色突然变得煞白，可是她什么也没说，只是叹了口气，伸出手去摸了摸他的脸颊。一阵怨气涌上保罗的心头，他往后退了一步，咬牙切齿地又说了一遍："全是借口！"她的这种谨慎态度让他觉得跟托托什和他解释死是为了生一样恐怖……为什么塞莱斯蒂娜总喜欢话说一半呢？这样跟撒谎撒一半有什么区别？大人们总是这样！总是不直接回答问题，总是想要安慰他，总是对他说等他长大再说。为什么只要事情一严重，他们就要表现得神秘兮兮的？他已经长得够大了，可以经受这些了不是吗？看到塞莱斯蒂娜脸上尴尬的笑容，他的怨气消失了，那股已经非常熟悉又有点难以承受的伤感情绪再次涌上心头来。拿她战死的弟弟来逼她有什么用呢？再说，他又是那么爱她……他不想再惹她难过。

"我去捡鸡蛋。"

等他走远之后，塞莱斯蒂娜愤怒地摇了摇头。让·卡拉代克就知道痛苦去了，他是失去理智了吗，以为他儿子将来有一天不会找他算总账吗？她嘴里小声嘟囔着回到了灶台前。

"老天爷啊，总不能是让我来回答他的所有问题吧！"

博雷尔从头到脚沾了一身泥回到家中，就算桌上摆着晚餐要吃的煎蛋，他的抱怨也比平日里更加强烈。他只等着找到一个借口来抱怨又一次让托托什逃脱了。他的怒气不停在心头累积着而找不到出口，于是他开始大喊大叫，说他回的是自己的家，不是哪个该死的贵族小姐的客厅；又说主人的做派终于让他老婆也精神不正常了，还说反正她从来都没有支持过他。最后，他才说托托什白天又涮了他，但是他总有一天会抓到托托什，到时就天下太平了！塞莱斯蒂娜对他这些叫骂并没怎么太在意，但是近来博雷尔的偏执越来越严重，这让她不禁感到担心。她想着必须再提醒一下托托什，叫他加倍小心……

他俩说话的时候，保罗试图把自己缩得尽可能小，然而他失败了！博雷尔弯腰脱靴子的时候，发现他正在偷看自己，立刻用比平常更加严厉的语气训斥他道：

"哎，你不要待在那儿没事干。去捡点柴火来，好歹发挥点用处！"

保罗立刻听命，消失在黑夜之中。博雷尔的坏脾气显然还没消，他又朝老婆吼起来，看到她吓了一跳，自己心里倒是好受了一点。

"把那个巴黎孩子接来住可真是个好主意。他什么忙都给你帮不上，身子骨还跟个蟑螂似的！"

"那你为什么还要让他去捡柴火？"

"为了让他变得糙一点。看他在那里磨磨蹭蹭的什么也干不了我就来气！"

"等他习惯……"

"习惯什么？要等到他长到一百岁再习惯吗？他爸妈什么时候来接他？"

"我跟你说过了，秋天……"

"我敢跟你打赌，等到猴年马月他爸妈也不会来！你跟你老表说了你不当奶妈了吗？我们一不需要他们那点钱，二也不穷！"

"没人这么说你，再说了我答应是为了帮家里人的忙，跟钱有什么关系。我都跟你说过了……"

"你家里人就能什么都不管把孩子塞给别人养吗?!"

"别说了，他会听见的。"

"听见又怎么着？"

"不怎么着。"

时间越长，博雷尔越爱钻牛角尖，也越发暴躁。她该不会对他不忠吧？奇怪的是，塞莱斯蒂娜不像是会周旋在两个男人之间的女人。生活已经够难了，不值得再自寻烦恼……

他们默默地吃完了那个著名的野菜煎蛋，连那野菜从哪里来的都没说起。塞莱斯蒂娜被自己丈夫的无端猜忌惹恼了，不想再迁就他，她一声不吭，用沉默的力量来谴责他。博雷尔心里虽然快要后悔自己乱发脾气了，但他死也不会承认，于是两人就继续赌气。

在送保罗上楼睡觉时，塞莱斯蒂娜让他保证自己会老实待着，而且为了小心起见，至少两天不要再去森林。

7

自从保罗认识了庄园里的用人们之后，他就更加主动地从城堡的配楼进去探险。要是被人发现，他已经想好了一个借口，就说自己是来拜访玛德莱娜和阿尔芒的。当然，他是被严格禁止从庄园的大门进出的，可是如果他小心点的话，谁会知道呢？吃过野菜煎蛋的第二天，因为知道托托什有事在忙，他决定自己开始一段新的探险。

早晨已经过半，幸运的是，台阶上方的大门是虚掩着的，这个吸引力对他来说实在是太难以抗拒了……他觉得这是一个信号，于是踩着台阶悄悄溜进了门厅，准备一旦有个风吹草动就溜走。整座房子一片安静，空气中飘荡着地板蜡的气味和淡淡的花香。石砖地面的走廊通向一个巨大的石阶。一个壮观的吊灯挂在空中，每一面都在阳光的照耀下闪闪发着光。走到半道上，一个穿着罗马长袍的皇帝半身像端坐在一个豪华的餐台上，监视着访客的到来。楼梯的护壁板上装饰着几十根鹿角，它们有的是皇冠状，有的呈手掌状，还有的分为两叉，看上去像是从墙里钻出来的粗大的干树枝，想到那些美丽的动物的命运，保罗不禁打了个寒战：它们的角被固定在底座上，连一座让家人哀悼的墓地都没有。

他走近冲客厅开着的那扇门，那客厅是他之前透过窗户看到过的。

他专心致志地看着，忘记了谨慎，结果没有看到伯爵出现在了楼梯上方。老人看到了他，正从楼梯上奔下来，显然是被闯入者激怒了。他穿着一身骑马装，皱着眉头用手里的马鞭指着眼前的冒失鬼问道：

"你在这里干什么呢？该死的，你是谁？"

见那孩子一脸恐惧地站在那里盯着自己，一句话也不说，他又接着说道：

"快说！你没长舌头吗？"

他无意识地抽了一下鞭子，保罗举起手作势要躲，然后一声不吭地就跑了。安托万·德·拉谢奈觉得自己傻透了，因为他的没耐性，也因为他已经忘了如何跟孩子相处，他把那孩子吓着了。那孩子是从哪儿来的呢？他有一瞬间想到了吉卜赛人的宿营地，但是那孩子的肤色太浅，不可能是个小流浪汉。他想要搞清楚那孩子是谁，便急匆匆地走进厨房询问。玛德莱娜和塞莱斯蒂娜正在翻看一本菜谱，嘴里还在商量着什么，好像是在密谋着什么事情。在她们面前，两碗散发着香气的药茶正冒着热气。看到他进来，两人吓了一跳，好像是犯了什么错事被抓住似的。很显然，今天早晨所有人都怕他！她俩的反应让他心里不爽，结果张口说出的话比他原本要说的更加冷淡：

"刚才我在屋里撞见一个正在闲逛的小男孩，他是谁？"

"伯爵老爷，您说的是一个小男孩？"

塞莱斯蒂娜的脸立刻变得通红。

"一个我估计也就十来岁的小子。"

"嗯，应该是从巴黎到我家来度假的那个小孩。我不会再让他打搅您的。"

"我没要您这么做。那个小哑巴叫什么名字？"

"保罗，呃，保罗·拉卡萨涅。他是我表妹外甥的儿子……"

她抓耳挠腮，浑身不自在，玛德莱娜见状连忙试着转移话题道：

"伯爵老爷，我正准备给您做一顿好吃的红酒洋葱炖野兔呢，刚才还跟塞莱斯蒂娜在研究要怎么做呢。"

安托万看出来她是在哄自己，索性发起脾气来：

"'好吃的'？这还有待观察……上次您就忘了放鼠尾草！哦，对了，塞莱斯蒂娜，您应该提前告诉我的，我又不是吃人的魔鬼，不会吃了您的侄外孙的！"

"当然不会，伯爵老爷！"

"那您转告他一下吧。那孩子就是见到了鬼也不会比刚才跑得更快！"

感觉已经警告得差不多了，他转身往马厩走去。他不紧不慢地走着，把撞见那孩子的所有细节又重新回想了一遍，想要搞明白他刚才为什么那么心绪不宁，他忽略了什么东西，至于这东西究竟是什么，他脑子里只有点大致的概念，但他又不确定到底是什么。接着他便把这事放到了一边，他的马一声嘶鸣，把他拉回了现实。

厨房里，塞莱斯蒂娜还有点惊魂未定。她借口屋里太热，走到窗边希望能够看到保罗。他应该是跑到哪个角落里藏起来了，但是她又打消了这个念头，这个死孩子有时比喜鹊还好奇！眼下，伯爵的出现把他吓跑了，但是如果他打定主意再回来呢？塞莱斯蒂娜徒劳地推断，这次相遇绝不是好兆头。让她心烦意乱的还有另外一件事，最近几周以来，那孩子变了，她很清楚他身上出现的那股镇定自若的劲头是从哪儿来的。保罗孤单一个人，没有朋友，她又不能把他整天关在菜地里！怎么才能禁止他出门，或者不受那个自由散漫的偷猎贼的影响呢？托托什教了他许多东西，成了他的朋友，他肯定会被影响……唉，有这么一个师傅，能学好才怪呢！她的脑海里突然浮现出过去的一段画面：八岁的玛蒂尔德，小脸气得通红，捶胸顿足地要自己帮她逃跑，因为她父亲禁止她出房门……就在她站在窗前的时候，玛德莱娜已经抓起了野兔，麻利地一拍兔子，把皮给剥了下来，一边开玩笑地笑着说道：

"说真的，你该谢谢你老公抓到这只漂亮的兔子。"

塞莱斯蒂娜心不在焉地说了实话，这在某种程度上已经相当于在招供了：

"不是博雷尔抓的。"

"是吗？要我说我早该猜到了。你丈夫最近都在忙啥？打猎吗？"

说完她就狂笑起来，塞莱斯蒂娜也跟着笑起来。

"可不是嘛！打猎……"

她俩放声大笑起来，直笑得眼泪都要流出来也没停下来。笑出来对塞莱斯蒂娜是一种解脱，她最近一直活得很小心，谨言慎行，连别人的一个眼神都得注意！委屈的情绪在她心中压抑得快要溢出来，这次终于释放了出来。阿尔芒听见笑声，从走廊里走过来，惊讶的表情让两个女人又继续笑起来。她们现在简直是在哭着笑了，看着眼前的闹剧，管家摇着头走到角落给伯爵老爷的鞋上起蜡来……

但是到了晚上，回到家中，想笑的劲头已经过去，担心的情绪又开始涌上她的心头。她坐立不安，咒骂着点燃煤气灶、擦桌子，每隔一会儿停下来往后面看一眼，当保罗终于一身乱糟糟的样子从树丛钻出来时，她的担心越发加剧。她想要提醒他不要这么大大咧咧的样子，尤其是在她丈夫面前，但是她还没来得及张口，博雷尔已经出现在了厨房的门口，正皱着眉头用怀疑的眼神打量着披头散发的保罗。他责骂道：

"你这个时间又是打哪儿回来的？"

塞莱斯蒂娜想要回答，但是保罗已经抢在她前面开口了：

"亲娘老爷，我去闲逛了呗！"

博雷尔被他这话惊得说不出话来。如果说有什么事情是他绝不能容忍的，那就是别人胆敢挑战他的权威，这个巴黎来的小崽子马上就得学会这个教训！

"小浑蛋，我要教教你规矩，现在就开始！"

他想要抓住他，但是老婆两手叉腰，怒气冲冲地挡在了他的面前。他犹豫了一下，退缩了。塞莱斯蒂娜很少发火，但是她一旦发火，骄傲如博雷尔也知道最好赶紧偃旗息鼓。她对两人冷冷地说道：

"你们两个，都别吵吵了！博雷尔，你都多大年纪了还这么爱激动。还有你，淘气鬼，只要你离庄园远点，这里随便你进出。我早就警告过你不要去打扰伯爵。说到底，最后都是我要替你担着！"

她盯着两人看，看谁不服准备立刻爆发。保罗找不出什么好借口，只好摆出一副悔过的表情。老伯爵应该跟她说了……他从庄园逃出去之后，在外面晃荡了一下午，希望没人发现这回事。

他很气伯爵把他当成坏人一样告发了，爬一下伯爵的楼梯，看一下那些死掉的鹿的脑袋能把伯爵怎么着了？博雷尔去给自己倒了杯酒喝，一边喝着一边说这世界全乱套了，他的离开让保罗稍稍松了口气。博雷尔小心翼翼地想要坐到餐桌前，但是不同寻常的是，餐桌并没有支起来，他忍着没有问原因。他知道自己的好老婆正在气头上，可不是好惹的，她发起火来连神父都敢教训！塞莱斯蒂娜胜利了，感觉不会再有人敢争吵之后，她朝五斗橱走去，打开抽屉取出了一个信封，脸上露出一丝狡黠的微笑说道：

"看你最近的表现，我本来不想给你的，但是呢……我有个惊喜给你。"

信封上面横向盖着"法属阿尔及利亚省"的戳，保罗惊讶地"嗷"的一声叫出声来。他冲着她咧开嘴笑，一下把她的心都融化了。在那开心的笑容中，她看到了惊喜的玛蒂尔德的脸。

就在保罗着急忙慌地跑回自己房间时，塞莱斯蒂娜生起了炉子，把当天早晨准备好的一锅猪肉炖菜放在了炉火上，这菜加热了之后更好吃。在发了一通火之后，她突然感到很疲倦，同时也有点羞愧。

"那封信是打哪儿来的？"

塞莱斯蒂娜从博雷尔询问的口气中听出了怀疑的意味，她决定少说为妙，省得惹他生气。

"阿尔及利亚。"

"拉卡萨涅去那里做什么？"

"嗯……他去那边工作。"

"巴黎地铁的检票员去那里做什么工作？"

"首先他不是检票员，你把他跟我外甥表妹的儿子搞混了，他是我表妹外甥的儿子，他被部队征召去那边修铁路……好了，你再喝一杯吧，我去小屋看看。"

趁着博雷尔还在理那层乱七八糟的亲戚关系，她转身离开了。

在自己楼上的房间里，保罗已经忘记了他身在何处。他小声地念着让寄来的信，感觉像是听见了爸爸的声音在给自己讲述那里寒冷的夜晚、酷热难耐的白天，还有那炽热的太阳，那太阳是那么炎热，让沙漠里都生出了海市蜃楼。信中的最后一句话让保罗觉得有点奇怪，瞧那语气，好像他也曾经在这里生活过似的。

......我希望你在索洛涅过得愉快，希望你会爱上那片土地，了解它的全部秘密。儿子，我想你。

爱你的爸爸

"今天我要教你飞蝇钓！"

"要飞起来？"

"为什么要飞起来？"

"嗯，苍蝇不是得飞起来抓或者拿粘棒粘吗？"

"真没见过你这样的小笨蛋……我跟你说的是钓鱼里最高超的技法！好了，看着！在这儿你也找不到别的书，但是我这本书里该有的都有，字写得井井有条，还配了很多图……看这儿，这是蜉蝣。"

保罗凑过去看那本书页有折角的书，上面有一只好像蜻蜓的昆虫，颜色很鲜艳。它的翅膀是绿色透明的，蜷曲的腹部是黄色的。他吃力地读着说明：

"直线蜉蝣是蜉蝣目有翅亚纲下的一种昆虫……"

"你为什么像神父一样说话？"

"又不是我要这么说的，这名字是用拉丁文写的。"

"真是吃饱了撑的！"

"谁？"

"你别管了……"

说话的工夫，托托什已经把一个钓鱼钩放进了一个虎钳里，那虎钳被螺丝固定在餐桌上，桌上胡乱摆放着各种鸭毛、鹅毛、丘鹬毛，还有兔子、狍子的皮毛，不同颜色的羊毛线、钓鱼用的沉子、马毛纱线，以及用软木块做成的浮子。托托什一边专心干活，一边嘟囔着：

"现在我要开始做飞蝇了……"

保罗看着他的每一个动作，佩服得五体投地。他那粗壮的指头灵巧地上下翻飞着，给钓鱼钩的钩子绕上了一排野鸡羽毛，然后又在上面缠上黄线，最后又往上面胡乱地搓了一层白色的鸭绒，就成了飞蝇的肚子。接着，他又加了一段绿线，继续轻车熟路地依次往上面装羽毛和毛发，最后终于做成了一只跟书中一模一样的直线蜉蝣。保罗看得目瞪口呆，喃喃问道：

"鱼会吃这个？"

"当然喽。你全明白了。鱼会来吃这个蜉蝣，咔嚓一下就上钩了！"

"谁教您的？"

"教我什么？"

"嗯，所有这些，钓鱼，动物，植物，大自然……"

"没人教我。这些都是我自己看来的，我还去过许多地方。我在你这个年纪，甚至更小的时候，家里有十口人，有一天我爸爸对我说：'家里有太多张嘴要喂了，你去当牛倌吧。'"

"哇哦，您是牛仔！"

看到托托什一脸惊讶的样子，他连忙说道：

"在美国，牛仔也是放牛的，跟您一样！"

"哼，我还是按我的说法来，我们这放牛的就叫牛倌。我当时比你高不了不少，走了一整天的路才走到老板的牧场上。那个家伙可不是个能随便开玩笑的人，他是做事很小心的人，说到底也不是个坏人。他是搞养殖的，养肉牛。我负责照看牛群。白天赶它们去草地上吃草，晚上赶它们回牛圈，我睡在草垛里，没人刁难我。"

"您父母再也看不到您了，他们不难过吗？"

"你觉着呢！我八个月之后才回到家里，老爹老娘根本就不在乎，连招呼我一声都没有。于是，我就对他们说：'再见吧，朋友！'然后我就离家出走去探险了。你看，我现在还在探险……"

他站起身来，抓起他的柳条筐、破帽子，然后示意保罗跟他走。

"孩子，今天可是个大日子！"

他们走到河边一棵斜杨树下面坐下来。托托什对这个地方很熟。卢瓦尔河在河堤下方几米的地方形成了一个很深的小河湾，正是下钓的好地方。昨天他已经在这里发现了一条正在捕食的鲑鱼。他没有急着开钓，因为他对自己信心十足。他用手指了指水面，保罗看见一条大鱼正在水里懒洋洋地游着，身子在阳光的照耀下闪着亮光。水面上漂过来一只虫子，他小心翼翼地把它捞了上来。托托什一边把手上的准备工作收尾，一边低声对他说道：

"鲑鱼是卢瓦尔河的主人。你看到了吗？它在那儿慢慢游着是在等食呢。"

清澈的河水之中，那鱼看上去好像是银做的。保罗感到自己的心开始扑通扑通跳起来。

"我们要钓它吗？"

"我们可以试试，因为这条鱼，想要骗过它……"

他用一根棍子从河面上挑起一只随波逐流的昆虫，然后把它小心翼翼地放在食指尖上，粗犷的脸上露出了灿烂的笑容。

"我就知道……一只蜉蝣。"

"它长得跟您做的一模一样！比一模一样还好！"

"比一模一样还好，瞧瞧你说的什么话！你到底想说什么？"

"就是它更好看，更真！"

说完他俩就小声地笑起来，生怕打草惊蛇，接着托托什开始准备鱼竿。竹子做的鱼竿足足有四米长，一条丝线从陈旧的绕线筒穿出，穿过一个个吊环。蝇饵挂在一条细得几乎看不见的线绳上，欢快地跳动着。他们从土斜坡上一直下到水里，朝底下全是淤泥的小河湾走去。保罗在后面学着托托什的样子在河里走着。托托什低声对他说道：

"现在我们要等它再浮出水面，把诱饵扔给它吃。这跟追女孩子是一样的。你得瞅准时机才能追到女孩子，是不是？"

"我不太清楚……"

"你很快就会知道了。"

他轻巧地前后甩动鱼竿，动作十分优美，丝线不停地从吊环中穿过。甩竿的动作发出轻微的嗖嗖的声响，好像一只鸟在扇动翅膀。他使出的劲差了点力道，于是他放出更多丝线，瞄了瞄方向，然后猛地一挥胳膊，把蝇饵抛到足够远的地方。那鱼饵在空中飞了一会儿，然后又轻轻地落在水面上，落在那只鲑鱼刚刚出现的地点的上游，然后就随着水流朝它的方向漂去。

"它可千万不要就这么划过去啊……"

保罗没有接托托什这句话，他全神贯注地盯着水面，都忘了问他这话是什么意思。再说，以他对钓鱼的狂热，就算他没听懂，也能猜出大概意思。那蝇饵马上就要从鲑鱼的头顶漂过去了。时间好像停止了，他也停止了呼吸。就在这时，那条大鱼银色的脑袋突然从水里冒出来，吞下了那只假蜉蝣。托托什立刻把贴着水面的鱼竿猛地一挑，一把把鱼钩住。被钩住的鲑鱼当下挺直身子猛地一跳，看得保罗激动地喊了起来：

"上钩了！上钩了！"

"别忙，它还没有完全离开水面，它还得折腾一会儿，好家伙！"

那鱼现在正拖着渔线全速往河里游。托托什气得大喊道：

"老天哪！你不是要把我的渔线全都拽出去吧……"

他开始往河滩上退，一边退一边注意脚下，想要爬到岸上去。一旦站到了实地上，他就可以更好地掌握那鱼的逃跑路线。他收紧渔线，免得倒霉撞上什么，然而开始往前走，手里的鱼竿被横着往上游方向拉去。那鱼正在往上游游去，他跟着它往前走，看着它跳出水面，又扎进河里，激起一片水花，然后又加速往前游去。他必须小心不让渔线在水里沉得过深，否则一旦那鱼改变方向，就有可能把线挣断。那鱼现在需要同时抵抗水流的冲击和渔线的拖拽，但是它随时可能转向往下游游去，这样的话就会让它逃了。他开始一边放渔线减轻渔线的压力，一边把鲑鱼往自己的方向一米一米地往回拉。他必须在尽量少放出一段渔线的情况下，尽快让那鱼没了力气。他对保罗喊道：

"把抄网拿来！"

保罗立即全力冲刺，跑到他跟前把抄网递了过去，但是托托什抬了一下下巴没有接。他已经停止往前走了，微微有些喘。

"往后跑，进水里去，然后把网放进河里。等会儿你看见它进去了，就立刻收网。不要让它逃了，明白吗？"

保罗咽了咽口水。他不能失败。他急忙跑下河堤，差点摔进河里，将将恢复了平衡，然后不顾寒冷，冲到了河里去。水灌进了他的靴子，浸湿了他的双脚，然而他什么都没感觉到。在托托什的拖拽之下，那鱼终于过来了，被引到了网子的上方。保罗收网收得太早，那鱼重又回到了河里。它猛地一跳，重新扎进水里，快速往河中心游去。

"该死！它本来钩就咬得不紧，鱼钩只钩住了它的嘴边。它要脱钩了！"

没能网住鱼，把保罗气得眼泪都要流出来了，但是他抽了抽鼻子把眼泪又逼了回去。他就算全身酸痛，就算不知道哪里出了问题，但是他知道他现在必须集中精力，把抄网撑好。水流好像要把网从他手中夺走，但是他站稳双脚，弯下腰来，拼命抵抗着。还好托托什已经开始一点一点地收渔线，他不敢动作太大，生怕一个不小心大鱼就脱钩了。

"来吧，孩子，再试最后一次。不然就没机会了。"

鲑鱼从抄网上方游过，这次保罗及时拉住了网。然而他没能高兴多久。巨大的鲑鱼在渔网中绝望地跳动着，好像有千斤重，他快要撑不住了。

"该死！"

两只强壮的胳膊把他解救了出来。只要再晚两三秒，他可能就撒手了！他俩一起把抄网拖上了斜坡。一阵强烈的情绪涌上保罗的心头，他不知道那是高兴还是难过，还是两者都有，精疲力竭的他把全身的重量都靠在了托托什的身上。他跪在地上看着托托什把钓钩取下，用牙一咬把渔线咬断。那鱼在渔网里不停地跳着。

"好了！"

托托什扶他起来，庄重地把蝇饵挂在了他衣领的背面，然后做出要对他敬礼的架势对他说道：

"我授予你飞蝇钓骑士勋章。"

"可是……"

"老天，没有什么可是！这是你的第一条鲑鱼，这个蝇饵归你了。没你的话，我未必能抓到它！"

保罗激动得胸口剧烈起伏着。托托什拿起一块石头，砸向那鲑鱼，给它来了个痛快。

油脂在陈旧的平底锅中发出噼里啪啦的声音，散发出来的烟雾弥漫了整个空间。托托什腰间缠着一块抹布，嘴里品着一口小酒，舒服地发出了"啊"的一声。

"最后一个秘诀：一块上好的白黄油再配上一点迷迭香！"

他毫不吝啬地往泛红的鱼肉上撒调料，等了一分钟后把平底锅放到了餐桌上。他解下腰间的抹布，把它搭在了绳子上，然后开始装盘。

"塞莱斯蒂娜会来这儿吗？"

"老天，当然不会！你为什么这么说？"

"我不知道……您挂了块抹布……"

托托什吞下一句脏话，含糊不清地回了一句。保罗已经累瘫了，但他还是希望托托什能够跟他吐露点心事。然而，托托什并没有这么做。他转脸朝正绕着桌子蹦蹦跳跳的小母狗说道：

"趴下，好女孩。第二锅出来就是你的。"

他刚刚把一大块鱼肉扔进锅里，保罗又接着追问：

"塞莱斯蒂娜在吃饭之前总会祷告。"

"你不会是圣水缸里养的蛤蟆吧？"

"我不知道您说的是什么意思。"

"喝弥撒酒的唱诗班孩子！"

"我不能参加弥撒。我爸爸说'没有上帝，也没有什么主宰'。"

"他说得对，要我也这么说，比起什么琼浆玉液，我更喜欢这凡间的酒！"

为了表明他的态度，他一口喝光了杯中的酒，这是他的第四杯酒，喝完他朝保罗眨了眨眼说道：

"你听明白我的笑话了吗？"

"嗯，听明白了，嗯……"

裹着黄油的鱼肉入口即化，保罗觉得他从没吃过这么好吃的鱼肉，而且能吃到这么好的鱼肉，这里面还有他的功劳。托托什摸了摸自己的大肚子问他道：

"嗯……觉得怎么样，我做的这顿鲑鱼？"

"简直太好吃了！"

他用面包把盘里的汤汁擦得一干二净，却看到托托什把自己的盘子直接递给了小男孩去舔。

"你看，根本不用你去擦。把盘子递过来，我再给你盛点。"

"不用了，我吃不下了。"

"那是因为你吃得太快。鲑鱼大人可是拼了命地想活，就算是尊重它，你也该多吃点。"

他给他俩各盛了一大盘，然后把剩下的烤焦的鱼皮和鱼肉全给了狗，小母狗一跃而上，连嚼也没嚼就全都吞下了肚。他们这次吃得很慢，用心品味每一口鱼肉。保罗的头脑开始昏昏沉沉起来。外面从小桥那边传来一阵马蹄声，还有包着铁皮的木轮轧在石板路上发出的刺耳的声音。托托什的脸色一下沉了下来。

"哪儿都少不了他们！"

保罗连忙跑到窗边往外看，只见一队骑马的人还有十几辆摇摇晃晃的有篷马车已经过了桥，但是他们没有继续往埃尔代涅方向去，而是循着一条小路往城堡方向去了。

"那是个马戏团吗？"

"不是，但跟耍把戏的差不多吧！真不知道伯爵为什么要容忍这些流浪汉来这里撒野。这些家伙进进出出的，从来没把自己当外人。"

"就像候鸟一样吗？"

"当然不一样！这些吉卜赛人到处偷偷摸摸，坑蒙拐骗。蘑菇啊、野味啊、鱼啊，只要是能偷的，他们都偷。"

"跟偷猎贼一样喽？"

托托什耸了耸肩，把最后一块鱼吞了下去。

"别拿我开涮了，快点吃完吧，都快凉了……"

他起身去拉沉在河里的一条绳子，从河里拉上来一瓶白葡萄酒，那是他之前专门为了冰镇沉在河里的。

"这可是瓶好酒，是拿上次抓的那条毒蛇换的，所以你也有份。这可是好酒，可不是什么便宜货。"

"我从来没喝过酒。"

"不是开玩笑？那更该给你满一杯了！得敬我们的河王一杯！"

他找来一个玻璃酒杯倒满，然后又给自己倒了一杯，然后两人碰杯。保罗捏着鼻子喝了一口，那酒既刺鼻又辛辣，但是没想象中那么难喝。他把酒快速地咽了下去，想要像大人一样咂舌头，突然又想起一件事来。

"托托什，为什么伯爵会允许吉卜赛人到他的地盘上来呢？"

"我怎么会知道？"

"塞莱斯蒂娜她说他不是个好相处的人，说他不喜欢小孩，让我离他远点！"

"嗯，她知道得当然比我多！我觉着，还跟那个小的有关系……"

"哪个小的？"

"伯爵的女儿。"

"我以为他只有一个儿子，叫贝特朗，是个坏蛋！"

"哦，他啊，那是。但是我跟你说的是已经死了的那个女儿。也许就是因为他女儿死了，他才脾气变坏的。但是接受吉卜赛人这件事，这里没人能理解！"

"他们要去哪儿呢？"

"另一边。好了，不聊他们了，我们来这不是要庆祝件大事吗?!"

好像是突然想起这件事似的，他举起酒杯，一脸严肃地粗声说道：

"孩子，从今往后，你称呼我用'你'就可以了。只有伯爵老爷才对我说'您'。但是他跟他老爹都用'您'，所以一点意思也没有……好了，我再给你满上。"

碰杯喝完酒之后，他唱了一首祝酒词，然后让笑得前仰后合的保罗跟着学。

> 路过鲜花盛开的花圃，
> 路过鲜花盛开的花圃，
> 为了摘花我停下脚步，
> 良辰美景啊良辰美景，
> 相爱的人儿啊共相度！

三杯酒下肚之后，保罗觉得酒其实也没那么难喝，关键是要忘掉酒的味道，专心体验全身血液沸腾、头脑发热的感觉。他的朋友托托什现在是他的生死朋友了，因为他们连酒都喝过了！——他的好朋友现在要把他推出去，因为天色已晚，太阳已经开始下山了……

在回去的路上，保罗沿着特马耶林子后面的那条小径歪歪斜斜地走着，还好他对路很熟，闭着眼睛也不会走错。为了给自己鼓劲，他扯起嗓子大声地唱着唯一记住的两句歌词：

> 良辰美景啊良辰美景，
> 相爱的人儿啊共相度！

推门进屋的时候，他努力装出一副若无其事的样子。眼前的场景却让他笑不出来，博雷尔夫妇正坐在热气腾腾的锅子前。想到他还得再吃一顿，他不禁胃里一阵恶心，忍着没打出嗝来，地面好像在晃，他赶紧扶墙站好。

"老天哪，你跑哪儿去了？我们都要担心死了……"

"这儿不是旅馆。吃饭是有点儿的！"

"吃饭？……"

他刚想要顶嘴，博雷尔指着他的座位，语气严厉地说道：

"入座！"

他迈着轻飘飘的步子，努力地踩着直线走到了椅子前。胃里恶心的感觉让他无力思考，更别说旁边还有个暴躁的人一直盯着他的一举一动……他强忍住不打嗝，一屁股坐到了椅子上，低下头听塞莱斯蒂娜祷告："……请让我们的灵魂安宁，让忍饥挨饿者有饭吃。"饭，他已经吃多了，酒也喝了。想着要是让那个一无是处的狩猎监督官知道了，他肯定会气得跟头马上要被杀死的猪一样，保罗不禁咯咯笑出声来。

"哦，行了啊，对上帝放尊重点。"

博雷尔皱着眉头盯着他看。保罗被他的虚伪惹恼了，想要回嘴：

"我，我可不是……"

他想要用托托什说过的那句话，但是恶心的感觉让他整个脑子都乱了。突然，他想了起来，开口喊道：

"我可不是圣水缸里的蛤蟆！"

博雷尔大吃一惊，站了起来。

"这次，我非扇他不可！"

塞莱斯蒂娜挡住了他：

"算了啊，他还是个孩子……"

"顶嘴的小坏蛋！你看他这个样子一点也不正常！"

"我什么也没看出来，好了，别闹了！该吃晚饭了。还有你，不准再这么顶嘴了，知道了吗?!"

保罗老实地点了点头。在所有人都安静下来之后，塞莱斯蒂娜给每人都盛了肉汤，想让他们顾不上说话。

"猪下水和猪脚汤！"

"你没忘了猪耳朵吧？"

"你还要什么？给你……"

博雷尔用手抓起肉块狼吞虎咽起来，发出大声的吸吮的声音，还不时地满意地喘着粗气。虽然塞莱斯蒂娜特意给他少盛了一点，保罗连盘子都没碰。博雷尔明明知道这个巴黎来的小孩容易敏感，偏要刺激他，他嘴里塞得满满地对保罗说道：

"我吃饱了！你不要来点吗？别拒绝啊，这可是最好的……"

保罗忍不住了，他跳起来冲出门去，靠着篱笆直吐得要把五脏六腑都吐出来。厨房里，夫妻俩又激烈地吵起来。博雷尔坚持要去看看"那个小坏蛋肚子里都装了些什么东西"，但是塞莱斯蒂娜已经猜了个八九不离十，坚持不让他去，说孩子着了凉，睡一觉就好了，毕竟她才是保姆，让他管好庄园里的事就行了，而她也不会指手画脚地去教他怎么养野鸡！

8

他们站在离特马耶林子不远的小溪边，没注意到旁边一棵老栗子树上蹲了一个小女孩正在偷看他们。见他们走近，她躲到了厚厚的树叶后面。

保罗今天穿着一双十分合脚的靴子，那是塞莱斯蒂娜专门为他找来的。虽然一阵阵的头疼让他脑筋不是很清楚，眼前的水流看着比卢瓦尔河可是小多了。博雷尔把装备扔在溪边的斜坡上，深深地吐了一口气，然后像运动员一样抖了抖肩膀。

"准备开始你的第一堂钓鱼课了吗？"

保罗咕哝了一声算是回应了。其实，他更想回到床上去，把喝掉的白葡萄酒的味道全部忘掉。

"你想抓什么鱼？"

"我不知道……鲑鱼？"

"嚯嚯嚯！你还想抓什么？你还真敢说大话。你能抓到一条红眼鱼就算不错了。过来。"

他两眼望天，不情愿地走了过去。如果他看仔细点的话，就会发现树枝后面正藏着一张充满好奇的脸。

"好，第一条规矩，把鱼饵挂在钓钩上……"

博雷尔打开装虫子的带孔眼的盒子，他的动作没有托托什灵活。保罗不得不听这堂教小孩子的课，他扭过头去看水流，发现河里有什么东西在动，他立刻淘气地喊道：

"快看！有鱼上钩了。"

博雷尔被他的喊声吓了一跳，抬头一看，正好看见一条大鱼在吃一条竹节虫。

"孩子，这是条鲢鱼，用蚯蚓可逮不住它。得有……"

他话说到半截突然停住了，就见保罗把领子翻过来，从上面取下一只人造蝇饵，从容不迫地把钓钩上的蚯蚓取下来然后把蝇饵挂了上去，整个过程一气呵成，只花了几秒钟。挂好饵之后，他站起身来，站稳脚步之后，开始相当麻利地前后摆动渔线，把蝇饵甩到离溪流漩涡不远处。他任由蝇饵在水中漂着，然后猛地一挑鱼竿，把鱼钓了起来，好像那鱼就在专门等他似的！

他的成功惹恼了博雷尔——他这纯粹是狗屎运，没有别的解释！——博雷尔觉得他受够这孩子了！他本来是想向他老婆证明他也是可以很和善地跟那孩子相处的，结果这孩子在他眼皮底下把鱼钓走，让他下不来台，还露出一副城里人就是比乡下人强的死样子！

"既然你这么厉害，我就巡逻去。你最好能抓到几条红眼鱼，因为鲢鱼虽然看着不错，但是不好吃……"

保罗把鱼从钓钩上取下，那鱼在空中垂死挣扎着，既然它的肉不好吃，他犹豫着要不要把它重新放回小溪。但是另一方面他又怕因为"敏感"而被嘲笑，因为博雷尔绝不会放过这个机会，可以说博雷尔是时刻在寻找机会讥笑他，而越这样，他俩之间的关系就越不可能好转！

就在他举棋不定的时候，他挑起一只虫子，强忍着恶心用牙把它咬在嘴里。托托什在调整钓钩时总这么做。如果他想成为探险家的话，他必须坚强起来……再说，一个人钓鱼也没什么不好，没有博雷尔他乐得清净。他的头也渐渐不疼了。

他往岸边走近了一点，观察了一下水流的状况，然后找到了适合下钓的地点，但是那里好像没什么鱼。他决定碰碰运气，结果他甩竿甩得太大力，渔线被甩到一片木贼草上钩住了，他只好用力拉好把它拽出来，当他终于把渔线收回来的时候又差点被钓钩戳到眼睛。还好博雷尔已经走了，否则肯定不会错过这个嘲笑他的好机会！

他少使了一点力气重新甩竿，把蝇饵甩到了恰当的地方然后开始等待，闷热的天气让他有点喘不过气来。过了一会儿，半昏半醒之中，他感到渔线在动，条件反射地一挑鱼竿，这次钓到了一条比他手指头粗不了多少的红眼鱼。照托托什的说法，这种小鱼，要么扔回水里，要么用来做饵钓白斑狗鱼、梭鲈或者鲈鱼。不管怎么说，如果他带着一条鲢鱼和一条红眼鱼回家作为成绩的话，博雷尔少不了又要奚落他一顿。

他想要把红眼鱼放到水桶里，好腾出手来重新上饵，结果那桶却不见了。他回头一看，却发现那个桶已经在离他老远的一棵栗子树下面了。他站起身来，心里突然紧张起来。怎么可能呢？博雷尔没有碰它，这东西又没有腿，怎么会凭空跑到三米远的地方去！

一阵树叶的沙沙声引起了他的注意，他警惕地抬头往上看。沙沙声变成了咯咯的笑声，然后他就看到了她。大惊之下，他差点仰脸向后倒去。一个女孩正蹲在离地有两米远的一根树枝上眯着眼睛注视着他。看到自己被发现了，她便沿着树干滑了下来，轻巧地落在长满青苔的地面上。保罗一动也不敢动，生怕把这梦境一般的奇遇搅和没了。她美得能让人忘记呼吸。她的头发黑得发蓝，乱糟糟地卷曲着，一直留到腰间。她的脸、胳膊和露出的脚踝都是黄褐色的，好像散发着光芒一般。他想起来那天晚上隐约中看见的有篷马车。一个吉卜赛姑娘……他想要问她叫什么，嗓子却干得像砂纸一样，说不出话来，于是他就傻傻地站在那里，由她一脸不屑地打量着自己。她终于动了，像猫一样小心地保持着距离。见他一声不吭地站在那里，她抓起桶跑到河边把鲢鱼放回了水里。如果她不是在玩某个只有她自己懂的把戏的话，那就应该是在故意挑衅，因为她现在完全当他不存在。就在他犹豫着该怎么办的时候，她没忍住笑出声来，然后像一根羽毛一样轻飘飘地跑走了。保罗张开手指，手里的红眼鱼掉到了斜坡上，径直滑进了河里。这个吉卜赛女孩把别人的鱼扔进河里，她以为她自己是谁啊？不能让她跑了。

顾不上他的钓鱼装备，他穿过荆棘丛追了上去。他不知道自己为什么要追，是因为那女孩的挑衅还是因为自己想要跟她说话，不管是什么原因，一想到她就要消失不见，他就要发疯。他一边跑着，一边寻找着她留下的踪迹。托托什教过他如何辨认那些好认的踪迹：折断的树枝，跨过灌木丛的痕迹，被踩倒的草丛，当然还有脚印。他在一片沙地上发现了两个脚印，便停下脚步侧耳倾听，他听到一阵脚步声正往南跑去。她往庄园方向跑去了。他立刻穿过灌木快步追了上去。他一边跑着一边思考着，就算她以为已经把他甩掉了，最好还是不要跟得太近。只要每隔一段距离停一下，听听脚步声再追就不会跟丢。

在追了一公里之后，他突然意识到她正往哪里跑去，他不知道这种直觉是从哪里来的，也许是猎人的本能。托托什说过一个好的跟踪者总能把他的猎物猜得透透的。

他用了各种手段来接近马尔努池塘。那个逃跑的女孩选了一条新开的小道，那是从茂密的荆豆丛里踩出来的一条路，通往池塘长满苔藓的那一边，离他们平时钓鱼的地方有一定距离。他躲在一簇芦苇后面，搜寻四周，想要在她有机会逃跑之前堵住她，但是他又一次被惊呆了。

　　首先，他只在岸边发现了一摞衣服，然后他就看到了浑身赤条条的她。她仰面朝天，在离岸边几米远的地方慢悠悠地漂着。他不禁打了一个激灵。他从来没见过如此光滑的皮肤，如此纤细的身体。虽然隔着一段距离，他还是看到了她胸前挺起的乳头，他感觉整个脑子都乱了。她抬腿拍了拍水，翻过身来往更远的地方游去。想到她应该是发现了自己在偷看，保罗尴尬地逼着自己扭过头去。他依然打定主意要整她一回，便立刻跑到那摞衣服跟前，把衣服挪了至少有三米远，就像她对他的水桶所做的那样，然后他匍匐着爬到一棵水冬瓜树下，藏在矮粗的树干后面耐心等着。他没有等很久。当她回到岸上发现衣服不在原处时，立刻就明白了怎么回事。她待在那里没有动，找到了他从灌木丛爬到水冬瓜树时留下的痕迹，看到了衣服，发现了蹲在那里的保罗。她应该大喊大叫地躲起来，或者赶紧跑到衣服跟前的，但是她没有这么做，反而是毫不羞怯地看着他。阳光下，除了手臂和小腿，她的身子像石膏一样白，闪烁着光芒，湿答答地滴着水珠。虽然尴尬得要死，保罗不敢转脸，生怕又让她跑掉。他的心脏好像一只被困在笼中的小鸟一样在胸腔里剧烈地跳动着，撞击着他的肋骨。

　　那女孩判断了一下眼前的形势，似乎犹豫了一下，最后决定直接向他冲过去。保罗被吓得跌倒在地，气都喘不上来，接着脸上就被她那湿漉漉的头发抽了一下。她喘着粗气，挑衅一般地看着他，但是眼中却带着笑意。他闻到了泥土和花的味道，心脏还在怦怦跳着，他心想她该不会都能听见他的心跳声吧。他双眼死死地盯着她那双黑色的瞳孔，不敢往下方明晃晃的胸脯看。压在他身上的那个纤细的躯体好像有万斤重，仿佛是他的慌乱加重了她的重量。最后，她终于放了手，躺在了草丛中。他头晕眼花地站起来，看到一只漆黑的像鼻涕虫一样的东西正贴在她的大腿上，他忍不住在转过脸去之前提醒她道：

"你身上有个东西，快看！"

"蚂蟥而已，只不过是个吸血的小东西，你从来没见过吗？"

她的嗓音很沙哑，发音有点咬字不清。他害怕地摇了摇头。她用指甲把那蚂蟥摘了下来，然后一蹦站了起来。她把那虫子小心翼翼地抓在指间，然后耸了耸肩，把虫子扔向了保罗，嘴里还吓唬道：

"小心啊，它要去吸你的血喽！"

就在保罗忙着闪避蚂蟥的时候，她已经把衫裙、衬衫和鞋子都穿好了。他想要说点什么留住她，但是她没给他一丝机会，又跑走了。不过这次他已经有所准备，放心大胆地追了上去。那女孩肯定知道他会追来，而且一点也不在乎。

他们沿着离庄园小教堂不远的林子跑了有一公里还远，累得上气不接下气，最后跑到一片周围都是茂密的矮树林的空地上，吉卜赛人已经在上面安营扎寨了。保罗对这片森林不是很熟，但是池塘离这里不远，而且跟托托什在林子里走了这么多趟，他已经知道怎么辨别方向了。

他看着那女孩消失在大篷车之间，眼前的景象对他来说太过震撼，让他忘了继续追下去。那些车围成一个圈停着，圈中间有一个用巨大的石头围起来的坑，坑里有一团篝火正在燃烧。远处的晾衣绳上，晒着一些内衣、裙子、女式短上衣、天鹅绒裤子、衬衫和被单。几步远的地方有一条清澈的小水沟蜿蜒流淌着。三个老人正在给搬出来的椅子重新装填稻草，他们一边搓着干枯的灯芯草一边聊天。一个男人正在练习着朝一个树干上扔刀，他的嘴唇上方留着细细的小胡子，耳朵上戴着耳环，肩膀上有刺青，活像一个海盗。

保罗拘谨地躲在灌木丛后面，不敢出去。在这种时刻，他想要变成另外一个人，变成一个脸皮够厚不怕被扔石块的男孩，闯进营地里去！另外，托托什曾经警告过他要离他们远一点，因为谁也不知道这群野人能干出什么事来……

他最后还是决定后退，他正要原路返回时，一个东西突然从背后扑了上来。他感到那东西正在用锋利的爪子扯着他的头发，忍不住号叫起来，但那畜生反而停在他脑袋上抓得更紧，并发出一连串尖锐的叫声。是蝙蝠吗？还是野猫？当那女孩出现在他身边时，他再也不敢动了。她发出一声奇怪的声音，有点像鸽子的咕咕叫又有点像哨声。那畜生立刻跳到了她的头上，蜷起身子，瞪着犀利的小眼睛打量着他。它的那张小脸布满了皱纹，像个干瘪的苹果，表情十分狰狞。保罗睁大了双眼，惊得说不出话来。那畜生是一只穿着羊毛西装、个头只有手掌般大小的猴子。

"叫你偷看我，白猴子！汤米是我的守护神。"

"它是什么动物？猕猴吗？"

"傻瓜，当然不是！猕猴至少有它两个大。它是只狨猴。"

"它咬人吗？"

"不常咬人，除非有人招惹它，那它就会咬人或者冲人撒尿。它应该是喜欢你，不然它不会跑出来见你。但是它最喜欢的还是我，整天跟着我。"

保罗了解猴子，但是他不想承认。为了重整旗鼓，他决定先来个自我介绍：

"我叫保罗，你叫什么？"

"贝拉。"

"贝拉？"

"你有什么问题吗？"

"这不是个真正的名字吧？"

"我就叫这个。我们是吉卜赛人。"

"我很喜欢这个名字。"

说完他的脸就红了，贝拉笑出声来。

"你了解吉卜赛人吗？"

"不是很了解。"

"跟所有的白猴子一样……"

"白猴子是什么意思？"

"所有身上不流淌着吉卜赛血液的人。"

她耸了耸肩，然后指着那个拿刀的男人说道：

"那个是我的叔叔约瑟夫。他是我们的首领。我有六个叔叔，你呢？"

"一个都没有。"

"怎么可能呢？"

"我爸爸没有家人了，我妈妈在我出生的时候就死掉了。我以前有一个叔叔，但是他死在战壕里了，脑袋中枪！"

"真可怜。"

"是啊。"

"那你连奶奶都没有吗？"

"嗯，没有。"

"我想介绍你给我奶奶认识，但是我得先提醒你，她是个女巫，我们都叫她肖维阿尼。"

"好的。"

她拉起他的手往前走，保罗顺从地让她拉着，心里暗暗高兴。他们绕过了营地，走到一辆没有跟其他大篷车停在一起的车跟前。车门前摆了两个木箱子当作梯子。她敲了敲刷着油漆的木板门，一个比小孩子高不了多少的老太太出现在了门口。她的衣着很华丽，但是颜色有点旧，她上身穿着一件长尾上衣，披着一件破披风，披风上面绣着翠绿的花朵，下半身穿着一件原本应该是石榴红色的天鹅绒裙，现在那颜色已经变成了玫瑰色。她干瘪的嘴巴里叼着一根发黄的象牙烟斗。

"好孩子，你有什么事吗？"

"我想给你介绍个人。"

"进来……"

那女巫脸上没有笑容，但是严肃之中不带着任何恶意，于是保罗也就忘了紧张。屋里的装饰跟她的风格很统一，摆满了各种动物标本，有皮子看着就很旧的爬虫，有皮肤皱巴巴的两栖类动物，还有几只羽毛褪了色的公鸡。贝拉掏了掏口袋，从里面抽出一只大蚂蟥来。

"我在池塘里给你抓了一只大蚂蟥。"

老太太冲她满意地点了点头，然后就把那蚂蟥扔进了一个玻璃罐，那罐子里装满了黑漆漆、黏糊糊的蚂蟥。贝拉应该是刚才下水之前就抓到了这只蚂蟥。难怪她刚才一点难受的样子都没有。保罗还来不及多想，那女巫已经抓起他的手翻了过来，就着从窗帘穿过来的光线检查他的手掌。保罗被她的动作吓了一跳，想要抽手，却被她像钳子一样紧紧地握住了。

"放松，小白猴子，放松。我会告诉你你的未来……"

她的声音嘶哑难听，保罗忍不住打了个寒战。现在她目光如炬地盯着他看，他感觉自己全身上下都被扒光了，比溪水还透明。贝拉在他身后冲他露出了鼓励的笑容。他想要放松下来，不想被轻易吓到。他有什么可损失的呢？女巫的声音突然变得冰冷，好像不是人的声音，她的眼珠子在眼眶里奇怪地转动着，露出布满血丝的白眼珠。

"我看见……一个年轻女子骑着马在云里奔跑。她一直守护着你，她的力量来自梦界。小伙子，你要小心啊，你将来要跟恶灵斗争。"

保罗觉得自己血管里的血液都要停止流动了。老太太嘴里又嘟囔了几句他听不懂的话，当她终于放开手的时候，他差点要摔倒。贝拉靠过来凑到他耳边说道：

"结束了，你很幸运，她不是随便帮人算命的。"

他想要问为什么，但还是决定表现得好像什么都没有发生一样。就在这时，贝拉的奶奶走到大篷车的后半部分，在一堆瓶瓶罐罐中翻找着什么。他在那些瓶罐之中，看到了一些黑色的草、一团触手又或者是一团蛇、一块绿色的膏药、一些种子……老太太直起腰来冲他眨了眨眼，笑了笑，露出一排牙齿，门牙的位置上缺了一个洞。

"为了让你更好地对付恶灵，我要送给你一个护身符……"

她挑了两个玻璃罐，从里面各取出点东西，然后把它们混在一个大碗里，一边低声念着咒语一边搅拌。搅拌好之后，她用勺子挖了一勺递向保罗：

"快点吞下，不然法术就要失效了。"

那勺湿乎乎的混合物散发着一股腥臭味，把保罗呛得喘不过气来，他想要拒绝，但是贝拉在盯着他看，保罗犹豫起来。是她的话，她肯定不会退却！那混合物难闻的气味让他想起了鲢鱼的味道。他在那混合物的恶臭和贝拉的甜美之间挣扎着。为了给自己鼓劲，他又重新想起在池塘里看到她的画面，想起她那沾着水珠的白皙皮肤在阳光的照耀下闪烁着光芒。他闭上眼睛，憋着气一口吞下了那勺混合物。那东西很黏稠，味道辛辣，但是敢于吞下它对他来说是个小小的胜利，这让他十分开心。

"谢谢您，夫人！"

老太太笑出声来，他以为自己说了什么失礼的话。贝拉已经开了门，在门边向他招手。

"快来。奶奶，我们走啦！"

老太太点了点头，转身去忙自己的事情了。

　　就在他们不在这期间，一群吉卜赛人已经聚集在篝火前，奏起了节奏十分欢快的音乐。除了吉他，个别乐手还弹着一些像桶底一样圆滚滚的奇怪乐器，那乐器发出尖细的声音。贝拉好像突然忘记了他们之间的挑衅游戏，脸上泛起喜悦的神色。

　　"白猴子，你听！这是我们的音乐！"

　　保罗很希望她不要再叫他白猴子。虽然这个词从她嘴里说出来，并没有特别恶毒的意味，顶多是有点嘲笑的意思。但是她这么叫他显然是把他当成了小孩子！他脑子里有各种问题想要问她，却不知道该问哪一个。你多大了？你有朋友吗？你要在这里待多久？他漫不经心地看着表演，突然在拍着手的人群之中看到了一个熟悉的身影。是伯爵！他正在跟约瑟夫热火朝天地聊着，这可不像他。他看上去十分开心，感觉像是换了个人。保罗退到大篷车后面躲了起来，他也不知道自己为什么要躲。

　　"那个是住在城堡里的伯爵！"

　　"是啊……怎么了？"

　　"可是……他在这里干什么？"

　　"你觉得我们太脏了没有资格接待他？"

　　"我没这么说！只是……"

　　"只是他是贵族，而我们是吉卜赛人？安托万先生是个好人，他是我们的保护人！"

　　"你别生气！只是人们都说……"

　　"所以你像老太婆一样喜欢听闲话？"

"当然不是。"

"说得跟真的似的！"

"我听的不是闲话，而且我还住在他的领地上……不过，我也不是一直住在那儿的！"

"这我早就猜到了！那你是从哪儿来的？"

"巴黎！"

他稍微扭曲了一下事实，想要让她对自己有个好印象，但是她看着好像并没有被打动，因为她正在看那些乐手，嘴里跟着音乐哼唱歌曲，双颊突然变得绯红。音乐突然停止了，约瑟夫一声令下，乐手们开始弹奏起一段节奏缓慢的音乐，一个沙哑而又扣人心弦的声音响起，贝拉迈出一个跳舞的步伐，离他而去。她没有对他说再见，只是甩给他一个问题：

"你会再来吗？"

"什么时候？"

她没有理会他说了什么，而是张开手臂，手指画着弧线跳着舞向乐手们走去。她走到吉卜赛人的圈子中间，面朝歌手开始跟着吉他的节奏扭动身子。男人、女人和孩子们拍着手掌，在每一次用脚跟跺地时，从喉咙里发出吉卜赛人的叫喊声，他们围着她绕圈圈，好像是缠在她腰间一般，她挺起胸，头颅后仰，长长的头发飘扬在空中。

当保罗离开营地，往林子方向走去的时候，他的脑子已经乱得怎么也理不清头绪。他知道出事了，这事情将足以改变他的人生。他既开心又难过，心里焦急得难以忍受。周围的世界好像发生了改变，变得更加宽广和明亮。贝拉，这个名字在他的胸膛中跳动着，好像打鼓一般。在十一岁的年纪，一个人就可以爱上另外一个人，并且爱她一辈子吗？

9

"这么一大早的，你要去哪儿？"

博雷尔从门后走出来，好像魔鬼刚从老巢里出来，又像是猎人在监视着猎物。他应该提防博雷尔回来的，保罗懊恼地想着。他原本以为今天早上家里只有他自己一个人。今天天一亮，塞莱斯蒂娜就上楼来跟他说，她要去给玛德莱娜帮忙，让他今天自己打发时间。他抓住脑子里能想到的第一个借口脱口而出：

"我去厕所，我肚子非常疼。"

"小心别掉粪坑里去！你昨天看着就有点不在状态……"

昨天晚上，保罗不小心打碎了他的盘子，心不在焉的样子又给他招来一顿责骂。可是他一点也不在乎。博雷尔可以想怎么骂他就怎么骂他，反正他可以一只耳朵进一只耳朵出……关键的是他恋爱了！

他往厕所走去，防止博雷尔还在远处看着他。他推开门进去，在厕所里数了二十下。博雷尔今天脸色看起来有点奇怪……他没有多想，迫不及待地想去找托托什，告诉他遇到贝拉的事情。他有点担心托托什的反应，但他还是想要找个人说说。

数到二十一时，他溜了出去，一路跑到菜地后面，跨过矮墙消失在矮林之中。感到自己终于自由了，他不由得咯咯笑出声来。说到底，只要他装疯卖傻，博雷尔也没那么难糊弄！

他跑到藏背包的地方，把外套穿上，帽子戴好，虽然天气潮湿，他还是决定不穿靴子了，因为穿靴子浪费时间……最近气温下降了很多，宣告秋天已经到来。

如果他扭头往后看的话，他会看到自己在身后留下了一串清晰可见的鞋印……

昨天夜里，博雷尔给他下了个套。他暗中怀疑保罗已经好一段时间了，而且他已经受够了他和塞莱斯蒂娜的花招！那天那孩子拎着个空篮子回家，连个鱼苗都没捞回来，说什么没有鱼上钩，又说因为他说过鲑鱼不好吃，所以他把钓上来的那条鲑鱼又扔回了水里……从那之后，他就决定不能再这么放任下去了。那天晚上，他一反常态地没有生气，因为他知道他那个倔得跟头驴似的老婆一定会护着她那个侄外孙。所以他一直等到她睡着之后才偷偷找来保罗的鞋子，在鞋底上刻了两道刻痕，这样，他就能知道他到底都跑到什么地方鬼混去了。博雷尔单纯凭着直觉就这么干了，他的怀疑并没有什么依据，但是他绝不能容忍更糟糕的事情发生。他的直觉告诉他那孩子有事情瞒着他。

他藏在窗子后面，看到那孩子机灵地绕过了厕所，然后向林子的方向跑去，兴奋得不禁摩拳擦掌。这次，他闭着眼睛都能找到他走过的路。他心说功夫不负有心人，他现在只要好好准备出发就可以了！

这天早晨的林子异常安静，一根树枝断掉的声音打破了这片宁静，远处有一只野鸡飞上了天。大雾笼罩了整个森林，把它变得几乎认不出原来的样子。保罗后悔自己刚才太过着急出发，没有考虑到天气情况。

过草地时，长得老高的野草沾湿了他的裤腿，一直湿到膝盖，寒气也开始渐渐侵入他的身体。走到矮林中心时，他决定还是继续往前走。如果他现在回头的话，他会浪费不少时间，并有可能会错过托托什。他们约好了八点半之前在特马耶林子那里碰面。当他走上一条骑马小道时，他听到有马蹄声从后面传来。他立即后退，藏到一片荆棘后面。一个年轻女子走了过来，她的身子微微往前倾，马帽下面压着一条长长的金黄色的辫子。伯爵跟在她的身后。保罗暗自庆幸自己刚才够机警。大雾天气也对他有利，没人会注意到躲在荆棘丛后面的他。那个骑马的女子突然立马停住，转脸语带讥讽地对伯爵喊道：

"您的'暴风'不爱走路啊。它需要多跑跑吧。"

"不用担心，等狩猎节开始它就又会活蹦乱跳了！"

"我敢肯定它现在已经不喜欢追野鹿了。"

"亲爱的蒙泰纳小姐，您可骗不了我，明明是您不喜欢吧。我的马儿可不在乎这些。"

"亲爱的安托万，您是怎么知道的？"

"我知道是因为……"

剩下的话随着他们走远已经听不清楚，周围的环境又回归一片安静。虽然荆棘丛湿漉漉的，保罗还是想再多藏一会儿。想到那个爱抱怨的老头叫安托万，还会笑，他就觉得很奇怪。他在想那个骑马的女子是谁，也许是他的亲戚吧。伯爵虽然揭穿了她，但是似乎很喜欢她。虽然塞莱斯蒂娜说过他不是个好相处的人，但是算起来，他已经是第二次看到伯爵这么和蔼可亲了。也许贝拉说的才是对的呢？他了解塞莱斯蒂娜，很难想象她会乱说话，除非被惹急了，否则她很少说人坏话，但是她总是不停地让他小心伯爵，说他很坏……他一边抖身上的水，一边用鼻子在空气中寻找皮子的气味，但是他只闻到了潮湿的木头味和泥土味。托托什应该已经在特马耶林子边的岔路口等他去钓鱼了……他想要赶紧出发，但是一阵奇怪的伤感让他停在了原地，他的身子不停地抖着。他觉得有什么事情要发生，他突然想起了那个女孩，想起她从树上滑下来的样子，想起她绕着篝火跳舞的样子，还有那个女巫说过的话。树枝被踩断的声音传来，他立刻静止不动，高度戒备。

在森林小路的尽头，雾气已经吞噬了一切，一个东西渐渐冒了出来，好像是梦境中才会出现的怪物一般，身形逐渐变大。一头巨大的雄鹿撕开浓雾走了出来，它的角是如此之大，保罗有一瞬间以为那是阴影造成的放大效果。他数着叉角，一不小心咬到了舌头，只好又重新开始数。十四、十五、十六、十七、十八！那雄鹿仰起头，撑大了鼻孔喷出白色的水汽，它应该是闻到了他的味道，因为它冲他的方向转过脸来，然后一动不动地静止了好几秒钟，那几秒钟好像永远也不会结束似的。它的皮毛是棕色偏铁锈色的，就像秋天森林的颜色，保罗惊奇地看着它，一动也不敢动，就连大气也不敢喘。那头鹿嗅了嗅空气，肋部因颤抖而起伏着，它突然绷紧四肢猛地一跳，便腾空而起冲进了荆棘丛中。

那画面虽然短暂，但永远地刻在了保罗的脑海里，他知道他永远也不会忘记那个画面。他从没有见过如此美丽的景象。

他从荆棘后面走出来，往鹿消失的地方走去。

托托什不耐烦地跺着脚步。保罗还没来，而他不喜欢在这样的天气里浪费时间，因为潮湿的天气会让动物的脚印更容易辨别。他打算去附近的池塘收几条渔线。现在雾已经消散了不少，从西边刮起了一阵冷风。眼下的状况让他不高兴，他抖了抖身子。小男孩趴在他脚下打着盹，突然一下站了起来，不停摇着尾巴。

"你那位从巴黎来的小先生根本没把我们当回事。你说我们还等他吗？"

小母狗哼了两声，好像是让他再耐心等等。就在这时他听到了一阵匆忙的脚步声，那孩子终于到了！他没好气地冲他喊道：

"快点！我都快等你半小时了。塞莱斯蒂娜是忘了叫你起床还是怎么了？"

"是因为一头鹿。一头特别大的鹿。我看它就跟看到你一样，托托什！"

"好嘛！它有多高？"

"太高啦，你都想象不到它有多高！"

"好家伙！你不会跟我说它有十六个叉角吧？"

"不是。"

"好吧……"

"它有十八个。"

"十八个！你说的鹿不会是头驼鹿吧？还是你又喝多了？塞莱斯蒂娜昨天在市场上可是好生骂了我一顿，于是我跟她发誓再也不让你喝酒了。说真的，她也许是对的！"

"你不相信我？我是按你教我的数的，它就是有十八个叉角！"

"简直开玩笑！我在这片森林里就连头十六个叉角的鹿都没见过，不过说起来我也好久没进森林了。"

托托什的质疑把保罗气坏了，他握紧拳头叉着腰牢牢地站在路中央。博雷尔嘲笑他，他可以忍受，但是他的朋友不可以……托托什看出来他在生气，便忘掉了自己刚才的不快。那孩子相信自己所说的，就算是他看错了，也不值得跟他吵一架。他一耸肩，嘟囔道：

"到底有几个叉角没那么重要，它应该是头十分漂亮的鹿。好了，别浪费时间了。"

"你不想去追追看吗？"

"我说了今天去钓鱼，那就去钓鱼。"

"鱼竿呢？"

"不需要。你到了就知道了。我们要去一个秘密的地方。我天还没亮的时候刚去过那儿，现在我们可以收线喽……"

他们从林下的灌木丛穿过，跨过一条壕沟，又经过两条壕沟，最后走到一片天空低垂的旷野之上。风冻僵了他们的脸颊，但他们却因为走路出了一身的汗，池塘已经渐渐出现在他们的眼前，水面上飘着一层厚厚的雾气，把堤岸遮得隐隐约约看不清楚。保罗清了清嗓子，想到要说起那女孩的事情，他突然害羞起来。托托什之前的反应让他有点打退堂鼓，但是一旦他们开始忙着抓鱼，托托什就不会再有耐心听他讲故事了。不过，在进入主题之前，他决定先把之前的误会消除。

"托托什……"

"什么，孩子？"

"我向你保证，那头鹿确实有十八个叉角。"

"别再烦心这个了。如果你说的是真的，我们会再遇到它的。"

保罗安下心来之后，不假思索地又接着问道：

"对了，你为什么不喜欢吉卜赛人？"

"谁跟你说的？"

"你那天说的……你说他们都是流浪汉，还说伯爵是疯了才欢迎他们到自己的领地上来。我知道他们的营地在哪儿，就在博蒙池塘的东边，松树林的后面。"

"好嘛，刚刚说看见了一只长着十八个叉角的鹿，现在又说起吉卜赛人的营地了！你还真是什么都插一脚啊！"

"是你教我多观察的。"

托托什忍不住想笑。这小子会回嘴，将来长大了口才肯定了得！

"小子，你听着，我一点也不讨厌他们，但是你最好小心一点他们，他们跟我们不一样。他们有他们自己的风俗习惯和想法。你不要去找他们，博雷尔夫妻俩可会不高兴的。"

"晚了！我遇到了一个女孩！"

"瞧瞧，看我说什么来着！罗姆人的姑娘？"

"她叫贝拉。"

"老天爷……"

"为什么要喊老天爷？"

"你的这个贝拉不会长得很漂亮吧？"

保罗脸红了，但是他不想被托托什套话。

"她知道可多事情了，她会抓蚂蟥，会跳舞，还会游泳！她什么都不怕！"

"而且她还长得很漂亮，你被迷昏了头！"

"她把我带到了她的营地，把我介绍给了她奶奶认识……"

"你都见过她奶奶了？老天哪，你可真是一点时间也没有浪费，小伙子。所以你迷上她了？"

"她比我大，她不是我的爱人……"

但是他说着说着脸就红了，感觉皮肤好像在燃烧。托托什知道不能再开他玩笑了。

"小子，你听着，我看出来你是喜欢上她了，所以我不会劝你放弃，因为我知道我说什么都是对牛弹琴。另外你说得很对，是我越老越不相信人了。你看，时间过得越久，我也变得越孤僻了。"

他们穿过茂盛的灯芯草和木贼草丛，保罗不由自主地寻找着方向。大雾把一切都遮住了，只有他们留在地上的一排脚印宣示着这里有人。

当他们靠近池塘时，一群绿头鸭和几只琵嘴鸭立即扑腾着翅膀飞了起来。河岸突然出现在他们的脚下，托托什满意地喘了口气。他把挎包扔在地上，想着终于可以换个话题了。

"到了，现在你看我怎么做。"

他靠近水面，站在那里巡视了一下四周。确定四下无人之后，他弯腰把第一根渔线收了上来。他一边解释着该挑什么饵，一边往渔线上挂饵。挂好之后，他把渔线沉进水里，然后又拿起第二根渔线，那渔线连在一根长十几尺的榛木杆上，鱼竿被紧紧地绑在一棵柳树的树根上，从岸上看，几乎看不出来……托托什粗犷的脸膛上露出胜利的微笑，鱼竿开始跳动，他轻轻收回渔线，拉出来一条肥大的梭鱼，甩在了岸上。

"今天是个好日子！我要把它卖给格朗布瓦客栈，这家伙至少有八斤重。吕吕那个家伙，就让他喝风去吧，他每次都赖我的钱，看他现在还能怎么办！"

那鱼在草地上张着嘴，托托什抓起刀，用刀把给它来了一下，结束了它的痛苦。保罗就站在一旁，他突然注意到保罗哪里不对。

"小傻瓜，你没穿靴子？"

"没关系的。"

"你说得轻巧。现在你要穿着凉鞋去抓鱼了。"

"我是不想迟到才没穿的。"

"下次记住喽，迟到也得穿上，你看你腿都湿透了。好了，给我抱捆草来。"

他把皮挎包铺在草地上，然后把死鱼放在了上面。

"我想先把它带走。你觉得你现在会像我一样收线了吗？你轻轻地收线，如果鱼要挣扎的话，你就放一点线让它挣扎，它一会儿就累了。然后你把它扔在地上，如果你够胆量的话，就把它打死，不敢的话就等我回来。我很快就回来，最多一小时！"

"好的。"

"等你把所有的线都收了，你再下点新线。还剩三条线，一条在柳树那边，一条在那边的芦苇丛里，还有一条在栗子树之间的斜坡上，听明白了吗？"

他指了指那三个地方，确认保罗知道它们都在哪里之后，把他的装鱼箱递给保罗，又帮保罗调整了一下背带。最后他贴过身来，眼中露出狡黠的目光说道：

"拿着，我把我的刀借给你用。它可比你的小刀管用……"

他这么做其实是为了补偿一下自己今天早晨对保罗发的臭脾气。保罗吃惊得说不出话来。他骄傲地挺直了身子，心中充满喜悦。

"小心点，别被人发现喽……"

"我向你保证不会，发誓！"

博雷尔上路了。虽然心情很激动，但是他并没有很着急。他有太多次因为激动自满而最后吃了大亏，碰得一鼻子灰。他的名誉也因此受损，人们开始在他背后说风凉话，他们从来不敢当着他的面说，至少目前还不敢，因为他穿着制服还有点权威，另外大家都很敬重伯爵，但是这一天迟早要来……

他把全身上下装备整齐，检查了一下猎枪，然后出发去寻找保罗的踪迹。除了在几处长满荆棘的地方看不到保罗的鞋印，他的追踪过程基本还是很顺利的。在横穿森林的道路上，他看到了一些马和鹿的脚印，但是他一心想要抓保罗的现行，反而对这个意外的收获视而不见。他现

136

在确实没什么根据认为眼下的这条线索就一定能让他抓到什么坏事，但是既然他已经开始了，那就必须追到底！

在走到小树林的岔路口时，他发现自己的直觉是对的，幸福来得如此强烈，他走路都摇晃起来。他靠在一棵树上喘了口气。在潮湿的泥地上，他看到一排画着十字的小脚印跟一个大人的脚印走在一起，第二个脚印就算放在一千个脚印之中他也不会认错，虽然他没有任何真凭实据能说明这就是托托什的脚印，然而直觉和积怨已久的仇恨让他坚信自己不会认错。

在泥地上追踪脚印简单得如同儿戏。博雷尔看着他俩的脚印一会儿一前一后地走着，一会儿在路变宽时并排走着，想到他们一边走一边聊的场景，他就气不打一处来。有时，他们留下的脚印很深，他想着他们一定是在那儿停留了片刻，彼此交心……哼，那个毛孩子完全没有把他放在眼里，而另一个人一定是一边想点子骗他，一边拿他开涮！突然，他一切都了然了，那孩子衣领背面挂着的蝇饵，他那娴熟的甩竿动作，他的各种迟到还有越来越鲁莽的行为。他俩早就穿上一条裤子了。但是复仇的时刻已经到来，博雷尔已经准备好好庆祝一番了……

托托什离开之后，保罗赶紧跑去看那三条渔线。三条线中只有一条有鱼上钩，还是一条半斤不到的鲈鱼。托托什回来会失望的，但是如果他下饵下得好，再加上点运气，说不定就能在托托什回来之前钓条大的！

他把饵挂在钓钩上，手里拿着刀，想要好好调整一下鱼饵。他想要吹口哨，但是他没有这样做，反而是四下看看，深吸了一口气。给一个偷猎贼干活让他觉得自己身负重任，所以还是谨慎点好。风已经把雾吹去了大半，阳光穿过雾气把水面照得明晃晃的。他把渔线浸入水中，祈祷着会有条大鱼上钩，最好是一条胖鲤鱼，又或者是跟那条八斤重的梭鱼差不多大小的鱼。在他背后，一只苍鹭发出愤怒的叫声，随即便被一声大吼盖了过去。

"住手！我以法律的名义命令你！"

他浑身一个激灵，差点掉进水里。博雷尔拿枪对着他的脸，气得满脸发红。

"放下你的武器！"

保罗有一瞬间以为博雷尔疯了，随后才意识到他指的是托托什的短刀。他把刀攥得紧紧的，需要费点力气才把手指头松开。刀从他的手中脱落，掉在了草地上。他闷声不响地站在那里，感觉一场灾难即将来临。

"把手举起来！"

博雷尔继续挥舞着枪，用犀利的眼神环视了一下四周，显然是在找托托什。他小心翼翼地捡起了刀，然后指着地上的筐子说：

"打开。"

他看见了那条鲈鱼，显然是没什么太值得小题大做的，但是罪行还是很明确的。他的脸因为报仇心切而变得狰狞。

"光天化日之下在私人领地上偷猎！违反了刑法第71段第123条。年轻人，你犯的事可不轻啊。你得上法院，进监狱，承担一切后果！"

保罗被吓得浑身瘫软，强忍着泪水。他不想哭哭啼啼的，尤其是在博雷尔面前。他突然想要尿尿，但他只能握紧拳头拼命忍着。

"那个浑蛋在哪儿呢？"

"谁？"

"小浑蛋，你给我听好喽！你唯一脱身的机会就是告诉我谁把你带到这里的。"

"没人！"

"是吗？那这把刀是谁的？"

"我的。"

"你的？这可是把好刀！不要再扯谎了。是谁教你学会钓鱼的？"

"嗯，是您啊，那天……"

"你少给我嬉皮笑脸，小心我给你一耳光。除了偷猎，你还学会吹牛皮了？"

"我说的都是真的，我发誓。"

"现在还给我玩发誓了！够了！不要再狡辩了，不然我就把你送到法官那里去。"

"法官？"

"等你把你的谎话告诉他时，他会把你送进监狱里去！小浑蛋，给我往前走！"

保罗照做了，博雷尔放下了枪，他不想不小心伤到孩子，但是也绝不能让这孩子逃了，跑去给托托什通风报信！他要把这孩子带回家去，然后再去追踪托托什。他大致看了一下，发现托托什的足迹消失在荆豆丛中。那个家伙真是狡猾，一定是听到了什么风吹草动，暗地里逃跑了！不过这次，托托什算是死定了……

塞莱斯蒂娜正忙着在花园里晾衣服。早晨刚刚结束，但是她今天一大早就起来了，现在已经感到累了，正想着喝上一碗苹果酒后再去庄园里干活。为了迎接狩猎季节的到来，伯爵要求下人们把所有的铜器、银器都擦得锃亮，把客厅通通风。伯爵夫人还在世的时候，每次在狩猎季节结束之后招待客人之前，都要来一次秋季大扫除。如今大宴宾客的场景已经没有了，但是大扫除的习惯还是留了下来……她抓起一件保罗的衬衫，想着开学之后，那孩子也不能告诉老师他的真实姓名。她向来尊重老师，想到要跟沙西涅克小姐编一堆故事，她就心里不安。可是她还是得说谎，再说这只是一个临时的安排，一个善意的谎言。

她刚把衣服袖子挂好，一个身影就闯进了湿漉漉的衣服中间。她生气地一把把衣服扯了下来，然后就发现一脸煞白的保罗站在那里。在他身后，她丈夫憋得脸红脖子粗，穿着一身制服站在那里，一脸没好气的样子。两人反差巨大的样子在她看来几乎有点好笑。这俩人肯定是又吵架了……

"瞧瞧！你们是想浪费我的洗衣粉是吧?! 还有你，博雷尔，你在这儿干吗呢？"

"我把你的小坏蛋给抓回来了。"

"又怎么了？"

"让他跟你说……如果他还知道点廉耻的话。我不想再在森林里看到他了，你听到了吗？你给我把他从早到晚看好。"

"你想干什么，我还得去庄园里干活呢！"

"你把他一块儿带去就是了！"

"带他去？老爷怎么办？"

"我不管！他是你的责任，不然我就把他送回巴黎去。"

他是认真地在威胁，这从他的口气中能听得出来。看着保罗惊慌失措的小脸，塞莱斯蒂娜猜到这事必然跟托托什有关。她决定最好还是先让步，之后再考虑怎么应付伯爵的问题。

"好吧。"

"你是认真的？"

"当然，我说到做到。不要再来烦我了。"

"我走了。"

她没问他去哪儿，甚至强迫自己不去想托托什。光是保守自己的秘密就够烦心的了，她哪儿还有工夫去管她根本管不了的事情。她等到博雷尔走远了才蹲下来，看着保罗的脸说道：

"你在庄园里要老实点，不然就是我跟你过不去了。今天，我不方便带你去那里，所以你回房间老实待着吧。明天你跟我一起去。"

保罗羞愧地点点头。看着他的可怜样，塞莱斯蒂娜的心又软了。

"你还在不高兴吗？这次又是为了什么？"

"钓鱼……"

"还想钓鱼？我还以为他不教你了呢。你为什么不能学着听他的话呢？就算他脾气不好，他也能教会你些东西……不管怎么说，他脾气再坏，到底也不是个坏人。"

"不是的。我不是跟他一起钓鱼的。"

"那是跟谁？"

这下突然轮到她脸色煞白了。

"托托什？"

"他刚才不在那里。但是之前在……我之前是跟他在一起的。博雷尔在池塘边抓到我，他看到了我钓的鲈鱼和手里的刀。刀是他借给我的，让我等他回来。"

"从哪儿回来？"

"他去什么布瓦客栈了……"

"格朗布瓦。老天爷啊，谢谢你！"

她也顾不上这句话透露了多少信息。既然这孩子已经都猜得差不多了，她还装什么呢？这小子跟他母亲一样忠诚、善良、善解人意，让人怎么能不喜欢他呢？只有像博雷尔那种乖戾的人才能挑出他的毛病来。她不再去想玛蒂尔德，必须从过去的回忆中走出来，否则她有可能会不小心说出什么来。她佯装生气的样子，叹了口气。

"好了……事情很麻烦，但是这是他们的事，现在我们什么也做不了，所以也不用自寻烦恼了。明天你要给我像只老鼠一样老实，一只小老鼠，听到了吗？"

"听到了。"

博雷尔如果想要抓托托什的现行，那他又要失望了，因为那条该死的小母狗在他离船还有二十步远的地方已经开始本能地狂叫起来。博雷尔恶狠狠地骂了它一句，这句话它以前在森林里不知听过了多少遍。托托什从他的藏身之处走了出来，抓着小狗的脖子把它抱了起来，然后看着博雷尔一步步地走近。

博雷尔手里挥舞着钓鱼线，嘴里骂骂咧咧的。他瞬间就明白了在他不在期间发生了什么。他刚好逃过一劫，因为他已经把鱼卖了，回家是为了把钱收好，因为他兜里就不能有钱。他的这个小心的举动救了他，否则他就会正好撞到博雷尔的枪口上。

博雷尔知道自己的叫骂完全吓不倒那个恶棍，决定换个方法。既然这个人临危不乱，他便故意使坏地说道：

"这次，你可跑不掉了！那孩子已经开口了！"

"你在说哪个孩子？"

"你当我是傻子啊。我马上就把你抓进监狱去。你的同伙已经全部都招了，你的钓鱼线、索套，还有你的那些勾当，他全都招了。还有这个……"

他阴狠地笑着，把那把刀抽了出来，托托什心里突然生出一个可怕的疑虑，身体不禁发抖起来。但是他仰起下巴，决定概不承认。博雷尔看到他在往后退，高兴得忘乎所以。

"心虚了吧！"

"这把刀不是我的，你看上面刻我的名字了吗？再说，既然照你说的，你什么证据都有了，为什么宪兵还不来抓我呢？这是规矩不是吗？"

"我想怎么办就怎么办，你这个坏家伙，还轮不到你来给我发号施令！好了，你承认吗？"

"承认什么？说我在自己家里，然后你来找我的麻烦？"

"你再看看这个？"

他在空中晃了晃钓鱼线，心里突然紧张起来，因为这种证据显然不够定罪。

"给我看看你的猎袋！"

"为什么要给你看？"

"哼，因为你背着它！"

"如果我不愿意呢？"

他好像是在考虑，然后一耸肩，摆出一副从容不迫的样子，说道：

"好吧，毕竟……"

他纵身一跳，跳到了岸上，朝博雷尔走去。现在的力量对比已经反过来了，但是还是尽量不露出获胜的表情，以免更加激怒那个家伙。博雷尔被逼急了，可能会变得更危险，更不要说那把该死的刀还在博雷尔手里。

"拿去看吧。"

绿色的猎袋里面空空的，散发出一股鱼腥味。

博雷尔慌张起来，四下找证据。就差一点，这个浑蛋又要溜走了……

"那这又是什么呢？"

他指着船屋门口挂着的一个灯笼问道。那灯笼也是托托什昨天晚上换来的，为了防止生锈，他往灯笼上面刷了一层清漆，挂在那里晾干。

"是一种灯吧……"

"可不就是灯嘛，是专门用来夜里偷猎的灯！"

托托什丝毫没有生气，泰然自若地说道：

"不是哦，先生。这是一个信号灯，是专门用来在大雾天气时在卢瓦尔河上航行用的。"

"用在一个不会动的船上？你怎么不买个集市上卖的小彩灯呢？"

他们互相对视着，一句话也不说，就差扭打起来。在他们的沉默背后埋藏着积怨已久的仇恨。博雷尔最后还是退了一步，他的语气听着不像是威胁，反而更像是一种受够了之后的请求：

"你为什么总来我的地盘偷猎？还有那个孩子是我的，我的！你再也别想见到他，跟他聊天了。你马上就要倒大霉了，我敢拿脑袋保证！"

博雷尔说完转身走了，托托什松懈下来，喘了口气。这种最后通牒他一点也不害怕，只是他有点担心塞莱斯蒂娜。他不能连累她，而这次他只是走运才躲过一劫。他觉得这件事会发生还是因为那孩子，因为他喜欢那孩子。保罗有没有告他的密呢？他知道有的人因为懦弱，又或者是出于害怕或利益，连自己的父母都会出卖，就连一些看似硬汉的人也会经不住拷问而招供！何况是一个孩子呢……

他愤恨地朝小男孩吼道：

"要不是因为你掉进河里，我也不会落到这般田地……算了，最坏的已经过去。你的那个小朋友，应该没怎么反抗，要不然我已经不在这里了。"

小母狗知道他心里不舒服，摇着尾巴哼哼起来，好像是在跟他说对不起。

　　知道他要去大宅子，保罗特意梳洗打扮了一下，甚至还给皮鞋打了蜡。塞莱斯蒂娜昨天已经跟玛德莱娜和阿尔芒说了，说在开学之前他都会跟他们待在一起。她说是因为那孩子干了件蠢事，惹恼了脾气本来就暴的博雷尔才不得不做此改变的。那孩子以后肯定会听话的，她会确保这一点！

　　在这个第一天，她给了他一篮衣服让他抱着，然后两人一起上了楼。在路过那些战利品、鹿角和短粗的狍子角时，保罗放慢了脚步。他想看看有没有一个能跟之前的那头巨鹿相媲美的鹿角，但是他没有找到。他的拖拉惹恼了塞莱斯蒂娜，她生气地呵斥道：

　　"你不是来参观的，快点过来……"

　　他们花了两小时打扫二楼的房间。塞莱斯蒂娜的腰间挂着一个巨大的钥匙串，可以打开房间和柜子的门，那些柜子很深，两个大人站直了藏进去都没问题。在她用力擦洗窗户和整理床铺的时候，保罗负责用抹布擦家具和墙上的线脚，检查有没有蛀虫咬坏了衣物，又或者帮她抻床单。他从没在故事书中的插画之外见过带帏盖的床，不禁感叹这床奢华得像王子睡的。每个房间都能装下他们在圣丹尼斯的家，且都冲着公园方向，公园的尽头是一望无际的树林。

他们最后打扫的是伯爵的房间。床对面的墙上挂着一个面容精致的女子的立身像。她戴着一顶大大的礼帽，帽子下面露着一条蓝色的饰带和如瀑布般垂下的金色头发。看到保罗站在画前凝视着画中的人物，塞莱斯蒂娜喃喃说道：

"这是夫人……"

"哪个夫人……"

"死去的伯爵夫人，老爷的妻子。她年纪轻轻就走了，可怜的她一直体弱多病。"

"这个家里的人都死光了！"

"老天爷啊！你说什么胡话？"

"托托什说，伯爵的女儿也死了，还说你是她的保姆……"

保罗忙着给一个长桌掸灰，没注意到塞莱斯蒂娜神色有异。这个老实的女人试图平复自己的情绪，用一个不带任何感情的声音说道：

"没错……但是贝特朗还在。"

"我不喜欢那个人。"

"不许没礼貌，再说你都没怎么见过他。"

"反正我不喜欢他。"

"他确实没那么和善……"

她好像从回忆之中恢复了过来，叹了口气说道：

"每个人都各有各的不幸，所以没有必要浪费生命在唉声叹气上。"

"你应该把这话说给伯爵听。"

"呸，我为什么要这么做？"

"你说他很悲伤，他也不喜欢孩子，这不是唉声叹气吗？"

"不完全是……再说老爷连高兴的机会都没有……"

"可是……"

"可是什么？"

"没什么……"

"没什么就好。你现在变得越来越奇怪了。好了，聊得够多的了！趁我换床单的时候，你能去给我把蜡找来吗？我忘了带上来，我得给家具上蜡。你找阿尔芒要装蜡的罐子就行了。他在洗衣间，快去快回！"

"知道了。"

保罗重新穿过长长的走廊，一边自娱自乐地数起房门。一共有七个房间，还有一个宽敞的过道通向上一层，他暗自猜想这里到底能住下多少人，肯定能住下几十个人！

走到大楼梯时，尽管有塞莱斯蒂娜的叮咛，他还是又比较起那些鹿角来，但是他白找了一通，没有一个鹿角能与他的巨鹿相媲美。他出神地看着那些清漆底座上的战利品，心中隐约有些泄气，他没看到伯爵正走过来。安托万·德·拉谢奈立刻就认出了女管家的侄外孙。他直愣愣地站在那些鹿角前，好像是陷入了沉思。眼前的景象让老人家乐了起来，老人特意控制了音量，免得吓到他。

"瞧瞧，这不是那天的小逃犯嘛。我今天还让你害怕吗？"

保罗脸唰的一下红了，然后大着胆子回答道：

"不，先生……嗯，就一点点。"

"你喜欢这些战利品？"

"我喜欢那个有十二个叉角的。"

"哪一个？"

他想要确认那孩子确实知道自己在说什么，虽然他说话的口气已经说明了一切。

"就是那边那个，第二侧枝很黑、顶端断掉的那个。"

"老天，你的词汇量不小啊。这些词可不是城里孩子能会的……谁教你的？"

"是……是博雷尔，老爷。我住在他家里。"

"对，塞莱斯蒂娜跟我说过。我在你这个年纪的时候，可没你知道得这么多，这个鹿角确实有十二个叉角。这个家伙可把我们骗惨了！第一天它就用了替身，害我们跟丢了。"

"替身？"

"鹿为了甩掉猎狗而使用的技巧。猎狗从拂晓起就开始追它。"

"我知道！它们是追鹿犬！"

保罗激动起来，为自己能向伯爵显摆自己的见识而骄傲。伯爵也激动起来。

"完全正确！跟行家聊天就是开心。所以你想想看，训练有素的猎狗追着这头老鹿，它用了各种计策来甩掉它们。它逃进河里逆流而上，穿过池塘，又折返了上百次。它不停变换路线，交叉着跑，绕着圈跑，又多次回到出发点，把猎狗引回到已经走过的路上，好骗过它们。在这些计策都没奏效之后，它见那些猎狗继续跟在自己身后，就跑去蹭它的同伴，那些鹿见到它就拼命逃，因为它们知道碰上它就意味着死亡。那头老鹿很狡猾，它如果找到替身，逼一头没它有经验的鹿跟它一起跑，它有更大机会逃脱，猎狗在追一段时间后就会跟丢它，转而去追另一头鹿。这就好像用一头鹿的命换了自己的一条命，让它替自己去死。所以它才往鹿群藏身的大沼泽地跑去……"

保罗聚精会神地听着，不知道该怎么替那头老鹿祈求好运，他忘了它的角已经被钉在了楼梯上，它的计策失败了。看到保罗听得专注，伯爵故弄玄虚地停了下来。

"接下来呢？"

"接下来没了！"

塞莱斯蒂娜怒气冲冲地从楼梯上朝他们走下来。

"快去干活！我让你给我找蜡，你倒跑这来打扰伯爵老爷。"

"随他去吧，塞莱斯蒂娜，您的侄外孙一点也没有打扰到我，我们在聊正经事呢。"

"可是老爷……"

"您总可以给他一点休息时间吧？"

虽然伯爵话说得很客气，但塞莱斯蒂娜知道自己没有回嘴的权利。每当伯爵摆出这副面孔，她只能顺从。她祈祷着希望那孩子不会说漏了嘴。

"嗯，那好吧……你要听话知道吗？不许顶嘴！"

"他会非常听话的，而且一句话都不会说，对吗，孩子？"

保罗点点头，脸上露出大大的微笑。他觉察到塞莱斯蒂娜很紧张，但是不知道她为什么紧张。也许是打猎的事情让她不高兴，她受够了她丈夫和托托什之间的那点仇怨；又也许是因为伯爵没有她说的那么坏，她为自己错了而不安。等她走远了之后，他问伯爵道：

"墙上的这些鹿都是您杀的吗？"

"孩子，对这么高贵的动物，我们不说杀这个字，我们说宰。"

"崽？猪崽的崽吗？"

"不是，宰杀的宰。关于你的问题，是的，你看到的所有这些鹿都是被我，或者我父亲还有我祖父宰杀的。要宰杀它们，我们用一把长匕首，你瞧，就是画里的这把。"

他指着楼梯平台上方挂着的一幅画。那画画的是一个黄昏时刻，夕阳染红了天空，昏暗的荆棘丛中，一头雄鹿被一群不停吠叫的猎狗包围，弯下膝盖跪在一个人面前。那人手里拿着一把匕首，胳膊挥在空中，感觉就要往那鹿刺去，雄鹿瞪大的眼睛已经露出临死前的惊恐，保罗吞了吞口水，嘴唇发干。

"为什么不用枪呢？"

"为了表示尊敬。这样的动物应该死在白刃之下。绝不可以用别的手段，否则就是犯罪。"

他停了一会儿，好让孩子好好领会他话中的含义，然后指着楼梯中间的一个鹿角说道：

"那是一个十五叉角，是这片土地上有史以来抓到的最漂亮的一头雄鹿。"

"没有比它更大的了吗？"

"有人说，有一头巨鹿偶尔会跑进我们的林子里。"

"巨鹿？"

"传言是这么说的。说它有十七个，甚至是十八个叉角。这听起来更像是一个传说，因为没人能发誓说自己亲眼所见，不过我想也许有一天我能遇上它……好了，你想让我带你参观一下吗？我们可以爬到这城堡的最高点，塔楼那里。我在你这个年纪的时候，总爱幻想自己住在一个坚不可摧的城堡里。"

保罗激动地点了点头，赶紧跟了上去，塞莱斯蒂娜都来不及反对。

起雾了，天空翻腾着，间或露出一片片暗淡的蓝天。德·拉谢奈伯爵的领地摊开在他们眼前，农田尽头的葡萄园，已经变成金色的小树林，流淌的卢瓦尔河，还有从起伏不定的树林中冒出来的村子里的钟楼。透过矮树林的一个缺口，保罗认出马尔努池塘来。营地应该就在不远处……

"你看，大部分的围猎都是从这儿开始的，博雷尔是狩猎总管。"

老人手指着东方。他注意到这是他提到博雷尔时，保罗第二次露出厌恶的表情，于是他继续说道：

"博雷尔是个狩猎的好手。人永远不能打无准备之仗，你得知道哪里猎物多，哪里藏着鹿群，还要给猎人帮手分配工作，管理好猎犬，知道怎么跟猎狗沟通，在恰当的时机使用它们。博雷尔比任何人都懂狗，知道怎么挑选猎犬。一只疲于奔命或者训练不好的猎狗可以让整场捕猎活动都失败。博雷尔明白这些道理。不过呢，他的倔脾气有时会让他被人耍得团团转，有时候他表现得比我还更关心这块土地，但是归根结底，他不是一个坏人……"

老人不说话了，陷入沉思之中，高兴的情绪似乎也消失不见了，于是为了安慰他，保罗开口说道：

"您能拥有这一切真的很幸运！"

"这不是运气，而是一种代代相传的责任，到了一定时候，我还要接着把这责任传下去。"

空气突然安静了，飘荡着懊恼的意味。保罗又尝试了一次：

"您说的那头巨鹿……我看到过。"

"你！你这是给我唱的哪一出？你确定？"

"差不多。它至少有十八个叉角。我数了两遍。"

"天哪！那么说这是真的喽？什么时候？在哪里看到的？"

"今天早晨，在森林里……"

"具体在哪儿？"

"那边，我记不清了。"

他指向特马耶林子，没有给出更多的细节。他已经开始后悔刚才说的话了，都怪那些狩猎的故事让他忘记了小心谨慎！如果伯爵知道保罗偷看过他和那骑马的女子，也许会生气。另外，就算伯爵比塞莱斯蒂娜说的要和善得多，保罗还不够充分了解他，不该把这样的一个秘密告诉他。最好还是隐瞒一部分真相。老人肯定是一个好猎人，看他满墙的鹿角就知道了，而且他还喜欢那些追不到的鹿。安托万·德·拉谢奈若有所思地看着保罗所指的方向，喃喃说道：

"十八个叉角……好嘛！"

"您不相信我？"

"我为什么不相信你呢，孩子？我只想相信你说的话，只是我还需要更多细节。我认识几个愿意为这样一头鹿不顾一切的人……如果你还能再看到它的话，立刻来找我，不管什么时候！"

"知道了。"

两人再次安静，保罗想起来他被禁足了。他要怎么做才能再见到那个女孩呢？他迫切地想要问伯爵关于吉卜赛人的事和他去小教堂的事，还有一大堆谜团，但是这么做等于背叛塞莱斯蒂娜。另外，谁也无法了解一个贵族的想法，谁知道在他面前什么该说什么不该说呢？

老人从护墙转过身来，看上去好像背突然驼了，而且一脸的疲惫。他闷声对保罗说道：

"现在你走吧，我还有事情要忙。如果你愿意的话，我们可以下次再聊狩猎的事情……你姨姥姥还在等着你呢！"

过了好几秒钟，保罗才反应过来老人说的是塞莱斯蒂娜，于是怯生生地说道：

"我很愿意！"

看着他脸上的笑容，德·拉谢奈的心漏跳了一拍。这孩子身上有一股不同寻常的气质，但是单凭这气质就该相信他看到过一头有十八个叉角的鹿吗？还是自己年纪越长越糊涂了？

"你们都聊什么了？"

"聊鹿啊，打猎啊……"

塞莱斯蒂娜松了口气。他俩聊天的过程中，她每一秒都胆战心惊。当她在客厅正擦着银质餐具看到保罗回来时，她出于谨慎没有立刻审问他，想着等到回家再说。现在他们正朝家中走去，鉴于她不知道博雷尔在不在家，于是便着急想把事情说清楚。

"如果老爷问你家里人的事，你一定要跟他说你是我表妹外甥的儿子，听到了吗？小拉卡萨涅。还有，不许提他女儿，绝对不许提！因为这会让他很难过的……你明白了吗？"

保罗半信半疑地点了点头，但是既然她坚持不把话说清楚，他最好还是按她说的来。当他们走到林子的岔路口时，他转脸往池塘方向看去。

"我想去看看托托什。"

"博雷尔不想让你再见他。他会发火的。"

"我们可以不告诉他。"

"不行，孩子，这么做不对。"

"可是托托什他……"

"别犯傻了，托托什他自己清楚得很，现在这个状况。就算他有时候不太靠谱，他现在也不小了，他自己的问题自己能摆平。"

"可是我会无聊的！还有，我会忘记他教给我的东西！我需要多练习，伯爵也是这么说的！"

"你不是匹马也不是只小狗，你连猎人都不是，所以练不练习对你一点也不重要。"

看着保罗气愤的样子，她有点幸灾乐祸。现在伯爵见过这孩子了，她的谎言好像也变得没有太过分了。保罗一想到贝拉忍不住更加生气。如果他整天跟个傻子似的提篮子、收拾餐具、给恶心的鸡拔毛，她会以为他不想再见到她了。塞莱斯蒂娜摇了摇他的胳膊才让他回过神来。

"再说，开学之后，你也没有那么多时间乱跑了。"

"开学？"

"你不会以为自己放大假一直放到圣诞节吧？四天之后，你就要去埃尔代涅找沙西涅克小姐报到。我刚给你报了名，还有你在那里要叫拉卡萨涅，别忘了！"

保罗长叹了一口气说道：

"我不想上学！"

"听着，小笨蛋，除了大自然，你还得学点别的知识，再说，你可以交到一些跟你同样年纪的朋友。"

"他们会喜欢我这样的城里孩子吗？我遇到过几个孩子，他们可没有很喜欢巴黎人。"

塞莱斯蒂娜乐得扑哧笑出声来。

"你这么机灵，肯定会反击回去的！再说，我知道某人不会再禁止你外出，也不会因为你回家晚了就发脾气了……"

见保罗一脸迷惑地看着自己，她神色忧愁起来，缩回脖子，沉重地走着路。

"你是说你的丈夫？"

"还能有谁？一旦他消了气，你也开始上学去了，他就会去操心别的事情了。走吧，我要给他做顿好吃的，让他心情好起来。你呢，接下来几天，你要给我老实点。"

第四部分

L'École buissonnière

塞莱斯蒂娜的秘密

11

保罗看到新老师时，惊讶得咬住自己的舌头，才没露出惊讶的表情来。他认识这个编着辫子的年轻女子，他见过她跟伯爵一起骑马。过去的三天里，他反而再也没有碰到伯爵，他为此感到遗憾，因为整天跟在塞莱斯蒂娜身边，帮着玛德莱娜拔鸡毛、帮阿尔芒给鞋子打蜡的日子简直无聊透了！

蒙泰纳·沙西涅克抓着他的肩膀，带他走到讲台前面对全班同学站着。十五六个孩子同时盯着他看，有些眼神里透着好奇，有些则带着敌意，他觉得自己无路可逃，浑身上下被他们犀利的眼神看了个透。多亏了阿尔塞纳——那个驾着狗拉车的孩子，全班同学都知道他是"巴黎郊区来的"，现在住在博雷尔家，而且嘴巴还很厉害。阿尔塞纳·帕什沃显然是孩子头，他的爸爸是个马贩子。他已经跟所有人都讲了他们吵架的经过，还有梅利是怎么修理他的。只有一个孩子对他表示了善意，那是村里的大傻子，已经是十五岁的大孩子了。而且他的友善既是个性使然又是出于习惯，因为丹尼斯从早到晚，脸上一直挂着笑容。

埃尔代涅的学校是间平房，坐落在一片栗子树之间，接着一个大院子，院子被一堵墙隔成了两半，那墙足够高，一般人爬不过去。男生的部分有三间教室、一间办公室和一间储藏室，里面堆放着教学用具和烧炉子的柴火。走廊里安了一些用来挂披风的挂钩，教室里铺着地板，墙面用石灰刷过。校长米纳尔先生是个谦逊的人，他负责教低年级的孩子。活力十足的蒙泰纳负责教中年级。女生的部分要明显小不少，只有一个教室，被一个严厉的老太太像带兵打仗的元帅一样铁腕管理着。

就算从中间被分成了两半，大院也足够装下两个带顶棚的操场、几间厕所和一圈围着一片小树林的步道。课间休息时，墙两边孩子们的叫声此起彼伏，有的男孩子吹嘘说自己能听出梅利和弗朗索瓦丝的声音来，这两个机灵丫头是女生们的头头。

走进教室里，可以闻到打了蜡的木头的味道和粉笔的味道。老师的讲座摆在讲台之上，正对着三排课桌，每一张课桌上都放着一个陶瓷墨水瓶，里面装满了紫到发黑的混合物。

除此之外，教室里只有一面黑板，一个柜子，一个书架，一张法国地图，还有一个烧炭的大炉子，炉子旁边放着一个装煤的筐子。开学这天，黑板上已经工整地写下了每日一句：

人只有在遭遇不幸之时才会意识到之前是身在福中不知福。

蒙泰纳·沙西涅克的中级班以教学方法见长。她的严厉总会在一开始让学生们大吃一惊，因为她既漂亮又年轻，但是她的正义感让她颇受学生们的欢迎，就连像阿尔塞纳和路易这样的顽劣分子都欣赏她。她知道大部分学生都不会上很长时间的学。等他们长到十三岁的时候，就会彻底回家种地或是打猎，但是在这之前，她坚持要让他们掌握最基本的技能：能算术和能认字，掌握基本的地理和历史知识，会写作文并能听懂思想品德和公民教育课。

沙西涅克小姐穿着一件长长的带领子的女式上衣，颜色比学生们的灰色罩衫还浅。她的这身打扮比她那天在森林里骑马的样子要严肃。开学这天早晨，她叫大家安静，然后庄重地说道：

"这位是保罗·拉卡萨涅，你们的新同学。他父亲在阿尔及利亚工作，在这期间，他会跟我们一起上课。我要提醒一下那些记性不好的同学，阿尔及利亚自 1848 年起就是法国的一个省，它位于地中海的另一端。"

她抓起一把尺子，指向一张上面写着"法兰西帝国"字样的平面球形图，那图看着比法国地图还寒酸。阿尔塞纳想要一下学生头头的威风，故作天真地问道：

"那这个巴黎人是黑人喽？"

孩子们哄堂大笑，接着便被一声严厉的"安静"喝止住了。老师绝不允许吵闹，她决定再提醒他一次：

"首先，帕什沃先生，我请你不要说话吞音，更不要省略人称代词。假期已经结束，你现在是在上课。其次，我很怀疑保罗·拉卡萨涅像你说的是个黑人，我反而要质疑一下你的思考能力。你给我把下面这句话抄三十遍：'我会乐于助人，友爱同学，从今往后不再随便骂人。'"

在故意等教室安静了片刻之后，她又略带戏谑地说道：

"阿尔塞纳，如果你不明白这句话的意思，下课之后来找我，我亲自给你解释。"

经过这件事情之后，班里自此形成了一种不稳定的平衡关系。校墙之内，保罗成了大家都不搭理的贱民，因为老师明显偏爱他。但是放了学，就是另一回事了……

"好了，保罗，你坐到埃内斯特旁边去吧。"

那个叫埃内斯特的孩子是一个脸上长满雀斑的金发男孩，他往旁边挪了挪，脸上虽然不乐意，但又不敢不听老师的话。接下来就开始上课了。

蒙泰纳选了昂热诗人约阿希姆·杜·贝莱的诗来开始今年的第一堂课。她习惯一边慢慢地走在学生中间，一边朗读诗句，确保每一个学生都在认真听讲：

> 旅行归来，他像尤利西斯一样幸福，
> 像抢到金羊毛的人一样快乐，
> 满载着经验与智慧，他回到家中，
> 承欢膝下，度过余生……

听着悦耳的诗句，保罗不由自主地在他的草稿纸上画起一头鹿的样子来。他很幸运地坐在一扇窗户旁，窗外就是村民放牧的地方，更远处，是穆兰山丘背后一望无际的索洛涅荒野。保罗眼睛望向窗外，看见一大群斑尾林鸽往西南方向飞去。辽阔的蓝天之下，层林尽染秋色，仿佛仙境一般。看着窗外的美景，刚刚受到同学恶劣对待的保罗心情稍稍好了一些。

保罗是个好学生，老师他也很喜欢，他一下子就喜欢上了她讲课的方式，喜欢她能把书本上的内容讲得十分透彻，就连算术课他听起来也觉得很轻松。一天的时间转眼就过去了，除了课间休息，他居然一点也没有想念原来的学校。阿尔塞纳走在他的两个手下路易和雷蒙中间，只等着找他的麻烦。可惜他们的打算落空了，因为保罗一直待在离教室不远的一个角落，也不去跟像丹尼斯或者小拉斯巴尔那样的落单学生套近乎。小拉斯巴尔是个身材瘦弱的孩子，眼睛还高度近视。哪怕被当成胆小鬼，保罗也不愿意让人觉得自己需要去乞求同伴。再说，他也没有觉得一个人待着有什么不好。他打算着等到放学铃声一响起，就跑去找托托什。自从那次钓鱼事件之后，他俩就再也没见面了，托托什肯定是误会自己了，以为自己背叛了他或是抛弃了他。保罗坐立难安，这件事比课间同学们对他的敌意更让他心烦意乱。说到底，关于那个女孩，托托什说得没错。每当保罗闭上眼睛，他不是看到她躺在池塘里就是在举起双手，光芒四射地绕着篝火跳舞。他惊讶地发现自己心中同时交织着痛苦和喜悦的情绪，只想着回到树林中再次看到她，就算他还不知道该找什么借口再跟她聊天……

　　甩掉那三个难缠的家伙并不难，相较于在矮林里闲逛，这些农民子弟更善于干农活，而保罗对周围环境已经是了如指掌。甩掉那几个跟踪者之后，他便往托托什的平底船跑去。然而，托托什并不在家，他高兴的心情一扫而空，心中泛起一阵酸楚，他的计划已经全部落空，他的老朋友没有等他。可是他应该知道自己会来找他的，塞莱斯蒂娜应该跟他说过今天开学！保罗感觉自己遭人背叛了。托托什会不会是在躲他？博雷尔没能把托托什送进劳改所，也许含沙射影地让他相信自己已经背叛了他。自从那天早晨在池塘发生的事情之后，博雷尔整天黑着脸，除了吼保罗之外，几乎没跟他说过一句话。

　　保罗心情沉重地往城堡方向走去，钻进了灌木丛。他想要一直走到吉卜赛人的营地去。那里的人也许会不理他或者嘲笑他……一阵奇怪的尖叫声打断了他的思绪。没有一种鸟会这么叫。他抬起头，及时躲过了一个袭来的栗子壳。

　　"白猴子，你就是当兵也是个蠢蛋！"

　　那女孩撩起衬裙坐在一根树杈上，一脸的嘲笑。这个意外的相遇让他心中狂喜，简直要晕倒了。

"你耍赖！你爬得那么老高谁能发现！你整天待在树上吗？"

"还狡辩！我就是在你后面敲锣打鼓你也听不见！我从卢瓦尔河跟你跟到现在，你什么也没听见。"

她骑在树杈上，拍打着双脚，好像是在挑衅，但是她提到卢瓦尔河就已经足够让保罗伤心起来。他一脸阴郁地踢起地上的一颗石子。

"我找我的朋友。"

"那个下索套的大胡子？我们一般都不去惹他，他不是很喜欢我们。"

"他只是有点粗野，不相信人。他的名声也不太好，但是他知道很多事情，而且他跟你们一样到处走！"

"如果你这么说的话……"

"改天我介绍他给你认识？"

"你刚放学？"

她指着他的书包，皱皱鼻子说道。

"是的。你呢，你上学吗？"

"不上，但是我认识一些字，也会写我的名字。"

"如果你愿意的话，我可以教你。"

"先试着抓到我再说吧。"

她一下站了起来，在树杈上保持平衡地往旁边滑开一步，然后顺着树枝快速地往上爬去，消失在旁边一棵橡树的枝叶中。她的笑声仿佛是一条丝线牵引着他跟上去。保罗暗暗骂了一句脏话，把书包扔在地上，沿着树干爬了上去。那女孩身手显然要比他灵巧得多，但是她的优势更加坚定了保罗的决心，他喊道：

"贝拉，你又耍赖！"

162

"怎么耍赖了？"

"你的猴子教过你怎么爬树！你当然爬得比我快了！等等我！"

她好像听进去了，站在树枝上等了一会儿，然后看到他爬过来，便往下一滑，用手挂在了树枝上，朝他轻蔑地笑了笑。他不敢动了，生怕她会掉下去。他看见她松开手指从两米高的地方跳了下去，落在一层青苔之上。现在反而是他站在了制高点，但是他们两人都知道是她在主导着游戏，只要她想，她一眨眼就可以消失得无影无踪。她站稳双脚，两手叉腰，说道：

"如果你承认我赢了，并且我赢了跟汤米一点关系也没有的话，我就等你一下。"

"赖皮鬼！"

"我跑步也能赢你，敢比吗？"

"可以，这次算你赢了……"

这回轮到他放手跳到地上，他们一起走到树底下坐了下来，两人突然害羞起来。贝拉靠在一个破树桩上，漫不经心地薅着地上的青苔，在脚边堆成了一个小堆。保罗虽然心中有万般好奇，但不敢打破这片安静。他在脑海里掂量着各种问题："你奶奶还好吗？你经常跳舞吗？你们还会待很久吗？你多大了？……"然后又把它们全部排除掉，因为任何一个对他来说都不够恰当。对这么特别的一个女孩到底该说什么呢？贝拉跟别人都不一样，这让他有点胆怯。她终于从自己的世界中回过神来，突然活跃起来，问了他一大堆问题，比最好奇的孩子还要好奇。她什么都想知道：学校怎么样？男孩和女孩是不是要分开学习？老师会打学生吗？会罚他们戴上笨驴帽子吗？还有是不是像吉卜赛人所说的那样，看太多书会把外面的世界给忘了？他给她讲老师的事情，讲墨水酸酸的气味，讲法国地图，讲诗歌，还说他一看书就头晕。见她听得专注，他鼓起勇气问她之前都去过哪里，然后听着她一个一个地数那些他从未听说过的地名，听她讲卡玛尔格的阳光，那里的人民会纪念他们的守护神萨拉，听她讲歌曲的热烈，还有她嘴唇上风的味道。

他可以听她讲上许多天，但是天色骤变，下起了阵雨。贝拉一下子站起来，没什么表示，连声再见也没说就跑了，保罗又变成了一个人，他浑身发抖，已经开始想念她的陪伴。

       亲爱的塞莱斯蒂娜：

       我做梦都想在埃尔代涅，在村中教堂里，在家人和朋友的陪伴下结婚。可惜，你知道这是不可能的。我的大喜日子有一点令人伤感，而我最亲爱的奶妈，连你都不在我身边。我非常想念龙卷风，它应该还在苦苦等着我，不知道我为什么不回去。我怀念那些闲逛的日子，怀念森林和荒野，怀念泥土的芬芳和池塘边落日余晖的景象……然后我又振作起来，因为所有这些都已经一去不复返了，我没有权利再自怨自艾，我跟我爱的人在一起。

       我把这张结婚照寄给你，请接受我用力的拥抱。

                        你的玛蒂尔德

泛黄的信纸从保罗的手中滑下，掉在了地上。他震惊得喘不过气来，又看了一眼信中提到的那张照片。他甚至没有仔细看就已经认出来了，因为他再熟悉不过了。没戴帽子的爸爸，胳膊搭在一个稍微侧身站着的年轻女子身上，那是玛蒂尔德，他的母亲。两人的眼睛之中闪烁着幸福的光芒。

164

这张照片，他能认出它的每一个细节，因为在他的床头柜上也摆着同样一张照片。他想要去找自己的那张确认一下。也许自己的那张已经不在相框里头了呢，也许塞莱斯蒂娜把它取出来清理一下忘记放了回去，然后又把它收到了这个信封里，放在抽屉里头……不，他的父母还在那个木头相框里，让没戴帽子、胳膊搭在穿着浅色丝裙的玛蒂尔德的肩上，他曾经千万次在脑海里想象着她的模样，她一颦一笑的样子，她的味道，她的笑脸。他闭上眼睛，努力想象着她的手抚摸着自己的脸庞，她的嘴亲吻着自己。每当他遇到一个漂亮的女人时，他总觉得能看到她的影子，觉得是他热情温柔的母亲在注视着自己……

楼梯上传来的脚步声把他从震惊之中拉了回来。他快速地把照片和信放回抽屉。他刚才打开抽屉是因为要放作业本。塞莱斯蒂娜开门进来，看到他小脸涨红的样子吓了一跳。

"你脸色怎么了，不知道的还以为你刚吃了个柠檬呢！你在学校过得不好？"

"不是，学校里很好。老师是个女的，沙西涅克小姐。"

"我知道是她。这里所有人都认识她。你见到托托什了吗？"

"没有。"

"没见到正好！不要为了这个老坏蛋难过了，他肯定不会忘了你的。"

见他还是沉默不语，她轻声训斥道：

"好了，闷声不吭的一点用也没有。你做作业了吗？"

"做了。作业只要复习一下课文就行。"

"你想到菜地给我搭把手吗？"

"我不想去……我头疼。"

保罗低头坐着，不想碰上塞莱斯蒂娜犀利的眼神。她看出他不对劲，但她以为那是他没见到托托什的缘故。只要学校里一切顺利就好。现在他每天都要学习，她也能轻松不少。她又轻声问道：

"你想要喝杯蛋奶酒吗？对你头疼有好处。"

"不用了，谢谢。我想睡觉。"

"那我待会儿给你端碗粥和一块猪油面包上来。你觉得怎么样？"

他默默地点了点头，善良的塞莱斯蒂娜心疼得心都要化了。她决定一见到托托什就好好教训教训他。这孩子因为这个老畜生简直难过死了！她气哼哼地说道：

"他应该是忘了你开学的事了，你不用担心，明天我去找他跟他说清楚，怎么样？你可以放学之后去找他，在他那儿待到晚饭前再回来……"

"好。"

"好，那我下去忙了。如果你需要什么就叫我。"

"知道了。"

保罗终于抬头看了她，冲她勉强地笑了笑，好让她赶紧离开，自己可以一个人待着。他不能忍受存在他俩之间的那个谎言，但是他还没有准备好戳破它。至少不是现在。因为不然的话，他怕自己会喊出声来，甚至会像个小孩子一样哭起来，那样的话，她又会来安慰他，再编出些谎话来哄他……

他强忍着泪水，听她走下楼去。他心里很难受。塞莱斯蒂娜从一开始就在胡扯。她说的每一句话，她的每一个抚摸、每一个建议都是在骗人，纯粹的虚伪！现在他怎么还能相信她呢？究竟哪一刻她是在说真话呢？是她说她爱他的时候吗？是她说她会帮助他的时候吗？是她把抹布挂在窗户上的时候吗？还是她到处跟人说他姓拉卡萨涅的时候？她连对老师都撒谎！她曾经是他妈妈的奶妈，然后还不告诉他。

他走到装满女生玩具的衣柜前，重新检视它们。所以这些布偶和绘本以前都是她的？所以玛蒂尔德曾经在这里住过？

突然，一个可怕的念头出现在他的脑海里，他闭上眼睛，想要忘掉这个念头。他父亲……他肯定知道……在车站里，塞莱斯蒂娜和他还一起开玩笑来着。他们像朋友一样拉着手，他们还小声说着必须要隐藏好，不让人看见……可是为什么？

他渐渐恢复了理智，这次他不再试图去对抗理智。他母亲是个误入歧途的人，任何人都不能知道他是玛蒂尔德的儿子。她到底做了什么可怕的事情呢？

他走到窗边，把玻璃窗关上。他脱下衣服，把衣服仔细叠好，然后穿上睡衣，爬上了床。他把棉被拉到下巴，用被单盖在头上，想要彻底消失在黑暗之中，忘掉一切。另外，如果塞莱斯蒂娜来了，看到他已经睡了，也不会来烦他了。

明天，他会再去面对他是这个玛蒂尔德的儿子的事情，今晚不行。明天……

一大早要假装若无其事很容易。塞莱斯蒂娜要赶着去城堡，不过她已经给他准备好了好几大块果酱面包，又往他的挎包里放了一大块面包，几块肥肉，一个鸡蛋，一个苹果和几颗核桃。博雷尔一句话也不说，第一个离开家门去巡视了。虽然肚子不舒服，保罗还是逼着自己吃饭。他昨晚睡得不好，做了几个噩梦。出门之前，塞莱斯蒂娜一边系着围裙、整理头发，一边还腾出手来给了他两块钱。

"晚上你去村里买点面包回来，这样省了我跑一趟。我现在有很多事情要忙。"

"为什么？"

他这话想都没想就脱口而出，想要收回去已经来不及了。反正她都会撒谎，问她还有什么意义呢？

"狩猎季马上就要开始了，老爷希望一切都要彻底打扫干净，秋天到了，贝特朗也会经常回来，他觉得这对他有好处……"

她语气中带着嘲讽的意味，想要保罗跟他一起吐槽，然而保罗一声不吭，埋头喝着碗里的牛奶。塞莱斯蒂娜终于发现了他的萎靡不振，但是她没时间了。于是她又提起昨天的承诺想要哄他：

"你去买面包时，可以想玩多久就玩多久，只要赶在吃饭前回来就行。"

"知道了。"

"好孩子，晚上见喽。替我跟托托什问好！"

"晚上见……"

学校的时间变得无比漫长，好像永远也结束不了似的。沙西涅克先发表了一通演讲，强调用功学习的必要性，尤其是对那些要参加学业考试的孩子来说。只有最优秀的学生才能通过考试，而她要求他们必须认真准备。在这之后，他们上了一节关于杜·盖克兰[1]的历史课，一节关于法国河流的地理课，还有一节算术课和一节自然课。中午休息时，天气很好，同学们都跑到操场上撒欢，而保罗又待在离教室台阶不远的地方。他一边吃着饭，一边看他的《野性的呼唤》，他其实不是真的想看，因为他一个字也没看进去，只是这样总比面对帕什沃的挑衅要强。下午，老师表扬了他写的字，让他把杜·贝莱的一段诗抄在黑板上，接着他们

1 贝特朗·杜·盖克兰（1320—1380），法国百年战争期间初期的军事领袖，战功赫赫，被誉为"布列塔尼之鹰"。

做了一遍听写和心算。

当放学的铃声响起时，保罗感觉自己像是从一层厚厚的雾气之中走出来。他没有多想，只盼着托托什能帮他理清头绪，或者至少给他一点意见。这个秘密实在是太沉重了，他迫不及待地想要找个人说说。托托什认识塞莱斯蒂娜，他会看得更清楚。

他像昨天一样，跑到平底船前，然后发现里面空无一人。这次，他感觉像是被人迎头浇了一桶冷水。所以托托什是不想再见他了？绝望之中，他走上了通往埃尔代涅的土路。他不想在这种状态下碰到贝拉，更不想遇到阿尔塞纳和他的同伙。走在乡镇公路上，除了遇上碎嘴的女人或者老人家之外，他不会有什么风险。

然而随着离村子越来越近，他开始犹豫着要不要折返回去，藏在船边等托托什回来。如果他不走运撞上了塞莱斯蒂娜，她会问他一堆问题，然而他还没准备好回答。最后，内心的骄傲还是让他决定继续走下去，他无法接受被托托什赶走的可能性。显而易见，托托什因为那把刀的事情已经恨死他了！他生气地抬起一脚把一颗小石子踢进了卢瓦尔河，接着又是一脚。

德德坐在树林和村庄之间的界石上抽着烟，脚放在他寸步不离身的手推车上……看它还会再上天吧！德德看见小巴黎人走过来，兴奋起来：

"喂，小子……"

保罗吓了一跳，从沉思中回过神来。看到德德之后，他大着胆子冲他笑了笑，一脸忧心忡忡的样子：

"您好，德德先生，您有见过托托什吗？"

"圣母玛利亚见到他的次数都比我多。你可以直接叫我德德，我可不是什么先生！你想坐我的小推车转一圈吗？"

"不用了，谢谢。"

"不要这副面孔，这可是一辆好车，我走到哪里都带着它。"

"我知道，只是我不需要，我好腿好脚的。"

"不知好歹的家伙，你有什么烦恼吗？你惹到这里的泼皮了？我跟你说，有几个家伙坏透了！他们朝我扔石头，偷我的车轮卡爪，我得一直盯着，他们简直太坏了！"

"还好，他们没有太欺负我……德德，您在村子里住多久了？"

"嗯，我一直住在这儿，你这算什么问题！"

"您认不认识一个叫玛蒂尔德的？"

德德皱了皱眉头，陷入沉思之中，脑袋轻微地前后摇晃着。过了一会儿，他突然眼神一亮，一边回忆着，一边喃喃说道：

"以前有一个小女孩有几次让我送她去学校。她叫我'小推车'，老天哪，她可真好玩，对，她就叫这个名字，玛蒂尔德。现在她已经不在了。"

"她去哪儿了，您还记得吗？"

"呃，不在了……就是去上边了。上天堂了！"

"我妈妈也是！而且她也叫玛蒂尔德，一样的……"

保罗突然意识到他已经抓到了点什么，就好像有一个单词就在你嘴边，却怎么也想不起来，只要能找到一个微小的提示，就立刻全都能想起来。他喉咙一紧，接着又说道：

"一样的……对的，这样一切都能解释通了！"

"你在说什么，孩子？"

"为什么我爸爸要把我送到这里来！因为我妈妈就是这个村子的人！她是埃尔代涅的玛蒂尔德！"

可怜的德德就算反应有点慢，也明白了这孩子能有这么大反应，跟自己多少有点干系，这有可能会给他招来一通责骂。伯爵肯定不喜欢听到一个自己偶尔雇来追赶猎物的杂工到处嚼舌头。他想要转移话题，笨拙地说道：

"哦，我们村里叫玛蒂尔德的女人多了去了！"

"您认识的那位玛蒂尔德姓什么？"

"我怎么会记得！这里没人会用姓来称呼别人！就拿我来说吧，我叫德德，德德就是我。其实我的大名是安德烈·格里努，但是我敢肯定我死的时候，神父只会用我的小名给我下葬，因为那时候他差不多已经忘记我的大名了……"

保罗没等他的长篇大论说完，就已经拔腿跑了，留在原地的德德挥舞着双手，纳闷自己究竟说了什么能让他跑得像个炮弹一样。

傍晚时分，夜色降临，墓地已是一片昏暗，天空中风雨欲来，让这个地方看上去比往常更加阴森，然而保罗还是小心翼翼地弯腰走着，还好他够小心，因为神父突然出现在了教堂旁边的教士住宅门前，好像是突然接到神谕，知道墓地有人偷闯进来似的。他察看了一会儿墓地，就回屋去了。

保罗对墓地不熟。虽然塞莱斯蒂娜饭前念经，也经常在胸前画十字，祈求神明保佑，自认为自己很虔诚，但是她很少上教堂，因为她没有时间，也有可能是因为失望。如果有人用这件事数落她的话，她会坚持说自己和天主教并没有因此受到什么影响，比龙神父也不是那种喜欢追在你身后非要你上教堂的人。所以他们只在上周去了一趟教堂，塞莱斯蒂娜说是为了什么吃圣体，说这么做对开学没什么坏处。脸膛红润的胖神父让保罗忍不住地觉得他活像一个变老的穿着长袍的小天使。神父对唱诗班里那些爱胡闹的孩子，像帕什沃、马舍费、塔扬迪耶等，选择宽宏大量或者视而不见，而对那些不幸被抓到只张嘴不出声的害羞孩子，他则厉声斥责，至于其他的孩子，他则几乎不闻不问，说什么上帝不喜欢弱者。拉卡萨涅属于后者，而且他对教理课也不上心，不过就算这样，神父也不会高兴撞见他出现在自己的墓地和专属领地之中的。

夜色越来越黑，保罗努力辨认着墓碑上的字迹。一些墓碑上戴着三色绶带，上面写着最近的年份：1917、1915、1918、1914。奇怪的是，没有一个是 1916 年的，既没有写着"为法兰西牺牲"字样的墓碑，也没有任何带有诸如此类凭吊的。他到处都找不到一个姓卡拉代克或者叫玛蒂尔德的人的墓碑。可是德德的语气是那样坚定，他记忆中的那个女孩一定埋葬在某个地方……在最后一排年代久远的墓穴前，他又重新燃起了希望。在一块长满苔藓的石头上，他看到"玛蒂"两个字，但是当他用指甲刮掉苔藓之后却发现那上面写着的是"玛蒂尔·尚巴尔，1726—1784"。他刚要转身，突然有两只强有力的手把他举了起来。熟悉的泥土和酒精的味道让他如释重负得泪满盈眶。

"托托什！"

"我能知道你这个时间在这里鬼鬼祟祟地想干什么吗？"

"我找我妈妈的墓。德德告诉我这里死过一个叫玛蒂尔德的人，她是这个村子的人，我以为……"

保罗想当然地就把他的推断一下子全讲出来了。托托什立刻就明白了事态的严重性。这个笨蛋德德太大嘴巴了！自从上次钓鱼事件之后，塞莱斯蒂娜来找过他，骂他是不负责任的酒鬼。他们聊起了保罗的事情，最后她把一切都告诉了他，说孩子的父亲去了阿尔及利亚，说那孩子对自己的身世一无所知，还解释了为什么那孩子要隐姓埋名。隐姓埋名？你说得好听！这种事情弄到最后总会众所周知。他当时就警告过她，但是这个倔强的女人什么也听不进去，始终坚持一个主张：在卡拉代克回来之前什么都不许说！

他没有为此担心，反而是耸耸肩膀，坦然地说道：

"德德！老天，你要是听他开始忽悠，你都别想走出客栈了！就算这个玛蒂尔德真有其人，你能怎么着？找到墓碑之后，你打算挖墓吗？你知道你只能找到什么吗，小傻瓜？一堆飘着尸臭味的烂骨头！你想要看这个？"

保罗被这个画面吓得小脸发白。他不会想到托托什会尽一切努力保守塞莱斯蒂娜的秘密。托托什发现自己的话说得有点重了，便稍微缓和地问道：

"你到底是想找什么？"

"找到一个跟我妈妈一样叫玛蒂尔德的人……"

"那你怎么会跑到墓地里来找？"

"我对她几乎一无所知，我爸爸从来不愿意说到她，我甚至不知道她是不是真的姓卡拉代克……因为，其实我不姓拉卡萨涅，是塞莱斯蒂娜让我这么说的。所以他们为什么不会把我妈妈的姓也改了呢？她也许叫别的名字，可我怎么能知道呢！我只是在跟德德说完话之后，才想来这里看看的！人一般都是跟家人埋在一起，所以如果我找到了她，我就可以来看望她的家人，告诉他们，我是玛蒂尔德的儿子……"

"好啦，我瞧你这事情简直太乱了！首先，你妈妈为什么一定是这个村子的人？其次，就算这是真的，我很怀疑这是真的，既然没人想过要来找你，你觉得她的亲戚会是在等你吗？你这个年纪的孩子，干什么荒唐事都不会觉得害臊，死亡总是来得很早，该死，你得跟我保证把这些乱七八糟的想法从你的小脑袋瓜子中清出去！还有不要忘了，当生活不扯淡的时候，还是美得很的，所以一定要好好享受生活，因为人生转眼即逝，相信我……"

"你不明白！我必须找到她！"

"你再这么大喊大叫的，只会把神父招来！"

他抓起保罗的胳膊把保罗快速拉出了墓地，等走到村外的小树林时，他指着一个被雷劈倒的树桩示意保罗跟自己一起坐下。

"你不要怪我，但是我可一点也不喜欢神父，更不要说在他的墓地里多待了。再说那里面也没有玛蒂尔德的墓。"

"你确定？如果你都不上教堂的话，你怎么会知道有没有呢？"

"我就是知道。我还知道许多事情。比如说，你的老师，我掰掰指头就能知道她应该是个叫沙西涅克的女的，对不对？"

"对！你见过她？"

"当然。我们还聊过好几次天呢，你以后会知道为什么的，我觉得她不错。还有她知道很多关于大自然的事情。"

"我很喜欢她……"

保罗不说话了，不知道接下来该说什么。托托什好像还在等他说下去，于是他便问托托什：

"你在墓地做什么呢？"

"我从镇里办事回来，然后就看见墓边有一个毛贼……"

"毛贼？"

"就是你啊，傻瓜！"

听着他温柔的声音，保罗心中的阀门一下开了，他站起身来，眼中噙满了泪水。

"我昨天去找过你，今天也找过，到处都没找到你！后来，我就找到了那封信……"

"我不想知道什么信的事情。你不应该自寻烦恼，如果这件事真的让你烦恼，那就找塞莱斯蒂娜聊聊。"

"才怪！她净说谎！"

"听着，孩子，关于说谎这件事，我没什么可跟你说的，但是说到塞莱斯蒂娜，我可以向你保证，这里没有比她更好的女人了！所以如果她向你隐瞒了一些事情，或者说她编了一些事情，那是因为她有她的道理。说到底，你自己心里跟我一样清楚！"

托托什一口气说了这么多，说得有点喘，他转过脸去，看向远方，好像有点奇怪，不似往常。保罗费了好大力气才鼓起勇气，可怜巴巴地道歉道：

"刀的事情，我要跟你道歉。"

"算了，我还有其他的刀，我不会在乎这个事情的。那确实是把好刀，但是丢了也不是会死人的大事。"

"我知道，但是我必须跟你说清楚：我从来没跟博雷尔说过你偷猎的事情……他惩罚了我，但是我什么都没说，我发誓！"

"我知道，我知道，你是个好小伙。既然我们现在都说开了，我也得向你承认，当他突然冒出来的时候，我真的以为我要完蛋了，尤其是他还说你已经把一切都交代了！我也想到了这个可能性，然后我就想完了就完了吧，但是我不能交代，大不了他把我送监狱里去！最后我赢了，因为你到底没有告密。"

"但是你信了他的话！"

"没有，不完全是。你要是我的话，你会怎么做呢？"

他突然开始大笑起来，这笑声感染了保罗。

"你应该看看博雷尔当时的脸色，他知道他的计划又失败了。他脸憋得通红，我差点以为他要气得血管爆裂直接死掉呢！你想想，要是人家说我打死的不是野兔，而是狩猎监督官的话，那我可就麻烦大了。"

他忍不住笑出声来，声音大得惊动了一只看门狗，引起了一阵接连不断的狗叫声。

"走吧,我们离开这里,现在可不是被人一起逮到的时候!"

他们快速地离开了原地,走进矮林里。

经过两天的煎熬和思考之后,保罗觉得自己重新找到了方向。托托什说服了他,塞莱斯蒂娜应该有她的理由。现在他打算先不去烦她,自己先调查清楚。就算托托什不愿意帮他也没有多大关系。他在这里还要待两个月,然后他爸爸就会回来了,到时候他爸爸就再不能不跟他说实话了……他深吸了一口气,闻着树木的味道,心里的一块大石头终于落了地。托托什的步子迈得很大,他得跑起来才能跟得上。

"小男孩在哪儿呢?"

"我把它留在船上了。"

他放慢脚步,不动声色地接着说道:

"它很想你,因为它一直哼哼唧唧地想见你!"

"真的?"

"当然是真的。你得去看看它。"

"明天?"

"明天。"

他们就这么约定了,就算没有多说什么,两人都知道这个约定比誓言还神圣。

回到家中后,保罗才意识到自己有多么粗心大意。他彻底忘了要买面包的事!算了,家里还有一些猪油面包可以凑合吃。他心里还是有点埋怨塞莱斯蒂娜,身体已经累得走路都摇晃起来。

12

时间过去了三周。保罗在学校里成绩名列前茅，其他学生有时当他是外地人，有时又当他是马屁精，有时两者都有：他既是"干什么都跟我们不一样的巴黎人"，也是回答问题从不出错、考试回回都拿第一的老师的心肝宝贝。学校里流传着许多关于他的自相矛盾的传言。他从来不参加同学们的弹珠游戏，也从不正面对抗阿尔塞纳的小团伙，但是如果有人拿他的出身开玩笑，他会毫不犹豫地发起猛烈的回击，他的反应大得有点吓人。另外，虽然他经常是一副小先生的样子，他在跑步时身手还是很矫健的。雷蒙说他跟偷猎的人一起训练，埃内斯特看到过他有一天晚上在墓地那边鬼鬼祟祟地翻找着什么。谣言很快就起来了，说他不是在偷猎卖钱，就是在召唤亡灵。因为这些谣言，同学们都相信他有害人的能力，反而都不怎么去招惹他了。

可是，最令人吃惊的是，保罗好像很习惯这种独来独往的日子，而且每次放学铃声一响他就会跑走。最懒的学生都信誓旦旦地说他着急回家是为了做作业，因为他是个马屁精，还说也许他还在吃他奶妈的奶呢！

实际上，保罗急着去见的不是贝拉就是托托什。具体见谁要看情况。贝拉有时候会在灌木丛的入口处等他，有时候会躲起来，让他循着自己的踪迹找来：一个放在路中间石头上的鼻涕虫，一个指示箭头。这个游戏让他心跳加速，稍稍可以忘掉其他的烦恼——失踪的母亲，杳无音信的让和故弄玄虚的塞莱斯蒂娜。另外，他也不敢把这些心事告诉贝拉，担心她觉得他烦或者觉得他还是个小孩子。贝拉看着是那么成熟而又无拘无束，在她身边，他总会变得手足无措。还有，为了避免尴尬，他们很少谈论自己的事情，他们喜欢聊一些他们见过的事情——蒸汽火车，无边无际的卡玛尔格海或者是昨天晚上飞过池塘的绿头鸭。他们回到营地，保罗大着胆子跟刺着文身的首领打了个招呼。但是他期待着首领会有什么特别的举动的话，那他的希望算是落空了。那个吉卜赛人跟肖维阿尼正好相反，看上去相当普通，话不多，但人还算友善。他在修一辆马车的车轴，让保罗帮忙给他递个工具，然后跟保罗说了声谢谢，便不再理保罗了。不过呢，整个部落都认识保罗了，他可以作为贝拉的白猴子朋友出现在那里了。

　　每周四早晨，他会去钓鱼，在船上帮忙，修补渔网，在托托什的指导下打磨工具或是给工具上油。少数情况下，当他无所事事的时候，他会带上小母狗去取索套上的猎物，贝拉经常跟他一起去。在一个下雨的周日，保罗把她给带上了，托托什也算是终于认识了她。贝拉有多漂亮就有多认生，她几乎没有开口说话，只是一脸好奇地看着周围环境。

　　晚上，保罗会赶在博雷尔回家之前跑到狗圈前，让它们熟悉自己的存在，同时也是为了让自己熟悉它们。他分不太清楚它们，觉得它们看起来都一样，他想让它们听自己的，碰运气地喊着："塔帕约，后退！"又或者是："猎狗们，安静！"但是如果说博雷尔是在发号施令的话，他的喊话更像是底气不足的哼哼。而且当他终于下定决心把手伸向铁丝网时，狗群便会接连不断地狂吠，每次他都得往后一跳，发誓第二天再来。他总有一天会克服心里的恐惧……

晚上睡觉的时候，白天成功屏蔽了一天的玛蒂尔德的形象便会再次出现在他的脑海里。他的调查一点进展也没有，那些能轻易解开这个谜团的人选择了对他撒谎，而时间过去得越久，他就越觉得难以向塞莱斯蒂娜开口。写信质问爸爸？这个想法让他觉得很荒谬，从某种程度上来说，他已经习惯了爸爸的沉默。他还能问谁呢？村里的人会告诉塞莱斯蒂娜他在打探情况，又或者是让他一边玩去。托托什宣称自己什么都不知道，而老师让他有点紧张。再说了，如果跟她说，他就得承认自己对她说过谎。保罗被困在一个恶性循环之中，不得不配合他人的谎言，只能独自一人寻找真相……

这周四，安托万·德·拉谢奈过来询问猎狗的精神状况。博雷尔觉得路西法有点躁动不安、反复无常，担心它的紧张情绪会影响到整个狗群。伯爵很高兴在那里遇到了小拉卡萨涅，虽然他那个面朝铁丝网一动不动的样子，让伯爵心里有点讶异。保罗听到他走近，一脸懊恼地摇着头说道：

"我觉得它们不够喜欢我……"

"这些猎狗可不是宠物狗，它们闻得出来你害怕。你必须不用大喊大叫就能让它们害怕你。"

"可是我没有大喊大叫啊。"

"你没有，但是你心里有，它们闻出了你的恐惧，你甚至都不用跟它们说话。在狗圈面前，你要保持冷静。深呼吸，想点别的事情，慢慢你就可以了。"

"我会试试的。"

"你知道吗，训练一群猎狗可不是件草率的事情。你得了解每一只狗，掌握狗群的整体情况，尊重它们内部的等级秩序，发挥领头狗的作用，鼓励胆小的，惩罚乱跑的。狩猎总管决定着狗群的个性，狗群的性格也会像他……"

"那就是说这些狗的性格跟博雷尔很像喽？"

"有一点。它们受他的影响，知道他想要什么。一次狩猎的成功经常取决于狗群的好坏，取决于狗挑选、驯养和锻炼的方式，这是一种艺术，需要有天分，也需要懂狗。"

"可是……博雷尔他整天骂它们！"

保罗想到托托什对待小母狗的方式与博雷尔的粗暴方式截然不同，他对伯爵的宽容感到震惊。伯爵对他拒不承认博雷尔有才的态度暗暗觉得好笑，轻轻地反驳道：

"他比任何人都了解他的狗，在你下定论之前，不要忘了这一点……他可是抄山的一把好手。"

看保罗愣住了，他解释道：

"抄山就是在狩猎开始前先打探野兽的踪迹，选择要捕猎的动物。这里面一点运气的成分都没有，相反，这是一个需要深思熟虑的过程。你觉得一个差劲的狩猎总管能做到这一点吗？"

"肯定不能。"

"瞧，你看到这只狗了吗？"

他沉声喊道："路西法！"一只猎狗摇着尾巴迎了上来。

"这只狗鼻子很灵，有个性，但是它有时个性太强，博雷尔担心它有点太躁动。它大概是不耐烦了，但是我的狩猎监督官足够敏感，能够知道它的感受。你明白吗？"

"明白。博雷尔喜欢这些狗。"

"对喽。好了，关于狩猎的话题今天已经聊得够多了，既然今天正好碰上你了，我很乐意带你看样东西……"

"真的？"

保罗兴奋地笑起来，老人压制住想笑的冲动，对他说道：

"我说的话当然是真的！"

他们默默地向大宅子走去。现在围绕着狩猎这个话题，他俩之间渐渐生出了一种默契，他们第一次见面时那种没话说的窘迫感已经不复存在了。不过保罗还是产生了一阵羞愧的想法，因为塞莱斯蒂娜的谎言，他之前把伯爵当成了一个脾气暴躁的老人，现在却发现伯爵原来是一个克制而又异常有耐心的人。能受到伯爵的另眼相看，他突然感到很自豪。

走进门厅后，安托万·德·拉谢奈让保罗稍等片刻，他去叫人准备点点心。他走了有一分钟，回来后，往楼梯下方的一个门走去。他们走进了一个没什么家具的图书馆，图书馆里的大部分地方都放着书，巧妙布置的书架让墙面从地上到天花板全都铺满了书。家具几乎没什么依靠：几张放着台灯的独角小圆桌，壁炉前摆着一张坑坑洼洼的长沙发，旁边放着一张圆桌，一扇大窗户两边各摆了一个老皮子的扶手椅，方便主人舒服地看书。

"你好像特别爱看书啊？"

"您怎么……您怎么知道的？"

"一位跟我很熟的女士告诉我的，她教你们班。你知道我说的是谁了吧？"

"我老师！"

"完全正确。"

保罗点点头，被眼前数量如此众多的书籍震惊得目瞪口呆。

"以后，你想来就来，看哪本书喜欢就借去看。儒勒·凡尔纳、大仲马、雨果的书，这里都应有尽有，如果你不知道该选哪本，可以来问我。沙西涅克小姐说你在看《野性的呼唤》，对不对？"

"我已经看了三遍了！"

"嗯，我这里有这位伦敦先生的书……你想要挑一本吗？"

"想啊，老爷！"

"在这之前，我想先给你讲个故事。当我小的时候，我祖父曾经跟我说过一句影响了我一辈子的话，你想知道是什么话吗？"

"想！"

"他对我说：'读书吧，一直读下去，你就会发现一个秘密。'"

"什么秘密？"

"一个最有价值的秘密，每个人隐藏在心底的秘密，无论大或小。"

"我也有这样一个秘密？"

"当然，如果你不知道这个秘密是什么，那也没关系，它总有一天会出现。"

"但是如果它就藏在我们身上，又怎么会出现在一本书里呢？"

老人眼神开始放空，陷入沉思之中。保罗发现老人喜欢这样不紧不慢地说话，好像他的每一句话都值得掂量。伯爵终于说道：

"也许是因为这个秘密会塑造你的世界观，事实上，只要你留心观察周围的事物，你就会发现它。对一位读者来说，它可能存在于一本小说或一篇随笔中；对一个流浪者来说，它也许就在一条路的转角处。"

他走向一个书架，取出一本书递给他。

"拿着，我推荐你看这本。"

绿皮子的书脊上用镏金字写着：《远大前程》（第一卷），C.狄更斯著。

"这部书讲的是一个可怜不幸的孤儿的故事，他不是一直很有远见，直到有一天他发现……"

"发现了什么？"

"自然是一个秘密。你会知道的……拿着！"

就在这时，外面传来轻轻的敲门声，塞莱斯蒂娜端着一个沉甸甸的托盘走了进来。

"伯爵老爷，您要的点心！"

"谢谢，塞莱斯蒂娜。你要来点热巧克力吗？"

保罗点点头。塞莱斯蒂娜把杯子放到桌子上，他从来没见过这样奢侈的东西：彩绘瓷杯，散发出香草巧克力味道的银质巧克力壶，闪闪发光的黄油糕点，四个装满蜂蜜和绿色、红色、橙色果酱的小圆盘。他馋得嘴巴立刻流出了口水。塞莱斯蒂娜把东西放好之后，拿眼角看了一眼保罗，忍不住地发了一句牢骚：

"老爷，您不要把他宠坏了。"

"为什么不呢？这里许久没有小孩子了……"

她一边祈祷着什么事都不要发生一边退了出去。他们肯定会聊狩猎的事情，这是伯爵的休闲活动，自从他独居以来更是这样。保罗也已经被警告过了不可以问他家人的事情。所以应该不会发生什么意外的，至少这是她满心期待的。

保罗把粥一喝完，就立刻跑楼上躺着了。他蜷缩在床上，就着珍贵的烛光，沉浸在皮普的世界当中。他已经看到了皮普遇见逃犯的情节，当听到有人踩到石子发出的声音时，他不禁为主人公而感到心惊胆战。他悄悄走到窗边往外看，心脏扑通扑通地跳着，结果只是博雷尔出门去解手。博雷尔经常不去厕所解决，而是直接走到外面仰脸朝天，"像一个正直的汉子一样撒尿"。他说自己夜观天象能够更好地判断第二天的天气状况。这天晚上，天空中乌云密布，四下一片漆黑。听到博雷尔在骂脏话，保罗心中不安起来，胃也纠结起来。他犹豫着是回到床上继续睡还是再听听发生了什么。最后，他偷偷跑到楼梯平台上，在台阶上方蹲了下来。

博雷尔一边喊着他老婆一边进了屋。她正像往常一样坐在炉子前缝补衣服。

"你看到天有多黑了吗？正是打灯笼的好时候。那个人肯定在那里，我敢保证。"

"打着灯笼偷猎，这一点也不像他啊？"

"我那天看到他在摆弄小油灯了。而且我越想越对！我敢跟你打赌，他这个点已经去普瓦尼抓野兔去了。"

塞莱斯蒂娜虽然心里很想反驳，但只是摇摇头，嘴巴无声地动了动，好像是说他又在胡扯。

博雷尔感觉自己受到了质疑，生气地拉高了声调：

"如果他出现了，他就完蛋了！我正好抓他个现行，然后去格朗布瓦客栈通知宪兵队。客栈老板装了台电话。宪兵可以直接来把他连人带货抓走，一两小时就解决问题了！"

"我都不用问你说的是谁，对吧？还是托托什？"

"该死，你说呢？我就没见过比他还狡猾的。"

"你应该忘了他，这样你也不用这么折磨自己了……"

"那我还不如去死呢！"

"你再这么嚷嚷，就把孩子吵醒了。"

她猛地站起身，消失在了厨房里。不一会儿，她又端着一瓶烧酒走了回来。她倒了满满的两大杯酒，把第一杯放到丈夫面前的桌子上，然后高高举起手里的那杯，冲他挑逗地笑了笑。炉子里的火光把她的皮肤映得通红，博雷尔感到身上有另一种火升腾起来。她已经有几个月没在他面前摆出这副姿态了。

"见鬼……"

"不要说脏话。我也有权时不时地喝上一杯。"

他举起酒杯一饮而尽，她立刻又给他满上，喉咙里咯咯笑着，撩得他更加饥渴。然而他还在抵抗着，觉得有必要再用他那已经含糊不清的声音强调一次：

"慢点倒。如果我想逮住那个人，我可不能喝多喽……"

虽然他嘴上抗议着，但人已经又坐了下来。塞莱斯蒂娜趁机坐到他腿上继续撩拨他。在酒精的作用下，博雷尔感到自己浑身发热，飘飘然起来，他觉得自己无比清醒。没什么比再来上一两杯烧酒更适合夜间出发了。他一个人全都能搞定。他不做他想，把杯子递出去说道：

"喝完最后一杯上路，嗯……之后，我就出门。"

偷偷听着的保罗什么也看不见，他知道托托什有危险。但是这次他绝不能什么都不做。他快速地穿好衣服，抓起里面已经不剩几根的火柴盒，打开窗户，跨到了窗台上。他抓着爬山虎的根茎顺利地爬到了地面。在出发之前，他要回到门厅的过道那里，因为博雷尔的煤油灯放在那儿。这有点冒险，但是总比摸黑走路风险要小，他可不想掉进哪条坑里或者误闯进沼泽地里。他一万个小心地走进过道，听到里面传来碰杯的声音和塞莱斯蒂娜的笑声。他不能偷博雷尔的手电筒，因为它太珍贵了，而且博雷尔今晚得用，但是那个备用的旧煤油灯也还能用。保罗抓起那盏灯，头也不回地就出去了。

博雷尔已经站起身来，身子有点摇晃，但是他觉得那是炉火太旺的缘故。

"等一下……你不想留在家里跟我一起暖和吗？"

塞莱斯蒂娜话里透着娇嗔。他哼了一声，有点不高兴，一方面是因为她的提议让自己十分心动，另一方面又不想听到她说话。

"让托托什把所有的山鹬都偷完？我有我狩猎监督官的义务要尽。"

"那你的夫妻义务呢？"

塞莱斯蒂娜挑逗地看着他。她解开衬衫的一颗纽扣，松开了胸衣的束带。博雷尔咽了口口水，刚刚从枪架上取下的猎枪从指尖滑落，多年的习惯才让他赶紧把枪放好以免擦枪走火。这个女人的脑子里到底在想什么？这个时间，还是在厨房里？他眨了眨眼，好像是要把眼前的幻象驱散，但是她又咯咯地从嗓子眼里笑出声来，这笑声让他发狂。见他靠近过来，她立刻躲开，他再也顾不了其他地追了上去。

> 一头瘦得皮包骨的狼，
> 所有的狗都防着它，
> 它遇到一只不小心迷了路的看门狗，
> 那狗高大又威猛，胖胖的，很有礼貌……

保罗就着摇曳的灯光走在森林道路上。他小声地背诵着老师交代他们要学习的一首诗，但是他每次背到第二段时就忘词。背诗可以让他不去仔细看树林摇晃的身影，不去听野兽悄悄靠近时发出的窸窣声。

> 狼真恨不得

> 扑上去把它撕成碎片，
>
> 但这少不了恶斗一场，
>
> 而且看门狗身材高大
>
> 肯定会勇敢地反抗……

背诗并没有起到什么作用，他感觉每一个斜坡后面都隐藏着危险，每一个树林看着都太浓密。在这种伸手不见五指的黑夜里要怎么找到托托什呢？前方的树木稀疏了不少，他走到一片空地上，这其实并没有比刚才的状况好多少。漆黑的夜幕吞噬着煤油灯可怜的光晕，让他忍不住伸出手去探路。

他停下了脚步，小声地喊道："托托什！"没有任何回音。

然后，毫无预警地，夜幕被撕开了。

爆炸声，黄色的火光，两三个旋转的光点。那动静发生在五十多米开外甚至是更远的旷野之上。保罗彻底迷失了方向，他蹲下来缩成一团，等那响声停止之后，又站起来继续往前走。他没有多想，否则他应该知道托托什一个人是不会搞出这么大动静的，更不要说同时点亮好几盏灯了。他大叫起来，既是为了通知前面的人，又是为了给自己壮胆：

"托托什！托托什！博雷尔就要来了！"

他透过灯光看到的第一个景象便是地上的几只山鹬尸体。一束强烈的光线照过来，把他定在了原地，接着他便听到有人厉声问道：

"这毛孩子是谁？"

借着手电筒的光芒，他看到三个凶神恶煞的大汉正面色严厉地盯着他看。他被包围了，连后退的机会都没有。他们粗大的手掌中握着长长的猎枪。

见他不说话，其中一个人向他俯过身来，语带威胁地问道：

"你在说什么呢？你通知了博雷尔是吗？"

"不是！是他要通知宪兵来……"

"还要通知宪兵？你个爱管闲事的臭小子！"

他的同伙激动起来，但是还没来得及张口开骂，就听见第三个偷猎贼冷冷地说话了。相比之下，他的冷静看上去要比那怒气冲冲的两个人危险千万倍。

"我们要让你小子闭嘴……把你装进袋子里沉到池底去！"

他们一起上前想要抓住他。保罗看到他们拿着一个张开大口的猎袋。他们刚刚往里面扔了一只山鹬，那袋子够深，足够装得下他。他疯狂地挥舞着手里的煤油灯，把它扔向三人之中最矮小的那个，然后在绝望之中迸发出来的力量的驱使下，冲出了包围圈。

他在荒野之中跑了许久，跨过了几条壕沟，穿过了一片芦苇荡，然后在黑得像墨一样的池塘前又不得不折返回去。那是马尔努池塘吗？还是别的池塘？夜色之中，一切都变得与平时不同。当他像无头苍蝇一样乱走时，那几个偷猎贼的声音把他吓得差点陷进一个泥坑里。那几个人紧跟在后面追着他，嘴里不停地互相问着："你看到他了吗？""在这里！""他在那儿，前面，快抓住他！"

他突然被一个坑洼绊了一下，还好抓到一片蕨草才没摔倒。枝叶鞭打着他的皮肤，但是他丝毫不敢放慢脚步，胡乱地往前跑着。有一瞬间，他体会到了猎物被追捕时的惊恐感。野兔逃跑时就是这样的感受吧。他的心脏剧烈地跳动着，他感觉自己的胸腔疼得要死，喉咙像着火了一样，但是最糟糕的是，恐惧让他的胃也翻腾起来。那几个人已经说了，如果那些人抓到了他，就会杀了他！他感到自己双腿发抖，已经快没力气了，他在寻找一个出口，他得找到一个茂密的荆棘丛，也许他的身材够小，可以躲在里面。

一个黑影突然出现在他面前，让他躲都躲不及。他刚要喊出声便被一只大手堵住了嘴。他这次花了一点时间才认出自己的老朋友来。

"嘘！"

托托什目瞪口呆地看着他。他是听到动静之后赶过来的，结果居然撞上了这孩子！他一下就明白了危险所在。几个人正骂骂咧咧地走过来。他拉着已经吓得六神无主的保罗，走到离他们只有三米远的一条沟里藏了下来，并找来一把蕨草盖在两人头上。保罗看到德德正贴着他的手推车也藏在沟里，如果不是眼下情况危急，他看到这个组合肯定会笑出声来。小男孩也躲在沟里，但是与往常不同，它一动不动，叫也不叫，只用鼻子嗅着空气。

两个大人互相交换了一个眼神。托托什举起手，比了一个"三"，然后攥紧了拳头。德德点了点下巴。那几个人离他们有十米远，还在大呼小叫，手里的灯笼随着他们的走动不停晃动着。他们等着那几个人从自己面前走过，然后一跃跟了上去。保罗明白他们是想来个出其不意。托托什发出一声非人的怒吼已经扑了上去，小男孩跟在一旁发疯一般地狂叫着。黑暗之中，不知道的还以为是一群魔鬼带着地狱之犬直接从地底下冒了出来。德德发出杀猪般的叫声也扑了上去。保罗虽然心里已经有所准备，但还是忍不住浑身发抖。

托托什把第一个家伙一拳就打晕了。保罗惊恐的小脸让他怒火中烧，出手的力道便加重了不少。第二个人被德德来了个扫堂腿，一下子摔倒在烂泥里。他一个鲤鱼打挺又跳了起来，但是没有还手，而是一瘸一拐地逃跑了。第三个人早就已经扔下同伙跑得无影无踪了。托托什怒气冲冲地捡起被扔在地上的猎袋和两个灯笼。德德见他怒气未消，便安慰道：

"这些奥比尼的偷猎贼不敢再随便跑回来了，瞧瞧他们夹着尾巴逃跑的熊样！"

保罗紧张地笑了笑。他刚刚从壕沟里爬出来，正好被托托什的手电筒照在脸上，还没来得及认出他的声音，便听见他厉声问道：

"你这么大半夜的跑这里来干什么？"

还没等他说出一个字，托托什又接着吼道：

"该死！你的脑袋瓜里都在想些什么？你有可能吃枪子你知道吗?!或者淹死在池塘里，你个小蠢蛋！"

保罗被他训得又惊又怕，但同时心里又有些如释重负。他开始忍不住抽泣起来，嘴里含混不清地说道：

"我怕博雷尔把你抓到监狱里去。他想要抓你的现行。我来救你，因为……他发疯一样地想要抓到你！"

保罗的心防已经彻底决堤，止不住地放声大哭起来，托托什顿时没了脾气，不知道说什么好。而德德只知道在一旁摇着头说道："多么勇敢的娃娃啊。"因为他就算在老练的猎手身上都没见过如此勇气，敢于一个人夜闯荒野，独自迎战比自己身体更高、人数更多的敌人……

托托什突然冷静下来，蹲下身平视着保罗说道：

"你不用担心我，能把我抓进牢里去的人还没出生呢。但是以后再也不准这么干了。如果你出了点什么事，塞莱斯蒂娜能把我吃喽！还有她要怎么跟你爸爸交代呢？说你被恶人当猎物抓走了?!那几个人等着瞧吧，下次让我再碰到，我要让他们好好见识见识我托托什的厉害！"

保罗抽着鼻子，比起托托什的咒骂，他更在意的是那语气中透露出来的对自己的关切。他知道自己已经被原谅了，托托什也获救了，其余的都不重要了。他小声地说了一句"好"，然后打了个哈欠，突然感觉整个身体都被掏空了。他接着想起来自己刚才把煤油灯给扔了。

"托托什，我拿了博雷尔的煤油灯，现在没有了。我逃跑的时候，把它给扔了。"

"不用担心。你用那些浑蛋留下来的煤油灯顶替就行了。"

"那要是他发现不是他的怎么办？"

"他会发现才怪。煤油灯还能有多大区别。再说发现了他又能怎样？谁能证明你动他东西了？现在你要做的是赶紧回去，别让人发现喽。德德，你能用你的手推车把他送回去吗？"

德德点点头，为事情顺利结束傻乐着，反而忘了他这车本该是满载猎物而归的。他为自己参加了这场营救工作感到自豪，虽然除了他崇拜的托托什，没有多少人会来表扬他，但是托托什将来必然会好好回报他的。

"老爷的马车这就上路了！"

这天夜里，托托什一夜未睡。之前发生的事情在他脑子里一直浮现，让他不禁开始反思。他人生第一次开始反问自己值不值得为偷猎冒那么大的风险。他确实也没别的选择，但是也许他可以稍微放慢一下节奏，或者停止去招惹博雷尔？更何况他这么一直挑衅，最后连塞莱斯蒂娜也会失去，可是这个女人落落大方的个性和温柔体贴的言行早就把他俘获了！

他去了他最喜欢的蘑菇生长地思考问题，结果摘了一篮子的蘑菇。他小心翼翼地把一个圆滚滚的牛肝菌不伤分毫地连根切断，把上面的土去掉，然后又小心地把它放到篮子里去。这应该是最后一个了。

过了一会儿，他听到有脚步声传来，应该是有人在散步，便藏进灌木丛里。灌木丛生得很密，运气好的话，那人也许看不到他就直接走过去了。如果来人是博雷尔的话，他会拔腿就跑。结果当他看到来人是老伯爵时，不禁为自己抱屈。刚想着自己以后要低调一点呢！安托万·德·拉谢奈虽然沉浸在思绪之中，但还是一眼就看到了蹲在那里藏着的托托什，他语带嘲讽地问道：

"朋友，事情还顺利吗？"

托托什脱下鸭舌帽，敬了个礼。

"顺利顺利，谢谢伯爵老爷……"

伯爵看到他那装得满满的篮子，不紧不慢地问道：

"你这是在偷猎？"

"偷猎！偷猎……伯爵老爷，上来就用这么重的字眼啊！"

"您知道我可以去投诉的吧？"

"就为了这么点蘑菇？我这么说可能有点不恰当，老爷，但是要搁在还有国王的时代，管得可没您这么严……"

拉谢奈想着要是把他的这堂漏洞百出的历史课讲给朋友们听，肯定可以把他们逗乐。他很早就知道这个人，听说过这个人的名声。托托什虽然经常小偷小摸，但这个人倒是让他很感兴趣。他那混不吝的说话语气听着倒是有点可笑。不管是在这里还是在别处，偷猎都是被容忍的行为，就像你不得不接受一场暴雨、一场疟疾或是一个不利的境况发生一样，只要不太过分就行。博雷尔不懂这一点，而伯爵也不去点明它。他的狩猎监督官接受不了他的大度，连违反了一点点规矩的人都要抓到监狱去。

他斜眼看了一下那个篮子，敬佩地吹了一声口哨。

"偷野兔还能说得过去。但是牛肝菌可是稀罕物，尤其是今年。"

"谁跟您编的这个瞎话？"

"我的狩猎监督官。"

"可不得是他吗，那个人……伯爵老爷，跟您说句老实话，让博雷尔去抓我们这些可怜的家伙，还不如让他好好打理这片林地。您瞧瞧堆在克洛斯封丹路上的橡树木头吧，如果您再放任下去的话，都可以在上面立十字架了！上面全是白蚁！"

"我会去看看的，谢谢！"

"我本不应该告诉您的，但是那个人对哪里长蘑菇一无所知。牛肝菌今年长得到处都是。而且这是意料之中的！'圣西梅翁下雪子，圣吉勒生蘑菇'……您想要这蘑菇？"

他把篮子递过去，心里一点也不觉得可惜，因为伯爵看上去显然心情很好。他感觉得出来，他的那通话起到作用了，这显然比牺牲点蘑菇来得重要。所以当伯爵一挥手表示拒绝的时候，他吓了一跳。

"其实我更喜欢鸡油菌。用鸡油菌炒鸡蛋，那是何等的美味啊！"

"伯爵老爷，看来我们口味相同啊。我也喜欢鸡油菌。"

"好嘛，既然要交底，我也跟您说句实话……我的厨娘玛德莱娜做蘑菇炒蛋总有点做不好。炒得太干，太乏味。我跟她说了多少遍都没用！"

"她应该把黄油煎到发黑，而不是慢慢地煎到发黄。下次您让塞莱斯蒂娜来做！说到炒鸡蛋，这里没人能比她做得好，她简直是炒蛋女王！"

伯爵忍不住笑了笑。这个偷猎的还尝过狩猎监督官老婆的手艺？除非他俩有亲戚关系，要不这事可有点滑稽。不过下面的人到底互相之间有什么亲戚关系，他可不会全都清楚。这一点又让他想起另一件事来，便故作不经意地问托托什：

"说起来，既然您好像什么都知道，那您知道她家里收留了一个巴黎小孩吗？"

"巴黎小孩？"

"是啊，一个挺有趣的小孩，真的很特别……"

伯爵陷入思绪之中，托托什暗自想到人生有时真是充满了惊喜。为了掩盖自己的不安，他咳嗽了一声。伯爵很想知道他的想法，又接着说道：

"您知道吗？这孩子坚信自己看到了一头巨鹿。他跟我说他看到了一头有十八个叉角的鹿……"

托托什咬住舌头才没让自己露出破绽来。该死的，那孩子连这个都告诉老头了！他傻傻地还有点嫉妒，生气保罗把这事告诉了别人。他小声嘟囔道：

"请您原谅，但那只是个该死的传说！在加蒂纳，就算我们希望它是真的，也知道它只是个传说。"

"当然……每一个地方都有它的传说。在苏格兰，人们传说一个大湖深处生长着一条巨蛇；在热沃当，传说有巨兽；所以在这片打猎的好地方，为什么不能有一头巨鹿呢？我在想这个传说究竟有没有一点事实依据……"

"十六个叉角，我信，但是十八个……"

"您说得确实有道理，这些只能是空想出来的动物。人类总是爱幻想不可能发生的事情……"

他点了点头，没打招呼便走了。毕竟，放任托托什不管已经是一种礼貌了。

13

保罗两脚站稳，面朝狗圈，控制着自己的呼吸，为了不被吓到，他嘴里还不停念叨着："没问题的，我不害怕，一切都会顺利的……"那天夜里跑了那么多路，导致他三天之后，依然浑身酸痛，肌肉隐隐地疼。所幸的是，今天是个周日，塞莱斯蒂娜让他睡到自然醒。等他起来之后，博雷尔已经出门巡逻去了，完全不用跟他有任何冲突。他打算之后去找贝拉。为了小心起见，他决定这周都离托托什的小船远点。

狗群看上去很平静，似乎在等他做出动作或者发出指令。过了一会儿，保罗觉得自己已经足够自信可以按照之前听到的建议来行事了，他试着把它们看成一个由许多个性不同的狗按照一定的规矩和等级组成的群体，而不是一个单一的整体。它们大部分都是普瓦图犬，有三种毛色，身形修长矫健。它们有的害羞，有的勇敢，有的爱狂叫，有的爱低吼，有的听话，有的爱攻击别人。不一会儿，他就觉得自己认出了路西法，那是一只蓝色加斯科涅犬，比其他的狗更壮更胖，它的皮毛黑灰相间，很好辨认。它的腿上有一个心形的白色斑点。虽然它起了个魔鬼的名字，但个性似乎很温顺。

他决定再往前走走，成功地没有引起任何大动静，只有几只公狗对他更加关注，它们打着哈欠站起身来，走到铁丝网前嗅了嗅。一只普瓦图犬往铁丝网上撒了泡尿，一只红毛狗也立刻有样学样。塔帕约和追风？博雷尔总是先叫它们。

他决定不要太刺激这些恶犬，今天的训练可以到此为止了。他慢慢地往后，并试着压低嗓音喊道：

"很好，猎狗们！我明天再来！"

这个小成就让他心情愉悦。他犹豫着要不要回家，家里空无一人，也无事可做。其实，他一心想绕道到庄园那边晃一下，只是为了再去看看图书馆，反正他已经得到了允许。再说，那本狄更斯的小说，他已经看了一半，他可以提前看看下本书借什么。虽然有伯爵的允许，保罗还是有点难以置信自己可以不用躲藏，随便进出庄园，并可以任意挑选一本小说，甚至还可以坐在扶手椅上看！这个画面对他来说有点夸张。

当他走过庄园南边的马厩时，他看见伯爵正在给他的马刷毛，便鼓起勇气远远地打了声招呼：

"您好！"

伯爵抬起头，冲他微微一笑，示意他走过去。

"年轻人，你又见到那头有十八个叉角的鹿了？"

他用梳子刷着马的半边身子，累得说话有点喘。

"没有，老爷。我上学没有时间。"

"可不是嘛，瞧瞧我这记性！人年纪大了，就是好忘事……不管怎么说，如果这头巨鹿住在林子里，猎狗迟早会找到它。我已经让博雷尔多加注意了。"

"您跟他说了是我看见的吗？"

"当然没有！我可不想他不高兴……而且我知道你们两个可不是好朋友。我只是跟他说我散步的时候看到了一头很大的鹿。"

保罗突然感到不安起来，不想成为这次猎鹿行动的罪魁祸首。他没有想到这一点，也没想到那头鹿会因为自己被杀掉。再想到博雷尔大获全胜的样子，他不禁感到一阵怒火升腾上来。为了不去多想，他走进一个开着门的围栏，看到一匹马躺在一堆稻草上打盹。

"它生病了吗？"

伯爵的脸色突然阴沉下来。他好像是在犹豫要不要回答这个问题，随后耸了耸肩，决定还是回答：

"没有，它只是老了、乏了。这是我女儿的马。自从她走了之后，就再也没有人骑过它了。"

"所以它一直自己待着？"

"天气好的时候，我会带它去牧场，但是它越来越老，也越来越走不动了，可是我不忍心杀了它。"

他的声音被一阵咳嗽盖过。他转过脸去，继续给马刷毛。看他的样子，好像就要哭了似的。保罗想要道歉，或者至少说几句安慰的话，但是如果保罗提到他死去的女儿，就会违反塞莱斯蒂娜的禁令。再说，保罗说什么好像都不合适，于是出于礼貌，保罗选择什么也不说。伯爵给"暴风"擦完身子，弯下身子把它的前腿给抬了起来，用一块刮板刮马蹄，接着又敲了敲马蹄，然后把马腿慢慢放下。他的动作充满自信，看样子肯定是已经重复过上千次了。最后，他深深地叹了口气，站起来对保罗说道：

"小拉卡萨涅，你想学骑马吗？"

安托万·德·拉谢奈后来回想起来，不知道当时自己为什么会那么称呼那孩子，大概是因为喜爱和忘记了之前的忧伤吧。见那孩子没有回答，他隐隐有点生气，又接着说道：

"我问你话呢。"

"我知道，老爷，但是我不姓这个。"

"是吗？你之前不是这么介绍自己的吗？"

"是塞莱斯蒂娜让我这么说的。我不想再撒谎了。其实我姓卡拉代克。"

保罗是在冲动之下回的话，脑子里没有多想。他这么说，也许是因为他在墓地的徒劳而返，也许是因为他很喜欢这个老人，也许还为了图书馆。最后他觉得欺骗一个如此伤心的人很可耻！他怨恨塞莱斯蒂娜逼他说谎，她总是在说谎，对博雷尔，对村里人，甚至对他都遮遮掩掩不说实话。他觉得再也不能这么下去了。

伯爵一脸惊愕地盯着他，脸色比死人还白。当他终于能说出话来，却像被人打了一般傻傻地重复道：

"卡拉代克？"

"是的，老爷。我叫保罗·卡拉代克。"

拉谢奈靠到墙上，闭上了眼睛。看上去好像在遭受着什么折磨。保罗被伯爵面如死灰的样子吓坏了，想着要不要去叫阿尔芒来。但是他却怯懦得一动也动不了，心里隐约觉得好像自己也有点责任。塞莱斯蒂娜终于说了一次实话，他不应该乱说话的，说到底，被叫作拉卡萨涅又有什么关系呢？

马紧张地跺着脚，突然毫无预警地尥了一蹶子，马蹄踢中了主人的肩膀，把他踢翻在地。保罗赶忙上前帮忙，都没想到要自我保护。

"它伤到您了吗？"

伯爵呆呆地点了点头，咧嘴挤出一个笑容，颤抖着抬起一只胳膊。

"别担心，我没伤到骨头。帮我一把，扶我起来，我有点头晕。我刚才应该小心一点的。"

他重新站了起来，放在孩子肩膀上的手却没有立刻抽回来。强烈的情感和矛盾的思绪在他脑子里像一群发疯的蜜蜂一样四处乱撞，他必须先安抚好还在闹脾气的"暴风"。他抓住缰绳，轻声细语地跟它说话，想要让它冷静下来，接着便把它引进马厩，关上了围栏。洗刷工作没有完成，这在他六十年的骑马生涯里从未发生过，但是这一刻，就算天塌下来，他也不在乎。他唯一的心思都系在一件事情上，那就是不要吓到孩子。保罗·卡拉代克，这个名字把一切都抹去了，就连过去的痛苦也抹去了，哪怕只是一小会儿。

他走出围栏，终于敢打量孩子的脸，想要找到一丝相似之处。孩子看上去好像很担忧，又好像有点尴尬。突然间，他看到了，就像是一种印记，一个影子又或者是一个遥远的倒影，在那圆润的脸颊上，还有那好奇而又温柔的眼神中，令玛蒂尔德光芒四射的那种生气。他这时回想起那天看到他的微笑时，心中浮现的那说不清道不明的感觉。原来他当时感觉到的就是这个！他的女儿高兴起来就是这样的。

有一瞬间，他必须要靠自己全部的意志力来控制自己不要冲上去把孩子抓过来，紧紧拥进怀里。在搞清楚事情的来龙去脉之前，他不能着急……

"现在没问题了，我得去休息休息，但是我会让人去叫你的。回家去吧。"

"您不想要我帮您吗？"

"不用了。千万不要为我担心，我皮糙着呢。"

"好的。我很抱歉造成了……再见！"

"再见，保罗。"

孩子从配楼后面走了。他要去哪里呢？他发现自己情绪不对了吗？

安托万·德·拉谢奈有太多的问题要问，这让他一时焦虑不安，他不得不在原地站了一会儿，好重新恢复冷静。他一会儿发呆，一会儿又感叹，不知道自己是想哭还是想笑，已经彻底晕头转向了！

"然后呢？"

塞莱斯蒂娜低下头，羞愧地陷入沉默之中，手指不停地搓着围裙的一角。拉谢奈努力控制自己不要发火。正面冲突不会有任何作用，尤其是在听到她的解释之前。发脾气已经给他的人生带来了太多的破坏。

为了不被打扰，他用"有一件重要事情"为借口把塞莱斯蒂娜叫到了客厅，然后又命令其他人不得以任何理由前来打扰。他一点也不在乎此举会带来的各种闲言碎语，又或者是阿尔芒的抱怨，他总是嫉妒她的地位。他想要听到女管家亲口对自己解释，不给她任何可以逃避的机会。现在塞莱斯蒂娜就站在他面前，双手并拢，低眉顺眼，一声不吭。虽然内心的怒火让他想要用力摇她，但是他还是保持了冷静。他的声音，虽然有点沙哑，但是听上去坚定而又克制，似乎还带着一丝怜悯：

"您为什么要对我撒谎？您现在保持沉默一点用也没有。"

当她终于开口回话时，声音小得他不得不支起耳朵来听：

"我把他接到家里来，绝没有恶意。另外，我不想让您难过，伯爵老爷。"

"所以您早就知道他是谁，对吗？"

她可怜巴巴地点了点头。

"是的，老爷，请您原谅，我之前就知道。"

"那是当然。您怎么会不知道呢……"

她在擦脸，他看到有眼泪默默地流下来。她在哭，这让他内心开始动摇，但是他没有表现出来。眼下的这个谈话必须严格按照计划进行。在经历了这么多欺骗之后，他绝不能再愚蠢地被哄骗过去。他努力地从头开始问起：

"所以，你们一直有联系？"

"是的。"

"从一开始就有联系？"

"是的。"

"我应该料到这一点的。您很爱她，不是吗？"

"非常爱，老爷。"

"她也非常依赖您。当然……"

"她小时候会叫我塞莱斯蒂娜妈妈，我总是会纠正她，但是她还是会这么脱口而出……就算到了后来，她有时候还会贴到我耳边叫我塞莱斯蒂娜妈妈，她会一边说着，一边亲我的脸颊。"

两个人都沉默了，陷入过去的回忆之中。伯爵感到了沉湎过去的危险，如果不是因为自己该死的自尊心，所有这一切都是可以避免的！玛蒂尔德爱上了一个人，而他却偏要让她接受另一个人，并因为这个断绝了跟她的关系，坚信着她早晚会恢复理智。自从她死后，这个想法每一天都让他内心备受煎熬。每一天，他都在反复琢磨着他本可以采取的行动，痛苦侵蚀着他衰老的心脏，折磨着他疲惫不堪的身体。

当塞莱斯蒂娜重新开口时，他感到自己好像被从一个黑色的旋涡之中解救了出来。

"我很抱歉，老爷。"

善良的女人斜眼偷看着他，眼神里充满了焦虑，这让他感到自责。她确实是撒谎了，但是她还有别的选择吗？将近十二年来，他一直想要掩盖自己的不幸，但是他忘了人不应该在每天见面的人面前装模作样，就算他们只是自己的仆人。所以，如果塞莱斯蒂娜以为这么做是为了他好，那也是他自己的错。

他心里感到不舒服，咕哝道：

"您有什么可抱歉的？"

"我对您隐瞒了事实。他爸爸要走，不知道该把他交给谁带。我不忍心拒绝他。"

"我明白……您做得很好。"

他努力让自己理性地思考眼下的情况，大致确定一个计划。

"那孩子呢？他知道吗？"

"哦，那个可怜孩子，他几乎什么都不知道。他只知道在这里要装作我的侄外孙，因为……因为您。"

"因为我？"

"我当时不知道该怎么跟他解释他为什么要装作我的侄外孙，还有为什么他不这么说的话，就不能待在这里，待在您的领地上。所以我就跟他说您不喜欢小孩。我对不起您，老爷！"

"该死！还好您让我们两人认识了！"

"对不起，老爷。"

"塞莱斯蒂娜，现在您一定要搞清楚这一点：既然您已经说了这些胡话，您最好继续给我说下去，至少在我自己跟保罗解释清楚之前。我不想让他因为这件事受到伤害。让他先这么待着，时机到了我会跟他说的。"

"是，老爷。"

"他父亲……让·卡拉代克……"

"是，老爷？"

"我要见他。让他到这里来。"

"这儿?! 这恐怕不太现实。两个月之内都不太可能……他离得太远了。"

伯爵压制住想要发火的冲动，开始不耐烦。他觉得所有那些悲伤的日子都在把他往前推，而他已经没有多少时间了。

"那他现在在哪儿呢……离得这么远？"

"在阿尔及利亚修铁路。他被部队征召了。他是因为这个才把孩子送过来的。"

"他没有别人可以托付了吗？"

"除了我之外，没有了。我有他的地址，如果您想要的话，我可以……"

"您确定他是被部队征召的？"

"是的，老爷。"

"那赶紧把他的地址给我拿来，剩下的事情我来办。"

"是，老爷。"

老人激动地抓起她的手，握了握。他一点也不习惯这么情绪外露，但是没有她的掺和，一切都不会发生，所以还怎么去怨恨她呢？

"谢谢，塞莱斯蒂娜。"

"谢我什么？我对您撒了谎。"

"谢谢您把我的外孙带给了我。阳光重新回到了这栋房子。您不知道……"

"不，伯爵老爷，我知道。"

她轻轻地抽出手来，把他留在了那里，留在客厅中间，任他沉浸在自己的思绪和那个让他心情激动的希望之中。她可以立刻回去拿地址，但是她怕自己无法在保罗面前装得若无其事。还是先擦擦铜器，冷静下来再说吧。虽然这些铜器上周才清洗过，但是她需要干点什么才能把焦躁不安的心情平复下来。她中饭之后便去拿。

拉谢奈一个人待在客厅里，没有思考太长时间。他在部委里有些关系，还是用一用吧。去年，他儿子闹着非要在家里装部电话，在心血来潮的儿子面前，他最后不情愿地让了步。现在他庆幸贝特朗的这个主意给他争取了宝贵的时间。

他摘下听筒，请话务员给他接通埃鲁维尔将军的电话。女话务员听上去有点迟钝，这让他重点强调了这通电话的紧迫性："小姐，这事关国家大事！"然而这句话似乎也没让话务员有多么震惊。在听了好一阵没完没了的噪声之后，加斯帕尔欢快的声音终于传进了他的耳朵：

"安托万？是你吗？你怎么样？还在你的乡下待着吗？现在总也见不着你了……"

他决定省掉客套话，直入主题：

"老同学，我向你问好！我知道咱们好久没见了，但是我需要求你帮我一个小忙……"

虽然暴风雨的天气让眼前的路一片漆黑，保罗还是选择了特马耶路，哪怕这样要多走足足两公里的路。帕什沃那伙人今天跟他吵架比平时凶了不少，他需要多走点路，散散心。当他确定身后已经没有人在跟踪自己了之后，他停下来闻了闻空气的味道。树林已经开始发生变化，有些地方已经染上了金秋的颜色。天气转凉了，因为他坚持关窗睡觉，塞莱斯蒂娜把他当成了娇气的孩子，拿出一个鸭绒压脚被给他盖。虽然夏天结束了让他感到有点遗憾，保罗梦想着看到森林在冬天时的模样。让在上一封信中提到他会在圣诞节时回来。也许在回圣丹尼斯之前，他还能有时间看到大雪覆盖的森林呢。想到要离开索洛涅，他的心里就越来越难受。如果他能在这里多待几个月就好了，哪怕是只待到春天也好！

一阵风吹来，吹弯了树梢，他不情愿地又上路了。白天时间过得漫长，他的心情很糟。四周一片阴暗的景象让他生出一阵隐隐的不可解释的焦虑感。贝拉没有等他，否则的话，她应该早就露面了，暴风雨应该让她打消了见他的念头。挫败感增加了他心中的苦涩。自从遇到那些偷猎贼之后，他只见过她一次。为了想要在她面前出出风头，他跟她讲了自己是如何逃过三名大汉的追捕的，看着她睁大的双眼，他感觉一阵自豪感涌遍全身。终于有一次，这个吉卜赛女孩没有把他当成在树林里一起玩耍的朋友，而是把他当成了值得欣赏的男孩来看。当看到池塘时，他犹豫了。他当然可以去营地找她，只是他每次去都会感到不自在。除了她的奶奶和约瑟夫，他不认识任何一个人，从那些人投来的目光里，他知道自己对他们来说只是一个外人，一个白猴子。

他放弃了去营地的想法，又重新上路，一边注意听着灌木丛里的动静。那头巨鹿现在藏在哪里呢？狩猎节明天就要开始了，博雷尔嘴里念叨的只有这件事：要去抄山，要喂狗，要给装备上油，这些准备工作既让保罗感到害怕，又让他激动。如果那头鹿在伯爵的领地上，猎手们必然要围捕它……保罗试图安慰自己说那鹿已经活了那么久而没被抓到，一定有很多逃跑的计谋，但是他的脑海里一直萦绕着它的脑袋被钉在庄园墙上的画面，挥之不去。

雨水滴在树叶上，发出清脆的声音，冰冷的雨滴穿过厚厚的树叶，重重地落在他的身上。一声响雷在不远处的天空炸开，有一瞬间，他被震得什么也听不见。雨水突然填满了所有空间，随着震耳欲聋的轰隆声，如注般从天空倾泻下来。他把书包举到头顶跑了起来，但是雨势太大，他不得不放慢脚步，以免摔倒。道路不一会儿就变得泥泞不堪，他没有继续漫无目的地往前走，决定改道向行车道方向走去，虽然这样要绕远，但是不这么走的话，他很有可能会陷在某个地方。

当他走到那条行车道上时，他觉得仿佛整个天空都要倾覆在他身上，穿透他的身体，直到骨头。他现在已经不跑了，因为跑也没用。就在他将将走了有一百多米的距离时，一声汽车的喇叭响把他从慌乱之中惊醒过来。从狂风暴雨之中，他认出来那是伯爵的德·迪翁-布通轿车。雨水的声音太大，他没有听见车开过来。阿尔芒从驾驶座下来，把车后门打开，不耐烦地冲他吼道：

"上车，快点！"

轿车里面，雨水噼里啪啦地拍打着车顶，让人感觉好像置身于一个大鼓的肚子当中，里面弥漫着一股令人舒服的温暖气息。老人异乎寻常地一脸关切地看着他上车。保罗浑身直打哆嗦，他咬紧牙关，不让上下牙齿打架。伯爵说了些什么，但是雨声和发动机的轰鸣声，让他什么也没听见，伯爵又大声重复了一遍：

"我可怜的孩子，你简直被淋成了落汤鸡。来，把你的斗篷脱了，把这个穿上。"

他指着自己的皮大衣，看到孩子一脸惊讶的样子，他又沉声说道：

"别愣了，把你的衬衫也一起脱掉，它都能拧出水来了！"

保罗脱掉上衣，任由自己被厚厚的大衣包裹起来，舒服地呼了口气。那大衣闻上去有古龙水和雪茄的味道。

"谢谢您，老爷。"

伯爵冲他眨了眨眼，指着他们所在的车身说道：

"这个可不是头有十二叉角的鹿，这是十五匹马！"

保罗礼貌地点了点头，不知道该如何回答。他应该问伯爵自从在马厩里摔了一跤之后身体还好吗，还是要再次感谢他借给自己那本已经快看完了的《远大前程》呢？他不需要寻找答案了，因为老人指着他的书包问道：

"你在学校里过得还好吗？"

"还好，只是老师说我太爱胡思乱想了。"

"这不一定是个缺点……你长大后想做什么呢？"

"我不知道，我很喜欢森林和动物，也喜欢池塘和鱼。我想要待在大自然里。"

"你想当狩猎监督官？"

"不，我不想抓人……"

"所以你更喜欢当偷猎贼？"

见他带着一丝狡黠的表情打量着自己，保罗害羞地笑了笑，不敢说是，虽然那话已经到了他嘴边。

"老天哪，我觉得你是对的，偷猎确实比穿着制服巡逻有意思多了！"

伯爵拍了拍保罗的膝盖，发现保罗的腿还湿着，突然懊恼地说道：

"你腿都要冻僵了！等着……"

他开始大力地搓保罗的腿，保罗被他弄得有点喘不过气来，但是他不敢反抗。

在他们后面，有一辆车不停地按喇叭。阿尔芒一边把车让到路边，一边小声抱怨着。透过蒙上水汽的车窗玻璃，他们看到了贝特朗的脸。贝特朗看到父亲身边还坐着人显然也是吃了一惊。父子二人打了个招呼，那辆瓦赞便加速开走了。被迫让道的阿尔芒一脸恼火，忍不住尖酸地说道：

"您儿子可真着急回家！他应该开车小心点，转弯的地方车容易打滑。"

"我跟他重复了多少遍都没用，他根本就不听我的。他这么开肯定又是想在弗洛朗丝面前出出风头……"

"可不只是这一个原因，老爷，您看后面又来了几辆车。"

"哦……他应该提前跟我说一声！看来狩猎开始前他们又要玩通宵了。算了，让他们过去吧，阿尔芒，我们没什么可着急的……"

他叹了口气，脸色突然沉了下来。想到要忍受那些宾客，尤其是贝特朗的巴黎朋友们，他就气不打一处来。另外，这些人不合时宜的到来也打乱了他的计划。他本来是打算先跟保罗熟悉起来再一点一点告诉保罗真相的，以免吓到保罗，然而要做到这一点，他需要不受打扰。他不会等到让·卡拉代克回来之后再说。太多时间已经过去了，太多时间被浪费了……现在倒好，他不能把注意力全放到那孩子身上了，反而要招待一些蠢货还有他那个附庸风雅的儿子。贝特朗从来不会放过任何冒充高雅的机会！

在庄园宽阔的院子内，用人们看到车辆陆续开了进来。塞莱斯蒂娜撑着一把大伞小心翼翼地走上前去，准备迎接车内的女士们下车，博雷尔赶紧脱下了他的鸭舌帽，这个礼貌性的动作在瓢泼的大雨中显得尤其傻帽。

"贝特朗先生，您路上还顺利吧？"

"好了，博雷尔，别在那傻站着，快来搬行李！"

他让其他人走到挡雨披檐下躲雨，自己却站在雨里等那辆德·迪翁－布通，看上去好像完全不把狂风暴雨放在心上。好奇心驱使他想要知道是谁在陪着他父亲。小轿车出现在道路的转角处，颠簸着前行，速度慢得几乎跟走路一样，好像是为了要刺激他一样，贝特朗忍不住想这是不是故意的……当那车终于停下来之后，他还没来得及上前，就见一个孩子从后门下来往配楼跑去。这不是今年夏天他和弗洛朗丝碰到的那个奇怪的小孩吗？他皱起眉头，心里隐隐有些失望。老头子应该是在路上碰到的小孩，把他捎了回来。老头子有时候会没来由地善心大发。从水里面救出来的孩子！他想到这心里不禁发笑，想着要讲给别人听，接着又像往常一样放弃了这个想法。伯爵不喜欢他的幽默感，跟他说话，什么话题都要一本正经……贝特朗不喜欢他父亲对一些无足轻重的人或事装出感兴趣的样子。他怀疑他父亲是故意装作包容，目的是为了让自己难受。不然他为什么要容忍那些吉卜赛人待在他们的领地上呢？虽然他并不能确定，但是他觉得这些决定都是针对自己的，好像是特意要让他知道自己没有能力管好这片家族领地。除此之外，老头子总喜欢抓住机会来训斥他花天酒地的人生！

他不顾那些躲在雨棚下瑟瑟发抖的朋友的召唤，赶在阿尔芒前面把车门打开，想要听到父亲如何解释那孩子的事情。

"您好，父亲。您车上刚才还有别的乘客？"

"你好，贝特朗。你超了我的车是专门为了在这等我吗?! 赶紧带你的客人们进屋，他们把台阶都站满了。天还下着雨呢。"

"我是想要迎接您的……"

"想要提前通知我一声？好了，我们之后再说这事吧。"

"这事是在最后一刻才定下来的，但是我天一亮就给塞莱斯蒂娜打电话了！"

"天一亮就打？我怎么不相信呢。我今天早晨出门去拉费尔泰时，是十点钟！当然了，除非你说的天一亮是巴黎的天一亮？"

在跟所有人打完招呼后，拉谢奈在保持礼数的情况下，尽快地走开了。在他看来，那些年轻女子的打扮对埃尔代涅这个地方来说太过优雅了，甚至是完全不合时宜。贝特朗怎么能如此没有眼光！当他爬楼梯上楼时，他听见她们叽叽喳喳地说着话，试图用她们那可笑做作的样子吸引别人的注意力。

"亲爱的，你瞧瞧这天气，我们离开拉里维耶拉可真是来对了！"

"亲爱的，这个季节就要结束了，我们待在那里都要无聊死了！"

"伊冯娜，她说得对！你看着吧，两杯鸡尾酒一下肚，你就会想要嫁给一个索洛涅的乡绅，然后我们就再也听不到可爱的欧仁妮的任何消息了！"

厨房里，外面的闹腾也影响到了用人。阿尔芒指挥着他的部队，这个部队拢共也就塞莱斯蒂娜和玛德莱娜两个人。平时一向淡定的厨娘现在随着晚饭时间的临近，心中开始恐慌起来，她还剩两只小母鸡要剎，三个奶油水果馅饼要烤，另外还要准备明天的皮力欧许面团。贝特朗在快中午的时候打电话来说加上自己会有八个人当天到达，他们忙得人仰马翻才把一切接待工作准备好。少主人自然是要求最大的房间，餐食要三道上全，鱼汤、烤肉和特色甜点一样都不能少。他的朋友既不是会打猎的人，甚至也不是来自拉费尔泰和奥尔良的人。对他们来说，这趟入侵乡下的行动跟参观动物园是一样的，他们只是想要了解一下外省的魅力甚至是"异域风情"，所以绝不能让他们失望。老伯爵肯定是要生气的，因此必要小心行事，伺候好这群可人儿，同时又不能干扰了狩猎季活动的正常进行！

在大客厅里，很快就传来一阵嘈杂的笑声，背景乐里放着爵士音乐，自从弗洛朗丝去美洲旅行回来之后就迷上了这个靡靡之音。召唤用人的铃声很快就响了起来，阿尔芒叹了口气。

"我早就该料到了！每次铃响，他们都要喝香槟。我已经把最好的波尔多葡萄酒拿出来了。照他们这个节奏，早晚要把老爷的酒窖喝空！"

塞莱斯蒂娜轻声地回他道：

"你别管这些了，这不是你该管的事。"

"我高兴还来不及呢。我要是有这么一个儿子的话……"

"你会怎样？"

"算了。我还是什么都不说了。你丈夫从井里打水回来了吗？"

"按照你要求的，放在外面了……"

"好。葡萄酒应该可以冰镇好了。"

阿尔芒端着个大酒瓶推开双扇门，眼前的景象让他差点失态。一个女人正一脸魅惑，打开双臂在那里扭动着身子，开衩的裙子露出两条纤细的小腿，松垮的连衣裙从肩膀滑下，一颗乳房曲线毕露。她的女朋友们咯咯笑着，低头喝着酒，男士们则跟着音乐的节奏拍着手，已然是微醺的状态。只有弗洛朗丝看上去兴致不高，一副清醒的样子。她对自己这群欢乐的小伙伴的放纵行为向来是习以为常，但是这次欧仁妮有些过分了。她的那点小卖弄简直粗俗不堪。当阿尔芒出现时，她甚至产生了要谢谢他的想法。爱德华开始扯着脖子大声喊道：

"继续！继续！妮妮，加油啊，继续转，你一点也没有失去重心！"

其他人热烈地鼓着掌，没注意到客厅的一扇门开了，接着伯爵走了进来。他面容僵硬，像大理石一样面无表情，等着众人注意到他的到来。欢乐的人群突然发现了他的存在。那个喝醉的姑娘突然失去了惯性，停止了旋转。爱德华满脸通红，整个场面只能听到一个萨克斯风的低奏声。

贝特朗这时也突然酒醒了，他希望自己的父亲这时候出来是突然为自己的孤僻感到抱歉，想要弥补一下之前的行为。他迎上前去，试图挡住那个衣着轻浮的欧仁妮，这个蠢女人是一个银行家的继承人，有点没脑子，不过很有魅力，也很有意思。但是他还是行动得太迟了。安托万·德·拉谢奈没看他一眼，直接吩咐起管家来。贝特朗此时更希望听到他发表一句训斥的话，也不想成为他蔑视的对象，并承受这种当众的羞辱。

"阿尔芒，我晚饭要在图书馆里吃。我今天状态不太好，明天狩猎开始，我天一亮就得起来。您到时给我准备点吃的送到房间来。等这些女士先生结束了，记得把灯关了。好了，晚安。"

就在唱盘发出最后几个音符之时，他转身离开了。整个大厅中一片死寂。

淋雨的当晚，保罗就发烧了。烧到第二天早晨，他已经是浑身滚烫，下不了床了。塞莱斯蒂娜简单检查了一下他的状态——摸了摸他的脉搏，查看了一下他的喉咙，又看看他脖子硬不硬——认为他得了重感冒，只要多喝点汤、多休息一下就会好起来。还好这孩子不是个病秧子，因为现在庄园里客人这么多，她没有时间照看他。给他盖好被子，又逼着他喝了一杯蛋奶酒，她向保罗保证自己会再过来看他，哪怕是她得两头跑。

"别担心，你周一就能好起来的，这样你也不会缺课……"

保罗无精打采的，没有说话，几乎是舒舒服服地带着高烧沉入了梦乡。头晕使他免于胡思乱想，也把自从发现那封信以来心中那股隐隐约约的焦虑感一扫而空，他忘记了那些谎言，也忘记了寻找母亲的痛苦。

14

蒙泰纳有点犹豫要不要直接找到托托什的船上去，但是保罗已经两天没来上课了，感冒成为他缺席的一个正当借口。那个人虽然外表粗野，但是有时候又细腻得令人惊讶。

就算托托什被这个突然来访惊到了，他脸上也没露出任何痕迹来。他请她上了船，示意她小心木板太滑。他从来没在自己的船上接待过任何漂亮的女人，就连塞莱斯蒂娜也没来过，她像害怕黑死病一样害怕流言蜚语。可是，当这位女老师告诉他保罗没去上学的时候，他不免心生疑窦。这个年轻女人究竟是如何知道他俩之间的友情的？眼下再想把她赶下船去已经晚了，再说就要到吃晚饭的时间了，他提议请她喝杯酒，想着她一定会拒绝这个邀请。可是蒙泰纳接受了。她不是个能被轻易吓倒的女人，眼下的情形反而让她觉得很有意思。在这个大约只有两百人的村庄里，平时少有娱乐活动，尤其是在每年这个时间。她大大方方地喝完那杯酸涩的红酒，放下酒杯之后便又从容地打量起船屋的内饰来。

"这屋子跟我看到的描述一模一样。"

"什么？我的破屋子？"

"正是。"

"你这是在嘲笑我吗?"

他一激动,忘了用敬语,直接用"你"来称呼她。她过度沉迷在屋内的氛围当中,没有为此而生气。

"我可不敢!老实跟您说,保罗在一篇作文里给您这屋子画了一张栩栩如生的草图。他拿了最高分,20 分满分,他得了 18 分。这会让您感到吃惊吗?"

"当然不会,因为他很会学习!那个孩子比谁都聪明,你教给他的东西他全都能记住,但是我没想到他会在学校里说起我这个破屋子!这里有啥可看的!"

他大手一挥指了指自己的屋子,然后耸了耸肩。蒙泰纳心情很好地驳斥道:

"我可是发现了许多有意思的东西,还有一个有意思的人物!保罗对您进行了仔细的观察,这正是他所写的内容,他描述的不仅仅是一个住所,而是一个跟您相像的地方。在某种程度上,他是在向您致敬……"

"该死……您在开玩笑吗?"

"怎么可能!"

"这我可真没想到。我现在很为我的学生感到骄傲啊。"

"对不起,是我们的学生!说到底,他既是您的学生,也是我的学生。"

托托什若有所思地点了点头,然后突然被自己接下来要问的问题臊得脸红起来。

"他提到我的名字了吗?别人能看出来他写的是我吗?"

"没有,但是我很怀疑有人会不知道'索洛涅有史以来最著名的偷猎贼'是谁!"

他还没来得及回嘴，她便又带着一丝狡黠说道：

"您不用担心，我没有把他的作文给别人看，虽然它很值得被传阅。我知道有一个狩猎监督官一直在心里惦记着您……"

她一下子抓住了他的胳膊，这立刻招来小母狗的一阵汪汪叫，托托什正好趁机抽回了胳膊，对这个对话的走向感到尴尬。

"瞧瞧，是小男孩吃醋了。"

"这是条母狗？"

"是的，它不能忍受船上有别的人！"

"保罗从来没说过它是条爱吃醋的狗。"

"呃，女士，那是因为我的小母狗很喜欢他。它当然不会觉得受到他的威胁。"

他们沉默了一阵子，品味着时光。外面，夜幕已经降临，到了狗和狼出没的时间，一切都变得灰蒙蒙的，带着一丝凄凉。蒙泰纳叹了口气，一阵伤感涌上心头，轻声地问道：

"您一个人过不会感到孤单吗？"

"一个人过是我自己的选择。你应该听说过我有过一个老婆，也有过几个孩子，甚至还有栋可以遮风挡雨的房子。我曾经有过跟别人一样的生活。"

"您遭遇了什么不幸吗？"

"只是大自然的召唤罢了……"

他举起手指了指窗外的河流和被风吹得东倒西歪的树木。

"后来，我又蹲了监狱，事情更不好收拾了，你明白吗？"

"于是您就离开了……"

传言说自从托托什因为偷猎坐了牢，从狱里出来之后，他就抛弃了自己的家庭，或者是他被自己的家庭抛弃了，她不确定究竟是哪个了。

不管怎么说，他的懊悔是不难想见的，但是事实真的是如此吗？他被关了多长时间？这里的人很容易大惊小怪……蒙泰纳突然觉得自己的这份好奇十分可笑，自己想要去了解他的善意举动也突然显得不合时宜起来。这个人的身上仍然有一部分让人无法捉摸，事实就是如此。保罗却以自己的方式理解了他……

托托什好像是一直在追随她的思绪，突然问出了一个让她大惊失色的问题：

"你呢，你过得很幸福吗？还是一直伤心着呢？"

"您怎么……您在说什么呢？"

"哦，别害怕。你知道村子里的那些长舌妇……她们没说你什么坏话，只是很同情你。你的未婚夫连你的小指头都不如！"

蒙泰纳宁愿把剩下的酒一口干了。现在如果要她回答的话，她不确定自己能不能控制住自己的眼泪。订婚已经是两年前的事情了，但是她的伤口至今仍然在隐隐作痛。从来没有人敢跟她提起这件事，现在第一个敢跟她提起的居然是个偷猎贼，一个在林子里过着半隐居生活的人。从某种意义上来说，这事情还真是有意思啊！

她并不傻，她知道自己的事情被很多人拿来说闲话，女教师被许给了公证人的儿子，然而那人却突然去了巴黎定居，留下她一个人待在乡下……她没有直接回答问题，而是难掩心中苦涩地低声说道：

"等到 11 月，我就二十五岁了。"

"呃，好事啊！你长得比花儿还美，会找到心爱的人的。"

"在这个一代年轻人都死于世界大战的年代？托托什，您真是太客气了，想要安慰我，但是我不住在大城市，我很有可能一直当个老姑娘了……于贝尔他……"

她又叹了口气，垂头丧气又有点生气地说道：

216

"我们本来要结婚的。"

"如果你不幸地总是想着他的话，你就必须把他忘掉！按我们这里的说法，他就是一个寄生虫！那个整天梳着油头的花花公子根本就配不上你。"

"我知道。请放心，我会忘了他的。"

"那就万事大吉了。干一杯吧！"

"干一杯……"

她突然扑哧笑出声来，见他一脸惊讶地看着自己，她笑得更起劲了。

"托托什，不要用那种觉得我疯了的眼神来看我！"

"算了吧，我还以为你是在嘲笑我的行为举止呢！"

"当然不是……只是我来到这里，上了您的船，然后我意识到自己心里还抱着一个毫无意义的忧伤，一个让我愤恨不平的积怨，然而我完全可以像您一样自己解开缆绳，决定这一切都结束了！"

"真是见鬼了！"

"您肯定觉得我一塌糊涂又蠢又笨，但是今天一切都清楚了！我自己没意识到自己一直在念叨着过去。我一直纠结着自己被辜负，没运气，纠结着自己单身，男人们都死在了那场该死的战争里，然而我完全可以自己决定我是运气好躲过了一场注定失败的婚姻，一切并未结束，没有什么是不可能的，还有就算我会一直单身下去，说到底，生活还是美好的！"

"见鬼，要不是因为我信教，我现在真想把自己吊死！"

她动作坚定地又给两人的杯子倒满了酒，然后举起自己的酒杯，容光焕发地说道：

"为生活干杯！为了那个让我们共聚此刻的学生干杯！"

"说得好，蒙泰纳·沙西涅克！为那个孩子干杯！"

在一棵伸出四个大枝的橡树的枝叶中，贝拉已经布好了自己的地盘，那棵树就在保罗上学要走的小路的不远处。小屋是用许多长杆交错搭建起来的，上面铺着蕨草并糊着青苔，打眼一看根本看不出来是间小屋。走近了看还以为是树上长了个寄生物，又或者是小精灵住的茅草屋。屋子的地板是年轻的吉卜赛姑娘用鸡舍的门做的，上面还铺了松针。这个部分是用来做客厅的。再往上，两根粗大的树枝之间，有一个阁楼一样的房间。她在里面布置了一个草席，那是用装煤炭的袋子塞满了干草做的，除此之外，还有一个破了洞的毯子和两个坐垫，这让整个房间几乎可以用舒服来形容。一个大篮子既可以用来当箱子，又可以当餐桌用。里面放着一个豁口碗，两个汤匙，一套扑克，几颗珍珠，几块小骨头，一个弹弓——因为她喜欢男孩子的游戏——还有用来装蚯蚓、蚂蟥还有野莓等东西的玻璃瓶。

这天，因为她的小屋已经搭建完毕，她一个人待得无聊，虽然她叔叔禁止她这么干，她还是把汤米带了过来。小猴子身体很脆弱，受点风寒就容易致命，但是天气已经转好，很暖和，仿佛是夏天使用了它最后的一点魔力。她想着自己没注意时间就过去了，那个白猴子显然是让她有点着迷，因为只要一想到他，她的心里就有点焦躁不安。她奶奶给他喝药水是因为她看出来这一点了吗？不管怎么说，她盖这个小屋是为了他。

保罗好像是听到了她意志力的召唤，突然斜挎着书包出现在路的尽头，她的心雀跃地跳动起来。他又回来了！他走得很慢，弯着身子在灌木丛里摘着最后一批桑葚。她心里想着今天是周三，他不去上学来这儿做什么呢。她已经等了他五天，他的出现让她满心欢喜。她想他了，虽然她不会向任何人承认这一点。她喜欢给他来个突然袭击，看到他因为惊吓或者崇拜而睁大眼睛，那一刻会让她感到自己是有魔力的。有时候，他想要在她面前耍耍威风，尤其是当他讲起看过的书的时候，但是这个吉卜赛姑娘可不傻，是她一直在领舞……

她模仿斑鸠发出叽叽的叫声。见他没有反应，她又哼出一段更加好听的叫声，这次终于引起了他的注意。他抬起头来，发现了她，然后露出大大的微笑，他的牙齿上沾着黑色的汁液。

"贝拉！我刚才就想找你呢！"

"你不用上学吗？"

"不用。我明天会去。不过你不要告诉别人，我之前跟老师说的是今天早晨就去。"

"你能给我点吗？"

"什么？"

"桑葚！"

"等着！"

他脱下鸭舌帽，把刚才摘的一大把多汁的桑葚放了进去，然后再把帽子小心翼翼地戴到头上，放开手脚沿着树干往上爬。贝拉在树干上绑了三段绳子当作幸运梯，所以保罗没费什么力气就爬到了小屋里。到了平台上之后，他佩服地吹了声口哨。

"这是你搭的？"

"我的桑葚呢？"

"小姐，您的要求便是对我的命令！"

他麻利地把帽子摘下来，然后一弯腰，把果子送到了她面前。

她摆出检查的模样，然后一颗接一颗地吃起来，并特意把嘴巴染成了红色。他则看着她吃，连大气都不敢喘。她忍着不笑，把所有的桑葚都吞下了肚，想要惩罚他这么多天没来找她。然后她舔了舔手指又喘了口气。

"怎么样？"

"它太不可思议了！是你建的吗？"

"我不是说这个。你去哪儿了？我都见不到你了。"

"我生病了，然后因为我不是很想回学校，所以吃了几个生土豆，让发烧的时间能再长一点。这是托托什教我的，结果很有效。"

"你不想上学了？"

"不是的，我只是感冒了以后不是很有精神。帕什沃只是一个蠢货，其他人也没强到哪里去，都是一帮笨蛋，还有……"

"还有什么？"

"没什么，我只是很想念森林……还有你。"

她若有所思地摇了摇头。蜷缩在她头发里的汤米不得不大着胆子滑到她的膝盖上。她心不在焉地抚摸着它，然后有点违心地说道：

"你能去上学很幸运。"

"你这么认为？我还以为你喜欢自由自在的呢？"

他在戏弄她，但是她突然变得严肃起来，脸色甚至有点沉重。

"有些事情我永远也不会知道。"

"这有什么影响呢？你会跳舞、跑步和游泳。你到处旅行，你会说至少两种语言，还有……你比任何一个男孩都会盖房子！"

"真的吗？你喜欢这个房子？如果你想的话，可以睡在里面。"

她指着那个塞满了旧干草的垫子。他走上前去，躺在了上面。

"我发誓我没有见过比它更好看的房子！"

猴子爬到了她的肩膀上，她走到保罗身边，坐了下来。他们从来没有靠得如此之近过，除了第一天在池塘那次，那次她什么都没穿。在这个被绿色包围的茧壳中，他们听着风吹树叶发出沙沙的声音，却丝毫没有被风吹到。偶尔一只小鸟叽叽喳喳地叫起来，他就会小声地说那是"一只松鸦"，又或者是"一只乌鸦"，其实他并不能真的确定自己说的是对的，但是说到底错了又有什么关系呢？重点是他跟她在一起，他能感受到她的呼吸，他的膝盖抵着她的膝盖。

过了一会儿，她也躺到了草垫上。地方太小，让他俩像情人一样紧紧靠在一起。

"你想猜个吉卜赛谜语吗？"

他生怕会打破当下奇妙的气氛，把声音压得低低地回道：

"好的。"

"我姐姐跑起来不用腿，吹口哨不用嘴，她是谁？"

"一条蛇？"

"不对，她是巴尔瓦尔，是风。蛇有嘴，白猴子！"

她忍着不笑出声来，身体不停抖着，保罗从她的颤抖中感觉出来她是在憋笑。他的心脏剧烈地跳着，头晕目眩，好像是发烧烧到了最高点。他希望这个时刻可以无限延长，直到他敢于转过脸来面向她，把自己的脸贴着她的脸，但是他控制着自己不要动，生怕吓到她，或是笨手笨脚唐突了她。一声凄厉的叫声结束了他的犹豫不决。

"你听到了吗？"

"是一头鹿在发情。"

发情！她的镇定让他内心充满了敬佩。托托什跟他讲过鹿角、顶枝的数量、发情的时期，但是除此之外他就什么也不知道了。

"它为什么叫成这样，它受伤了吗？"

"不是你想象的那样。它受的是情伤。"

"情伤？"

也许是因为这个字眼，也许是因为她小声说话的方式，他脸红了。

"是的。爱情会让人受伤。它恋爱了，所以它在召唤母鹿。"

见他不说话，她又调皮地接着说道：

"它们在折磨它。"

"为什么？"

"为了让它跟附近的对手打架。因为它们想要跟随最强的那头鹿。一直是这样。"

他不敢看她，生怕自己会露馅。她用胳膊肘推了他一下，声音听起来既甜美又尖酸。

"你知道什么是恋爱吗？"

他摇了摇头，感觉脸颊在发烧，心里很难受，但是他还是大着胆子问道：

"你呢？"

"我？你觉得呢，白猴子？!"

这不是一个回答，但是听到从她嗓子眼里发出的笑声，他知道她不会再多说一句。她一个挺身站了起来。

"你想去看看它吗？"

"想。"

其实，他更想跟她待在这里，而不是去听那头鹿的凄厉叫声。

"那就跟我来吧。如果我们在下风向，也许我们能靠近它。"

"你怎么知道这些的？"

"我不像你的那个托托什一样偷猎，但是我也知道大自然是怎么回事。"

222

　　她抓起正坐在一个树疙瘩上的汤米，把它塞进围裙口袋里，然后又确认了一下它不会乱动。

　　"好了，走吧！"

　　他们没有走很久的路。那头高大的雄鹿选择了离池塘不远的一块空地。它站在空地中间，头高高抬起，鼻子嗅着风向，脊背抖动着，一副雄壮威严的样子。保罗感觉肾上腺素在自己的血管里流动着，是那头有十八个叉角的巨鹿，是那头所有人都说它不存在，他自己最后也相信它不存在的巨鹿！在午后阳光的照耀下，他可以清清楚楚地数它的叉角。他数了一遍，为了不出错，又数了一遍。是的，他不是在做梦，真的是十八个叉角！

　　那鹿把沉重的脑袋往后仰，发出一声嘶哑的叫声。它的声音穿越了森林，声音大得连地面都跟着震动起来。它的鼻子上沾着一些黏液。它用脚踩了一会儿地面，然后疯狂地翻着地上的野草，又发出一声更加悠长更加凄凉的叫喊。

　　突然，矮树林边传来一阵草丛晃动的声音，一头母鹿蹿了出来，身形在巨鹿的对比下显得十分娇小。雄鹿立刻迈着僵直、沉重的步伐向母鹿跑去，用身子去蹭它的身体，直蹭得它逃出几米远去，然后雄鹿又引导着那母鹿跟在自己的后面，不让它离开。雄鹿开始发出断断续续的嘶鸣声，好像一个喘不过气来的摔跤手一样。

　　贝拉疲惫地轻轻靠在保罗的身上，他们同时转过头来，面对着面，嘴巴半张着。保罗抵抗着头晕目眩的感觉，因为他还是不敢亲她，他结结巴巴地说道：

　　"我们得……得通知托托什。"

　　"我先把汤米送回去，然后再去找他。"

　　他没有反对，反正她总是发号施令的那一个。

　　一股厚厚的黑烟笼罩着托托什和德德。自从那个著名的追击奥比尼偷猎贼的行动之后，两人的往来便更加密切。他们正忙着把火拨旺，好把夏天收集到的木头、枯树枝，还有一些多多少少被人"遗弃"的柴火烧成炭过冬。

　　突然，两个孩子气喘吁吁地跑了过来，保罗激动万分地开始喊道：

　　"这次我是真的看到它了！"

　　"圣母玛利亚？"

　　"不许嘲笑我，我说的是那头巨鹿，就在池塘附近！"

　　"你说的是那头长着十八个叉角的鹿？"

　　"对！"

　　"怎么总是只有你一个人看到它呢？"

　　"我不是一个人，还有贝拉！"

　　"老天……"

　　他这才注意到那个吉卜赛女孩。贝拉站在保罗身后，手里拿着一个松果正在逗小男孩跳起来去够。小母狗没有反抗，反而是遵循着她的指令。他想起来吉卜赛人善于驯兽，这让他不高兴起来。

　　"好吧……要我说，找一个小女孩做证说看到一头鹿，就跟没看到没什么两样。"

　　"为什么？因为她不会用正确的词语来表达，还是因为她只会说鹿角，而不会说顶枝？她也许用词跟我们不一样，但是关于发情的鹿，她知道得跟你一样多！"

　　"好嘛！看来不能拿女人的事情跟他开玩笑啊，德德，你听到他说的话了吗？”

德德半信半疑地点了点头。托托什说话有些夸张了。这个小伙子帮过他们，不能忘了这一点！

“既然你不信我，我就带你去看看！”

“我现在还有活要干。你看我有这么多事情要做，不要在我旁边晃悠。这烟这么大，肯定要把博雷尔招来……没必要让他撞见你在这里。好了，你们俩快走吧！”

保罗气坏了，没说再见就走了。他很失望，被这种轻视伤了自尊。为什么托托什不愿意听他的？他把自己的这个发现告诉托托什，是想要跟托托什分享一个秘密，一个类似于藏宝图一样的秘密……伯爵都很关心这个秘密，他这个偷猎贼为什么不关心呢？还有他为什么要质疑自己的话呢？尤其是这最后一点让保罗生气。他第一次感到自己被托托什当成了小孩子，被认为自己年龄太小，好像他们之前交流的那么多事情都不重要了。如果他早知道自己会遭到这种对待，他就应该不嫌麻烦地第一个告诉伯爵。只是狩猎已经开始了，他不想要伯爵把那头鹿给杀了。他灰心地哼了一声。就在这时，贝拉的手滑进了他的手里。

“别难过。”

“他不相信我。”

“没关系的。人要是固执起来，就会听不进去别人的话。”

“托托什不是这样的人！”

“他今天是这样的人。还有他不相信你是因为他多疑。你听过狼来了的故事吗？”

“没有。”

　　"有一个放羊的孩子在草地上放羊。他一个人待在山上觉得很无聊。他唱歌，喊叫，睡觉，但是这些到最后都没用，他越来越无聊。一想到别人都待在山谷里，他就心里难受，他想象着自己错过了很多事情，别人都在唱歌跳舞，他却一个人苦苦地守着！有一天他觉得自己快要无聊死了，于是就吹响了号角，这意味着狼来了。村子里的人一听见这个声音，立刻男女老少全都跑上山来打狼。"

　　"天哪！"

　　"可不是嘛。结果等他们到了山上，那孩子跟他们说没有发生危险，他吹响号角只是想看看他们会不会赶来。他们一点也不高兴。但是不管怎么说，这些人腿脚利索，又非常喜欢这个放羊的孩子。于是他们就下山去了。那个孩子便以为他还可以继续这么干。当然了，他没有立即这么做，但是他一直想要这么干，尤其是当他无聊的时候。过了一周之后，他再也忍不住了，他吹响了号角，山谷里的人又来了，但是这次他们生气了。"

　　"然后呢？"

　　"然后又过了一周，当他们听到号角响起时，他们待在了村子里。再不能白跑一趟了！他们有活要干，要收干草，还要去地里干农活准备秋种。那个放羊的孩子想玩就自己玩去吧！"

　　"他后来又这么干了吗？"

　　"没有。直到后来，快入冬的时候，羊群从山上下来后，他们才明白发生了什么。原来上次号角响起的时候，狼真的来了，然后那个笨蛋放羊娃就被狼吃了！人们只找到了他的骸骨。"

　　"哇哦，真可怜啊！"

　　"大自然是很严肃的。我们不能拿它开玩笑，不然的话，它会把你吃了的……"

　　他们一边聊着天，一边走上了森林小路，正好跟骑着马小跑的蒙泰纳差点碰了个面对面。她拉住缰绳，一跃下了马。她的脸色因为之前骑马小跑而泛着红晕，几缕头发从辫子中散落下来，微微卷曲着。她语气严厉地喊道：

　　"保罗？我以为你病了……"

　　"是的，不过其实我……"

　　"你更喜欢野外学校？"

　　"不是的……"

　　"那是因为什么？"

　　她转脸看向贝拉，眉毛抬了起来，就像在课堂里有人回答问题错误时的样子。

　　"让我猜一猜……"

　　"对不起，老师。我之前真的发烧了。"

　　大人们整天编故事，现在倒要来指责他撒谎，真是太过分了！而他只不过是撒了个小谎，就被抓到了！

　　"那就算你撒了半个谎好了。这样我就惩罚你一半吧。你要给我交个作业。嗯，你要告诉我你在野外都看到了些什么……或者是说，你在森林学校里都见到了什么。"

　　"告诉您？"

　　他想了一会儿，脸色突然灿烂起来，激动地喊道：

　　"没问题！"

　　他高兴的样子一点也没让她感到惊讶，蒙泰纳只是打眼看了他一下，见到他健康活泼，她也就放下心来。她刚才正要去庄园里询问他的身体怎么样呢。

　　"你后天把作业交给我。至少要写两页纸，你还有周四一整天的时间来写。"

　　"我保证。"

　　"好了。再见吧，孩子们。"

　　她点了点头，重新上了马，用脚跟轻轻一点马身，便骑马离开了。

15

    ……教堂的钟声已经敲响了三声。太阳在地平线上开始变红，把林子和池塘也燃红了。这里的人们把马尔努池塘叫作博蒙池塘，它离那个叫作奥尔格弗耶的地方不远。就在这时它出现了，这片领地上有史以来最美丽最雄伟的鹿。人们都说它是传说中才有的动物，但是它现在就真真切切地站在那里，它的角是件真正的饰品。不少于十八个的叉角形成了一顶王冠……

    保罗趴在厨房的桌子上，写着那头鹿给他留下的印象。在重读一遍的时候，他发现自己把染红的"染"字写成了"燃"字，便擦掉了重写。这个字让他想起了贝拉，还有她那被桑葚染红了的嘴唇。那个画面每次都会对他产生作用，让他头晕目眩，好像肚子被掏空。他是如此专注，以至于没有看到博雷尔的到来。自从他们吵过架之后，两人就几乎没有说过一句话。不过这天晚上，博雷尔似乎心情很好。看到保罗仰头望着天，他开口倾诉道：

    "有那些该死的吉卜赛人整天在林子里晃荡，我一点也不能放心。我今晚要去巡逻。不过谁知道呢，说不好那个坏蛋就在那儿呢……"

他说完又挖苦式地眨了眨眼睛，意思是他知道保罗喜欢那个偷猎的，早晚有一天他会把账一笔一笔算清楚！然后他便正了正枪带，走到菜地门口跟正在喂兔子的老婆打了声招呼。见那孩子依然没有说话，他又对保罗说道：

"怎么着，你不祝我好运吗？"

"祝你好运。"

博雷尔全副武装地出门了。

他刚走了才三秒钟，塞莱斯蒂娜就出现在了后门。她嘴里哼着小调，看上去有点兴奋。保罗看到她抓起抹布，迈着欢快的步子往楼梯走去，就明白了她要做什么。只看她那遮住脸庞的头发和跳跃着走路的样子，不知道的还以为是个年轻姑娘呢。他跟她一直走到二楼走廊，看着她把抹布挂好，确保它吊在半开着的窗户的窗玻璃上。一阵风刮了进来，但是保罗一点也不在乎。这件事自从夏天那个夜晚之后就再也没有发生过……塞莱斯蒂娜优雅地一个转身，两手叉腰，挑衅般地抬起下巴看着他，然后说道：

"碍你事了吗？"

"嗯，没有。你挂抹布是为了夜里把它晾干。"

她不再掩饰自己的好心情，开心地笑出声来。

"瞧瞧，你什么都明白！"

虽然他心里不高兴——他无法完全原谅她的神神秘秘——保罗心里还是被她这种失而复得的好心情触动。一周以来，塞莱斯蒂娜好像变了个人似的，她变得很紧张，时而难过，时而焦虑，而且当她不去庄园时，她会为他担忧，担心他的体温升高，想知道他是不是一觉睡到天亮。他犹豫着要不要说点什么，有些话一直在他嘴边打转，那只是一个小小的问题："玛蒂尔德是谁？"

厨房里传来的一个声音打断了他的冲动。他们站在那儿一动不动，支起耳朵听着动静，看上去有点傻。

博雷尔忘了带他的烟斗，又回家来拿。看到那孩子的作业本躺在桌子上，他不由自主地看了一眼，就这么没多想地读了前面几行字。看到"鹿"这个字，他停了下来，接着他又看到了"十八个叉角"……博雷尔一开始的想法是这个巴黎孩子还真敢想，如果他的老师有点理智的话，就应该好好管教管教他。然后，他便慌了起来。他想起来伯爵跟自己说过曾看到过一头巨鹿。难道是同一只？不然的话，这个孩子为什么要这么写？虽然这个孩子的行为总是惹人生气，但是他自己也得承认保罗确实热爱森林，他的这个热爱远远不是那些爱吹嘘的人嘴里的那种装模作样的热爱。博雷尔想着到那块空地附近走一下也不会多绕多少路，之后他可以直接往吉卜赛人的营地进发，然后再绕一个大圈回来……

走到外面时，他突然灵机一动，决定把追风带上。万一事情发展到要打架的地步，这条狗可以保护他。天黑对他来说毫无影响，在这片土地上行走了二十多年，走夜路对他来说已经习以为常，不过小心一点总是好的。现在有那些流浪汉待在这里，这条狗能让他心安。

走到狗圈后，他不得不让那些最兴奋的狗安静下来。他抓住追风，把它带出狗圈，然后给它套上项圈。其他的狗意识到他这次只打算带一条狗出发，都扑到铁丝网上发出令人揪心的叫声。博雷尔急忙往通向池塘的那条路赶去，凶神恶煞般的猎犬冲在前面把狗绳拉得直直的。

这天晚上是个满月，月亮又大又圆。月光洒在旷野上，让大地发出幽蓝的光芒，在有些地方生出一些可疑的影子，在有些地方又照亮一些细节——一棵灰松的轮廓，又或是一个斜坡光滑的侧面。森林沉浸在这漫射的光线里，样子变了形。博雷尔一走进森林，被黑暗笼罩之后，便立刻打开了手电筒。那是一个与他相熟的宪兵，因为有点太爱追女人又缺钱，才把这个好东西卖给他的。虽然电池很贵，但是跟他的那个旧煤油灯比起来，这个手电筒是大大的物超所值。这里除了军人和宪兵，没有人敢吹嘘跟他一样现代，博雷尔在这一点上可不是一点点的自豪！

走到岔路口时，他没有像往常一样选择松林那条路，而是改道往奥尔格弗耶方向走去。说真的，他并没有期待真的能遇到些什么，但是最好还是检查一下，不能放过任何可能性。他的普瓦图狗开始像疯了一样往前冲，把狗绳绷得紧紧的。他一声令下，便让它老实下来。他在路面上刚刚干掉的泥土中，发现了几个格子脚印，这立刻又勾起了他心中的酸楚。很显然，那孩子还在继续跟另外一个骗子来往，他恨不能要把那人的头给砍下来！

他的激动情绪也影响到了他的狗。当走到保罗作文中描述的那个地方附近时，猎物的气味已经引得他们小跑起来。如果那孩子的作文写的都是真的的话，那他们应该能在池塘方向碰到那头鹿。他放慢脚步，用手电筒的光扫射地面。他运气很好，没有搜寻很久。在小路中间，一连串脚印清晰可见，从那蹄子踩在地面上留下的印迹来看，那鹿曾经在这里停留过。他走上前去，辨认出那绝对是一头高大的雄鹿留下的典型印迹：蹄印又圆又大，前端有磨损，靠近脚后跟的骨头圆滑，蹄底没有凹陷，从脚步之间的距离可以大致判断出它的年纪，大概得有十二三岁。他的激动情绪突然变成了狂热。该死的！他没见过这头鹿！难道它就是那孩子提到的那头巨鹿？

他弯下身去，满脸敬重地擦了擦地上的脚印。这头鹿肯定是随着季节变化游荡到这里的，不然的话，他早就应该发现它了！那脚印已经没有很新鲜了，应该是五六小时之前留下的。他嗅了嗅空气的味道，过度的想象让他变得越发大胆，觉得自己嗅到了一丝麝香的味道。

他开始跟着脚印往前走，猎狗鼻子贴着地面在他身边来回跑着。他们循着线索穿过了一片混杂着小桦树和山杨的矮树林，在那里差点跟丢了痕迹。他在沿着一条几乎不可见的小道往西边高大的橡树林走去的时候，几乎是撞大运一般地又发现了那头鹿的踪迹。那头鹿之前穿越过这片林子，然后又沿着特马耶的那些小池塘折返了回去。

然后，突然间他就看到了它，并将将有时间把追风的嘴堵上，让它闭嘴。

那鹿微微背对着他站着，一副庄严的模样。它轻轻地忽闪着眼睛，抬起头，湿漉漉的鼻孔撑得很大。博雷尔藏在茂密的山楂树丛后面，赞叹地看着那鹿角从自己头顶掠过。那鹿嗅到了狗的味道，立刻逃进荆棘丛里。那确实是一头十八个叉角的鹿，保罗没有瞎说！

他愤恨不平地骂了一句脏话。第一个看到它的居然是一个小孩，还是个从巴黎来的小鬼，这是什么倒霉运气啊！老天有时候真是不公平……如果他把这事跟自己说了，他之前的那些小阴谋什么的也就一笔勾销了！结果呢，这个该死的孩子偏偏喜欢故弄玄虚，以为他自己是森林之王，把秘密说给别人听……他都告诉了谁呢？托托什？塞莱斯蒂娜？说起那个偷猎贼，他直接就能断定托托什肯定已经知道了；但是说到自己的老婆，他就觉得不太可能，因为她肯定早就把一切都告诉自己了。要不是那孩子刚才一时不小心，这头鹿很可能平安度过今年冬天，甚至更坏的情况是，它被另一个狩猎总管发现！他平时很少会到这个地方来。

他犹豫着要不要原路返回。他当然可以回去，把保罗从床上拽出来，审问保罗。但是这么做除了大吼大叫之后能让自己的心情平复一点之外还能有什么作用呢？首先，那孩子对那头鹿所知不多；其次，博雷尔不想让他知道自己偷看了他的作文，这样只会让他更加不相信自己。

博雷尔有点不情愿地上路了，但是责任感让他必须这么做。该死，既然他已经决定要守夜，那他就得守下去！那群吉卜赛人居住的那片空地走过去只需要半小时。有传言说，最近几周以来，附近的客栈野味供应尤其充足，好像走了大运似的！虽然说起来很伤心，但是这群流浪汉以为自己可以为所欲为，而老爷偏偏把他们当宝贝一样宠着！不过现在，"他的"大发现改变了一切。从今往后，伯爵要对他另眼相看了。他博雷尔将成为这片土地上有史以来最非同一般的雄鹿的发现者，所有的荣誉都将属于他！

他想起来保罗在作文里写下的一句话："人们都说它是传说中才有的动物……"老天哪，他可不会反对这句话！

第二天一大早，博雷尔就再也忍不住了，跑着去了庄园。他几乎一夜没睡，躺在床上翻来覆去睡不着，一心想着要跟那头雄鹿大战一场。昨晚的巡视没有什么结果，吉卜赛人好像在庆祝什么事情，他一点也没有停下来听他们弹奏那些原始的乐器。他把剩下的巡视时间全用来确定那头鹿出没的范围了。这么做当然不是十分正统的抄山做法，但是他觉得自己运气不错。午夜一过，他便迫不及待地回了家。他满脑子想的都是那头高大的巡游者——这是他自己给那头鹿所取的名字——就连对托托什的执念都被一扫而空了，他已经开始准备要迎战它了。那将是他和那头鹿之间的一场生死之战……天还没亮，他便起身去喂狗。站在呜咽着的猎狗前，他思考着要把谁放在领头的位置，塔帕约鼻子灵，肯定要放前面；其次是塔耶费，一条独一无二、耐力十足的追踪犬，它能识破猎物的诡计，不会跟丢线索。它可不是那种能被猎物的替身把戏糊弄到的猎犬。太阳还迟迟没有升起，他决定先擦擦靴子，给猎枪上上油来打发时间。

他的老婆起得晚，因为她九点才上班，八点的钟声一响，他就出发了。进了厨房之后，他请阿尔芒去通知老爷他在外面等他。老爷已经起来了，因为他几乎是立刻就下楼来了。

一看到狩猎监督官的脸色，安托万·德·拉谢奈便猜出他在为什么事情而激动。单凭他那紧张的面部线条、若有所思的兴奋状态还有不停盯着森林方向看的眼神就能看得出来。

"怎么了，博雷尔，发生了什么事情吗？"

"我有一个天大的好消息。"

"好吧，那您就赶紧说吧。"

"我找到了您之前提过的那头鹿……一头非常高大的鹿。"

他停了一下，想要吊起伯爵的胃口，并好好享受这一刻，可惜伯爵不是个乐意等待的人，因为他已经冷冰冰地训斥道：

"行了，赶紧说吧，我又不是新手！"

"老爷，是一头有十八个叉角的鹿。十八个叉角，我亲眼所见的，没有的话我就不姓博雷尔。"

接下来的沉默让他吃了一惊。伯爵消化了一下他这句话，然后问道：

"您亲眼所见？"

"是的。而且我和追风一起把它赶回了奥尔格弗耶路上。您不知道那狗当时把狗绳扯得有多紧！"

博雷尔知道自己这话里掺杂了一点小谎，但是谁能知道呢？伯爵心情好，这让他没了顾忌。

"追风！这只普瓦图犬从来不会出错，真是条好狗……它的脚印，您已经看到了？"

"清楚得不能再清楚，老爷。我已经用树枝把它的踪迹都标好了。"

"博雷尔，您让我太开心了。我们出发吧！"

拉谢奈一个箭步走下楼梯，连早餐也顾不上吃了。就在这时，贝特朗裹着一件厚厚的睡衣从房间里走到露台上。他手里端着杯咖啡，他举起杯子向伯爵打了个招呼。

"父亲……您现在就要出门吗？"

"正如你所见。"

"我能跟您一起去打猎吗？"

老人立刻停了下来，转脸看向儿子。他想要对儿子宽容点，但是面对这个面无血色的大傻子，他就气不打一处来。他要冒风险让贝特朗去杀这样一头鹿吗？这可能要比把果酱喂给猪吃还要糟！他的反感之强烈让他产生了短暂的羞愧感，他耸了耸肩，便把这羞愧感给打发了。他刚刚想到了保罗，两人简直没有可比性。他对儿子很严厉，那是因为他不值得更好地对待！短暂的愧疚让他变得更加冷酷。

"穿着睡衣围猎吗?！你这身行头在巴黎还行，但是恐怕在森林里就不合时宜了。你还是招待好你的朋友们吧……瞧他们昨天喝得那个样子，估计中午之前都不会起来！"

博雷尔低头站在离伯爵几米远的地方，不敢掺和他们的家事。伯爵话音一落便转身对他一招手，示意他出发。

在麝香的刺激下，情绪高涨的狗群跟在塔帕约和塔耶费后面一路吼叫着、狂奔着。博雷尔刚一把它们放开，它们便在奥尔格弗耶附近四处追寻起那头巨鹿来。那鹿现在已经跑了足足有两小时，把猎犬远远地甩在身后。猎狗们鼻子贴在地上，眼睛半闭着，搜寻着还留有雄鹿气息的路径。猎犬和骑马的人穿过一片辽阔的空地，空地上几个伐木工正忙着把橡木堆成堆。小伙子们站起身来注视着他们从自己面前走过，心里涌上来一阵想把斧子扔掉的冲动。

伯爵最后还是换了身衣服，打扮得十分隆重，他这么穿是出于对那头鹿的尊重，他打算在天黑之前把它拿下。他知道自己这么做很自私，因为他本可以招来几个喜爱打猎的朋友一起行动的，可是他一点也不遗憾，他只想带上自己的狩猎总管进行这次围猎。他和那头老鹿将进行一次棋逢对手的对决，博雷尔和他的猎犬将是唯一的见证者。

远处，离他们有一公里的地方，"巡游者"在荆棘丛中奔跑着，想要逃离危险。时不时传来的刺耳的号角声催促着它加速向矮林深处跑去。它像风一样飞驰，心中不慌不忙，它爬斜坡，跨沟壑，绕开路面太过开阔的小路，穿行在密密的松林之间。当它确定自己已经领先很远之后，停下来歇了一会儿，然后又往反方向跑去，在突然偏离路线之后，往右边逃去。刚才，它已经完成了它的一次折返，重新跑了一圈它刚刚走过的路，想让猎犬们迷失方向。这不是它第一次遭遇围猎了，它知道不能像一头没经验的小鹿一样瞎跑。它当然可以去西边的大林子里寻找鹿群，混在其中，然后实行替身计划，牺牲一头年轻的公鹿，再往沼泽地逃去。可是，本能驱使着它继续奔跑，清晨凛冽的空气让它的血液沸腾。在疯狂的奔跑过程中，它不时地停下来，歇息一小会儿，听听猎狗的叫声，身子则不停地颤抖着。

托托什正忙着解索套，突然看到那头气喘吁吁、满头大汗的鹿闯了过来。这样一头雄壮威武的鹿让他看得目瞪口呆。他眼看着它从自己面前跑过，却做不出任何动作来。然而保罗早就跟他说过！可他倒好，他宁愿闭耳不听，也不愿意听保罗讲，因为他觉得这样雄伟的动物不可能是真的，当然也是出于心底的一点嫉妒。然而他是赏识保罗的，如果他之前相信那头鹿的存在，他会更加赏识保罗……现在该怎么办呢？

刚才在逃窜的雄鹿面前一动不动的小母狗第一个回过神来，用狗鼻子顶了顶托托什下垂的手臂，尾巴像鞭子一样甩来甩去。

"我的老天爷啊！你看到了吗，小男孩？"

刺耳的狗叫声充斥着整片树林，此起彼伏地持续了有一刻钟，简直要把人的耳朵都给震聋了。雄鹿留下的更加强烈的味道让它们越发狂乱，在博雷尔响亮的号角声的支援下，它们的喉咙发出更加高亢的怒吼声。托托什在隐蔽处小心翼翼地往后退。他没什么可担心的，雄鹿留下的路线太显眼了，没人会注意到他。他牢牢地抓住小男孩，眼看着狗群循着鹿的踪迹跑了过去。不一会儿的工夫，伯爵和博雷尔也赶了过来。激情满满的博雷尔满脸通红，朝伯爵喊道：

"它跑得太快了，不能让它再把猎狗甩得太远了。"

"继续追，继续追。我们的方向是对的！猎狗可以超过它……"

博雷尔驾着马追到落在后面的几只狗的身后，吹响号角，催促它们跑快点。

当他们也走远了之后，托托什摇了摇头，为自己不能跟得太近而感到灰心丧气。他得悄悄骑着马，或者变成小鸟跟在后面才能从远处看到围猎的全过程：鹿跑在前头，身后跟着的是吼叫着的猎犬，再后面是骑马的猎手。他没有更好的办法，只能依靠自己的双腿和他对这片土地的了解。好奇心驱使着他往前走去……

雄鹿已经失去了不少领先优势，而且当它找到鹿群时，猎狗们没有中它的替身之计。它冲下一个小山丘，往旁边一拐，跑到一条小溪边，然后踩着铺满小石子的河床往上游跑了有一百多米。如果水流冲掉它的气味，它的跟踪者们就会找不到它的踪迹了……

事实上，当猎狗们几分钟之后赶到小溪边时，它们在岸边四散开来，吠叫着，呜咽着，被突然消失的踪迹搞得晕头转向。它们鼻子贴地，来来回回地嗅着溪边的灌木丛、斜坡和每一块石头，然而那头鹿的气味已经消失得无影无踪。眼看快要到手的猎物被跟丢了，几只猎狗已经开始可怜巴巴地呜咽起来。刚刚从林子中走出来的博雷尔看到眼前的情景，立刻明白了雄鹿的计策。

"退后！退后！"

在让所有的狗整齐地往后退之后，他下了马。他没用多久就在那小溪泥泞的岸边发现了脚印。脚尖的方向便是那头鹿的方向。他把自己的判断告诉了正在一旁焦急等待的伯爵。

"下游方向。我敢拿项上人头保证，它往沼泽地跑了。"

"那就赶紧吧，如果它跑得太远了，我们就追不到它了。"

"塔耶费会把它给我们追回来的！"

他摸了摸塔耶费，然后翻身上马，吹响出发的号角。塔耶费已经闻到了方向，叫喊着把其他的狗聚拢到自己身边，然后立刻就循着踪迹追了出去。

围猎又恢复了全力冲刺的节奏。猎狗们震耳欲聋地吼叫着，奔跑着，猎人们紧紧跟在它们身后。

太阳已经升到了最高点，无情地晒着它的脊背。它周围的一切都在闪烁，一阵强烈的疲惫感涌上它的身体。它已经逃了五小时，跟疲惫相伴而来的是恐惧。它的计策失败了，猎狗正在逼近。

它从树林边缘蹿出来，迈着沉重的步伐，穿过一片蕨草。它的皮毛已经被汗水浸湿，它觉得天空好像要把自己包裹起来，偌大的空间之中只有它一个猎物。狗叫声越发狂野，它们的距离是如此之近，它觉得自己几乎都要闻到它们死肉般的气息。猎狗刚刚从蕨草丛中钻出来，它用尽身上最后的一点力量去逃避它们的追捕，最后，在逃无可逃的情况下，跳进了一个有一百多尺宽的水塘。

当骑马的人赶到池塘边时，四十多条猎犬已经把水塘围了一圈。雄鹿半个身子没在水里，浑身肌肉不停地抖着，它低下头，摆出威胁的姿态，想要吓退那三只一边叫着一边向它游去的急性子的猎狗。虽然它已经精疲力竭，但是还是弓起身子，探出巨大的像长矛一样的鹿角，准备决一死战。那几只普瓦图犬终于小心翼翼地往后退去。就算已经是强弩之末，那鹿依然十分危险。它们只等着它露出破绽便一拥而上咬破它的喉咙。

最后的号角已经吹响……

安托万·德·拉谢奈注视着它，着迷地看着它美丽的身形，它那强健的前胸，还有它那不可思议的鹿角。他从来没见过如此壮丽的鹿角！

博雷尔的心怦怦地跳着，他从马上跳了下来，把匕首从皮质的刀鞘中抽出来，做出一个类似屈膝礼的动作，隆重地把匕首递到主人的手里。伯爵抓住匕首，但是没有露出要下马的意思。他只需进到水里，走到鹿前，出手即可。他知道他要完成的每一个动作，可是他却没有动，但这并不是因为他害怕被鹿角伤到或者是被鹿腿踢到，他停在那里，一动也不动，眼睛盯着巨鹿。

"伯爵老爷，请您原谅，但是您现在就得杀了它。这畜生不知道什么时候就会恢复过来。您还记得我们在沃屈瓦丢掉的那头十二个叉角的鹿吗?!"

老人好像是在梦呓一般，他不得不支起耳朵才听清楚博雷尔说的是什么。

"把匕首收起来吧。让这头鹿活下去。它太大，太美了。简直是个奇迹……"

博雷尔在还没有真正意识到这句话的意思之前，便已经气得血往上蹿，太阳穴突突地跳了。老爷疯了。他之前的一些决定就已经让博雷尔震惊不已，但是那些决定从来都跟围猎无关。在狩猎这件事情上，他们二人就像一个手掌上的两根指头，永远步调一致，现在他却……这简直太过分了，彻底疯了!

他强压住心中的怒火，努力控制自己不要骂出脏话来。

"伯爵老爷! 这样的鹿，一生也就能碰到一次。您清醒一点吧! "

"博雷尔，够了! 我不允许您这么说话! 我看您是忘了您自己的身份! 现在立刻把狗都给我叫回来。"

他的语气毋庸置疑。暴跳如雷的博雷尔只能把心中大部分的挫败感都发泄在那群猎狗身上。猎狗跟他一样不明白为什么要撤退，他不得不动用鞭子，拉住领头的狗的项圈才把它们召回来。

与此同时，拉谢奈的眼神一刻也没有离开那头一直等待时机冲出包围圈的鹿。

当猎狗的包围圈打开，露出逃生的通道之后，雄鹿从水塘里一跃而出，掺杂着汗水的水流从它的身上哗啦流下。有一瞬间，庄严的雄鹿和骑着高头大马的老人相互对视着，然后，那鹿走到岸边，往树林边跑去。一跑到树林跟前，它便毫不犹豫地往森林深处跑去。

放学铃声已经响了，但是老师让保罗留了下来，要检查他的惩罚作业。当其他的学生都离开之后——个别学生徒劳地拖着不走想要弄清楚怎么回事——他把作业本递给了老师，然后心情略带忐忑地等着她小声念完。

"……它的角是件真正的饰品。不少于十八个的叉角形成了一顶王冠。那是森林之王的王冠。"

她皱着眉头放下了作业本。这让他担心起来。通常沙西涅克小姐是很喜欢他的作文的。

"写得不好吗？"

"不是，写得很好……"

"您看上去可没有很高兴！"

"我只是在想……这头鹿，你是真看见它了，还是想象出来的？"

"我看见它就像我看到您一样，而且我还看到了它两次！第一次，是在骑马小道上。"

"我担心的正是这个。听着，保罗，你不要告诉任何人，听好了：不要告诉任何人！"

"为什么？"

"它会有危险的。"

她的语气中透露出来的一些东西让他恍然大悟，一个强烈的想法浮现在他的脑海。

"您也……您也见过它？"

"我保护它已经有五年的时间了。"

"我的鹿?!"

242

"你的鹿，把一头野兽说成是你的并不准确，但是如果你指的是你见到的那头鹿，是的，我承认。你很清楚不可能有两头那样的鹿。这头鹿本身已经是大自然的一个奇迹了。"

"您是怎么保护它的？"

"我只是保持了沉默。不要告诉你周围的人，尤其不要告诉伯爵。这样一头雄伟的公鹿，他会想要打来把鹿角挂到墙上去的。你想要这样的结果吗？"

"不想！"

"好了，我不是要责骂你，但是你得知道这样一只动物在索洛涅意味着什么。你随便透露出去一个字，它就完蛋了。你明白吗？你会保守秘密吗？"

"我发誓！"

虽然他发了誓，但是内心一直惴惴不安。他已经告诉过托托什了，而且在托托什不相信之后，他又几乎完完整整地跟伯爵讲了一遍。这样他还能算保守秘密吗？

当他们走到学校院子里时，看见托托什和他的小母狗正在栏杆外等着。保罗忘记了要小心谨慎，朝他们跑去。他还没来得及高兴，托托什便已经冲他古怪地笑着说道：

"关于那头鹿的事情，你是对的。"

"你也看到它了？"

"当然喽！真是威风凛凛啊。伯爵跟博雷尔一起去抓它，一直追到它被猎犬团团围住。"

保罗感觉自己的双腿一下子软了。懊恼之下，他差点摔在地上。都怪他！他不该告诉伯爵的，现在一切都晚了。

蒙泰纳听到了托托什的最后一句话，颤抖着声音问道：

"他们把它杀了，是吗？"

"他们把它逼到一个水塘里。然后发生了一件令人难以置信的事情。伯爵他……老天哪，他肯定一生都想要抓到这么一头有十八个叉角的鹿，我简直不能相信……"

"他做了什么？"

"他把它给放了。就这么给放了，在最后关头！我差点以为我眼花了呢。他让人把猎狗召了回去，于是那头鹿就逃走了。他就这么轻易把它给放了！"

"您不是在开玩笑？"

"当然不是！你要是不信的话，我可以带你去看它，因为我知道它现在在哪儿呢。我为了跟它，一直躲在下风向，不让它发现，累得都能脱层皮，最后我终于追上了它。不过呢，它已经累成那个样子了，没能跑多远。不过一切疲劳都是值得的！他妈的，那可真是头漂亮的鹿啊！真是巨大！"

看着两人惊呆的样子，托托什发出了响亮的笑声。

伯爵命令博雷尔把狗群带回去，它们今天围捕得很卖力，虽然没有抓到猎物，但也会得到两倍分量的肉作为奖赏。伯爵知道博雷尔心里不是滋味，在让他离开之前，向他重重地表示了感谢。他不是没有看到博雷尔脸上的不高兴，他自己也不能理解自己的举动，然而他才是这片领地上唯一的主人、唯一做决定的人。放了那头鹿，让他心中充满了一种奇怪的、疯狂的、比他以前杀死那么多头鹿都要来得更加愉快的喜悦。

这是一种新奇的感觉……

那头美丽的动物依然萦绕在他的脑海里，他决定不顾自己的那把老骨头，围着自己的领地绕一圈。在骑了好几小时的马之后，他已经跟"暴风"融为了一体，他透过高大的树林欣赏着太阳，倾听小鸟的声音，感受着生而为人的满足……当他想要回去的时候，下午已经快要结束了。他感到幸福，甚至是愉悦。这不仅仅是因为他放了那头鹿，而是因为他确定保罗会支持他的做法的。他的外孙……想到要把这件事情告诉保罗，他不禁露出了微笑。

他看到路障在黄昏的光线中慢慢显出形来。安托万喜欢放马跳过它。最近一两年来，出于小心，也许是出于惰性，他习惯了绕开它。这天晚上，他产生了想要再完成最后一个壮举的冲动，他知道他能跳过去，于是他不再多想，驾着马快跑起来。

"暴风"好像跑得很艰难。在最后一秒钟，面对路障，它退缩了，仰头直立了起来。安托万感到自己被往后甩了出去。坠落的过程好像过去了一个世纪，然后他重重地摔在了地面上。他应该是昏过去了一会儿，没有很长时间，因为当他再睁开眼睛的时候，光线几乎没有变化。一个可怕的重量把他钉在地上。他想要呼喊，但是他的马已经不见踪影。他想要动动身子，却疼得龇牙咧嘴，动弹不得……

第五部分

L'École buissonnière

伯爵的救赎

站在床前的医生认为伯爵的情况很令人担忧。不幸之中的万幸，夜幕刚刚降临，他就被找到了。马夫见到"暴风"独自回到马厩，觉得事情不妙，立刻跑去通知了阿尔芒，阿尔芒随即带上庄园里的人手前去找他。半小时之后他们便找到了半昏迷状态的老人家。

诊断结果很糟糕：除了股骨头骨折，颈部受伤，最令人担心的还是胸膜穿孔。稍微动弹一下就让他疼得直哼哼。他的脖子套着项圈，到了晚上只能打盹，睡不着觉。第二天早晨十点刚过，当他儿子前来看望他时，他既感到心里不快，又觉得自己的身体状况越发糟糕。他不愿意向儿子承认自己的焦虑不安，反而嘲讽道：

"你看，这里果然有危险……"

他的话被一阵让人揪心的咳嗽打断了。

一脸倦意的贝特朗刚刚吃完早餐，身上还带着咖啡的香气。看到父亲痛苦的样子，他窘迫得不知该如何回答，他恭恭敬敬地回了一句，但是故作轻松的意图更加凸显了他的笨拙：

"父亲，您说得有些夸张了。"

"我恐怕没有。我这一摔让我不得不待在屋里躺着，到了我这个年纪，卧床不起通常意味着离死不远了。我只担心这片领地没人照顾……"

贝特朗不知道父亲的这种轻蔑是故意的，还是他这种惯性地把自己排除在外的做法已经变成了他的一种无意识的条件反射。说到底，这些都不重要，因为结果永远都是一样的。他忍不住心中的愤恨说道：

"我知道，您身边没有一个人能继承您的事业，没有一个人能值得您信赖……"

伯爵不仅没有因为他这话而消停，反而带着一股无名火冲他吼道：

"你做了什么值得我的信赖？你这辈子有工作过一天吗？"

"这能怨我吗？我想做汽车生意的时候，您都不给我钱！您不公平！"

"现在说我不公平了?!你能说出这话来，我一点也不惊讶，既然我们已经把话说开了，那就说到底。你说你要做生意？我看你只是为了在你那些有钱朋友面前耀武扬威，继续地游手好闲！你只是想给自己买几辆新车，再像以前一样撞坏！而且我敢打赌用不了多久，你的那辆瓦赞就会翻到阴沟里去！"

"这就是您的真实想法！您凭着几句话就给我定了性，连一次机会都不肯给我！我妹，您本来可以帮她的！"

伤了自尊心的贝特朗为了伤到父亲犯了一条大忌：从来没有人敢提玛蒂尔德。看到父亲本来就因为失眠而发白的脸色一下变得血色全无，他把心中泛起的负罪感又压了回去。没有这次事故，这次激烈的争吵永远也不会发生。他们会继续装模作样下去，回避一切敏感话题。然而，看着这个倔强的老头躺在那里半死不活的样子，他感到有什么事情即将发生，他们之间的力量平衡正在发生微弱的变化。老头可以继续劈头盖脸地骂他，但是老头已经失去了往日的傲慢。从今往后，一部分权力将转移到他的身上，因为他是继承人……

伯爵好像猜到了他的心思，他想要坐起身来，一用力又引起一阵咳嗽。就在这时，外面传来了敲门声。贝特朗十分高兴这让自己省了找借口的麻烦，连忙跑去开门。一个孩子站在门口，腼腆地冲他笑了笑。他认出是那天他见过的孩子，正要把门直接关上，但是父亲突然露出惊人的活力喊道：

"进来，我的小保罗，进来……"

为了不让矛盾更加激化，贝特朗给他让了路，走到窗边，把胳膊架在窗台上，装出一副不在乎的样子。这次父亲简直是过分到了极点，对待随便哪个阿猫阿狗都比他强！这个孩子莫名其妙地出现在门口，他父亲就把他请进屋来，让他闯入他们父子的私人空间。他用眼角余光偷看着父亲，只见父亲容光焕发，脸上洋溢着难以解释的喜悦。难道他已经老糊涂了？不然他为什么要对一个用人的孩子这么在意呢？一种自己是多余的感觉涌上他的心头，他却不知道自己为什么要这样想。这两个人旁若无人地聊着一本书。他想要找一个体面的方式离开，突然又想起来博雷尔之前给他讲的一件离奇事，他刚才一激动差点把这事给忘了。

"对不起，父亲，我有个问题一直想要问您……我听说您把一头罕见的雄鹿给放了。博雷尔还在为了这事不高兴呢。"

"对啊。"

"这还真是奇怪了啊！您为什么要放了它？"

"为什么？当然是为了感恩……"

伯爵的眼睛一直没有离开保罗。他的脸上挂着和蔼的笑容，这种和蔼贝特朗已经有多少年没有体验到了，与他冷冰冰的话语形成鲜明的对比。他感到自己受到了排斥，不配享受这种可笑的投向他人的善意。他对那孩子的讨厌突然变成了一种嫉妒和病态的敌意。

他连招呼都没打就转身出去了。有些事情该改一改了，他不能再允许自己被这么轻视下去了。

雾散了，露出一片金色的旷野，紫色的欧石楠闪着光芒。苍白无力的 10 月太阳还来不及把大地晒干，骏马脚下的土地还是软的，带着淤泥。

这群奇装异服、武装到牙齿的巴黎骑士出现在这里，显得有些格格不入。贝特朗自己心里也清楚，但这滑稽可笑的画面远没有让他感到不舒服，反而让他觉得有趣。要是那个把索洛涅看得比命还重的老头子能看到这个画面就好了，肯定会气疯了！他这么想，确实是有点小肚鸡肠，但是这至少能让他有点复仇的感觉。众人之中，除了他的未婚妻穿得还算有点下乡秋游的样子、自己穿得像个乡绅家的儿子之外，其他人的穿着在这片适宜打猎的地方多少有点不同寻常。伊冯娜和欧仁妮穿着一件从尼斯的一家时装店紧急定制的女骑士套装，看上去更像是参加宴会的晚礼服而不是运动装。半圆形的马帽把她们的额头勒得生疼，覆盆子色和祖母绿色的裙子让她们显得肩膀老高，没了脖子，不过优雅的风度还是有的。至于男士们，他们认为狩猎绝对是一项展现男性雄风和高级的运动，因此特地在一家专业的商店定制了服装，但求卓越。崭新的布料在阳光的照耀下格外显眼，再加上那些闪闪发光的纽扣，远远看上去还以为是戴勋章的元帅们呢。

他们下午过半时分才上路。领地上的马厩经年累月已是破败不堪，他们的马匹是从附近的一个乡绅家借来的。那人是个银行家，跟欧仁妮的父亲偶尔有些来往。

博雷尔一脸忧虑地从一条小路上走了出来。按照贝特朗的指示，他之前已经先出发去寻找雄鹿的踪迹。贝特朗催马走上前去与他会合。就在骑行过程中，他发现自己右脚靴子上沾了一个泥点子，便拿出手绢去擦。当他起身坐直之后，发现博雷尔正盯着自己看，眼神中好像还带着一丝不屑，显然是看见了自己刚才的优雅举动。他觉得自己被人抓到了痛点，心中不免生气。

"怎么样？您发现它的位置了吗？"

"除了一条出路以外，我没有再在别的地方发现它的脚印，它好像凭空消失了一样！也许得搜遍整个林子才能确定它的出没范围。而且还得一早就上路，因为现在这个时间……"

博雷尔话中明显带着质疑的意味。博雷尔这是在顶撞自己吗？博雷尔显然是听他父亲的，但是就凭他的身份，还轮不到博雷尔来教训自己！心中的怒火让贝特朗的态度更加强硬。

"我不管！不管是用狗把它给我追回来，还是把地都给我铲平了，您都得给我把它找到！"

他们互相对视了一会儿，双方都很清楚对方的底细。这里面不仅仅只有那头鹿的事，博雷尔很清楚这一点，他大着胆子回嘴道：

"伯爵老爷已经把它放了，您不能……"

"不要再质疑我的命令，博雷尔！伯爵现在起不来床，现在轮到我当家！您现在每天都给我去抄山！只要您发现了它的位置，我们就会去抓它！"

他故意把博雷尔晾在那里，甚至都没有等博雷尔的回答。他的朋友们正好听到了两人对话的尾巴，他便故作雀跃地冲他们喊道：

"我们的狩猎监督官正要去追踪那只动物，我们先去抓几只野鸭怎么样？"

"您说的是昨天提到的那头鹿吗？"

欧仁妮看着他，嘴巴半开着，有点气喘吁吁的样子。宰杀动物的画面唤醒了她身上自己之前都没发现的嗜血本能。骑马让她精神振奋，眼前这片曾经因为下雨而令人失望透顶的荒野，如今在秋日阳光的照射下散发出一种未知的魅力。金色的树叶，令人头晕的泥土的芬芳，长着芦苇草的波光粼粼的水塘，还有起伏不定的灯芯草丛，一切对她来说都是那么美丽、奇特和出乎意料！她的话让贝特朗受宠若惊，他立即殷勤地回道：

"当然。我不知道父亲为什么突然变得这么敏感，他也许是累了。我可没他那么宽容。我们是来打猎的，我保证一定会让您见血！"

弗洛朗丝怒气冲冲地瞪了他一眼。

胆小的伊冯娜小声喊了出来，这让他暗暗觉得有些可笑。弗洛朗丝一句话也没说，走到了他们的前面。自从到了这里之后，她就在为欧仁妮跳舞那件事生闷气。就连未来的公公坠马也没能让她的态度软化下来。贝特朗经常在想结婚之后不知道她的脾气会不会改。传言说，蜜月之后，女人的脾气就会定下来。她是会变得更好相处呢，还是会更加无理取闹呢？他不太记得自己的母亲了，她走得太早，但是他心里记得她是个性子宽和的人。

为了在欧仁妮面前出风头，爱德华和亨利开始互相比较起他们的猎枪来。这两个单身已久的年轻人之前都没怎么注意过她，但是自从到达的那天晚上，她显露出豪放的作风之后，两人之间便开始暗中对立起来。他们都在追求她，但又不愿意承认，这种暗中的较量激发了两人身上好斗的个性。

所有人又重新上了路，他们一边骑着马，一边闲聊着，大笑着，大声地说着话，为这次新奇的体验激动着。当他们走近池塘时，一群野鸭被他们的噪声扰到，飞上了天。他们立刻开始准备战斗。猎手们下了马抓起枪便开始射击，女人们则叽叽喳喳，被剧烈的枪声吓得花容失色。亨利是第一个把枪架到肩上的，贝特朗紧随其后。爱德华和弗洛朗丝迟了一会儿才有样学样。三声枪响，之后又是一声。弗洛朗丝慢慢悠悠，她喜欢猎枪发出的震耳欲聋的声音，还有那种击中猎物前时间静止的感觉。可是这次，她却什么乐趣也没有享受到。男人们重新上膛，射击，他们的匆忙射击破坏了她的兴致。好在野鸭很多，这些鸭子以前从来没有被人围捕过，它们不知道要展翅逃跑，只知道围着池塘打转，每转一圈回来都直接撞到枪口上。几只飞在空中的鸭子被霰弹击中，一个接一个地打着圈掉下米。火药呛人的味道刺激着猎人的鼻子，虽然他们的眼睛也因为受到刺激而流出了眼泪，但他们突然生出了战无不胜的感觉。他们好像发了疯一样一枪接着一枪地射击，看到许多鸟儿晕头转向地飞上天，他们越发感到兴奋。白鹭、苍鹭、鸬鸟等鸟儿全都飞上天去，逃出他们的扫射范围。

贝拉就在离他们有三百米远的地方，当她听到第一波枪响时，便从树上跳下来开始跑。枪声意味着屠杀。这肯定不是叔叔偶尔会说起的世界大战，但是当她看到杀戮的场面时，她感觉自己差点要晕倒。

当她赶到时，伯爵儿子刚刚打死一只灰白色的苍鹭，她心中立刻燃起一股熊熊的怒火。这鸟是他们的神鸟！这个人不由分说就杀了它，单纯只是为了找乐子！盛怒之下，她冲到了他的面前。

"杀死沁尔科洛会给你带来厄运的！我诅咒你，白猴子！"

就在他目瞪口呆地看着她的工夫，她好像一只发怒的猫一样，手指弯成钩状，直指他的心脏，用母语继续骂着他。他不用翻译也能明白她的威胁！

——*Hou kré katé? u rodé? ava ki marel, méro lo! Diko tou gadjo, O veÿnt pérèl ap toute!*

弗洛朗丝已经退到了她的女朋友身边，和她们一起小心地躲在后面。她的动作把贝特朗从呆若木鸡的状态拉了出来。被一个野姑娘吓到让他的自尊心受到了莫大的羞辱，他气得脸红脖子粗地开始吼道：

"小巫婆，快点给我滚蛋！"

"你去死吧！"

她拔起腿就跑，他不假思索立即追了上去。他比她强壮得多，但是她跑在前面，两只脚上几乎没穿什么，像一头小野羊一样灵活地跳过路上的坑坑洼洼。心中累积的挫败感和找个人来撒气的想法刺激着他加快了脚步，已经发生太多的喊叫和咒骂，太多的赌气和无谓的挑衅了！这个小巫婆要为自己和别人的咒骂付出代价！他伸出手，碰到了她那像棕色火焰一般飘动的头发。他开始喘不过气来，但是那女孩就近在咫尺，他用不了多少力气就能抓到她了。他想跑快点，但是脚下的泥土变得松软起来，他感觉自己慢了下来。她也慢了下来。他用尽全身剩下的最后一点力气，往前冲去，就在这时，她优雅地一个起跳，从一个泥潭上方跳了过去。而他躲闪不及，悲惨地摔了下去，脑袋撞到一摊黏稠的散发着恶臭的淤泥上。他在那淤泥里趴了一会儿，压住心中想要怒吼的冲动，因为这么做只会让他的境况更加可怜。

那个吉卜赛女孩已经躲进树林里没了踪影，他好像还听到了她得意的笑声。他艰难地爬起来，把黏在衣服上的泥土擦掉。在他身后，没有人敢动一下。

他们把鸟的尸体装进猎袋里，然后又把装不下的挂在了马鞍上，鸟脖子贴着马肚子不停地晃荡着。把猎物全都找回来花了他们半小时的时间。贝特朗忘了带一两只狗过来，因为这通常是博雷尔的工作。所以他们不得不自己到欧石楠花丛里、池塘岸边和灯芯草丛中去把那些鸟儿找回来。幸运的是，这里的植被长得不高，他们可以轻易发现落在其中的羽毛，至于那些找不到的，就只能便宜狐狸了！他们找到两只像雪一样白的白鹭，一只灰白色的苍鹭，还有二十七只野鸭。打到这许多的猎物，又受到狩猎氛围的感染，他们热情满满地接受了主人的提议。他们的打算是一起去找那个放肆的吉卜赛女孩，好好教训她一顿！贝特朗知道那些吉卜赛人的老巢在哪儿，走过去不用绕多远的路。

当他们快走到那片空地时，他示意大家快马向前冲。他们像一群从地狱里蹦出来的骑士一样冲到了营地中间，把一群破衣烂衫的孩子吓得几乎是在马蹄底下四处逃散。几个在附近河边洗衣服的妇女跑了过来，当她们把孩子都找回来之后，便与他们拉开距离，摆出防守的架势。男人们这时也出来了，围在首领周围。首领表情凶狠地朝他们径直走去。他留着小胡子，脸色黝黑，肌肉虬结，气宇不凡。当他走到骑士面前后，冲他们仰起了下巴，丝毫没有被他们的阵势吓到。贝特朗挺直了胸膛，现在该是压制一下这些人的气焰的时候了，这个浑蛋等着瞧好了！

"那个野姑娘，她在哪儿？"

那人没有回答他，只是打量着他，好像是故意要激怒他。

叔叔们的到来让孩子们稍稍感到安心，他们纷纷从女人的身边走开，想要走近一点把白猴子们看清楚。那些穿着华丽的女人尤其让他们好奇。弗洛朗丝尴尬地注意到有几个缺牙露肚的孩子在冲自己笑，他们虽然浑身上下脏兮兮的，但那笑容却令人感动。

没人注意到最远处那辆陈旧的大篷车的窗帘在动。贝拉藏在里面，奶奶不让她露面。无论发生什么事，男人们会处理的，她必须藏起来。外面，那个白猴子猎人已经开始失去耐心。

"那个坏女孩在哪儿？"

"你是说那个让你在泥地里打滚的女孩吗？"

见那个吉卜赛人说话间指着自己衣服上的泥点子，贝特朗差点想要踩死他，让他为自己的无礼付出代价。

"你居然敢不跟我用敬语！看来你就是这帮流浪汉的首领吧！"

"那你呢？你们这群凶手的首领？"

虽然心中的怒火越烧越旺，贝特朗表面上还是装出不以为意的样子。

"你这个土匪少给我耍滑头，还是承认你把她藏起来的好……"

"土匪？为什么说我是土匪？我抢你东西了？"

"该死，你们吉卜赛人全都是偷鸡贼！"

"那苍鹭呢？你还要说我们偷了你的苍鹭吗？"

贝特朗感到跟这些人费口舌一点用处也没有。对付这些肮脏的乞丐，只能来硬的。

"我给你们明天一天时间离开这里，你们所有人，包括孩子和女人。"

"你父亲不会让你这么做的。"

少伯爵脸上露出恶狠狠的笑容，耀武扬威地说道：

"我父亲！你还不知道他生病了吧？而且他还病得很重，他已经让我管理这片土地了。"

那个吉卜赛人没有说话，只是打量着他，轻蔑地撇了撇嘴。贝特朗知道自己无法掌控局面太长时间，而且他不能冒着一败涂地的风险跟对方打起来，于是他一边掉转马头一边说道：

"滚出去！我给你和你的部落二十四小时离开！"

小小的营地上，没有一个人在动，就连孩子们也停止了微笑。贝特朗驱马离开营地，他的客人们也驾马小跑着跟了上去，心中痛苦地感到他们好像是被赶出去的。

今天，他要一个人走进狗圈。

客人们都离开之后，他知道自己可以不受打扰地待上好一阵子，便又回到了狗圈。他跟老人发过誓，他要勇敢点。

这天早晨，当伯爵询问他是否成功接近狗群时，他感觉羞愧极了。老人正在忍受巨大的痛苦，却没有抱怨过一声，而且还问了自己一大堆问题：以前在巴黎的生活是怎么样的？学校里的成绩如何？狄更斯的小说读到哪里了？喜不喜欢这里的生活……然后他讲了那头鹿的事情，讲了自己和博雷尔如何把它一直追到普瓦尼水塘，那头巨鹿是如何转头看向他，它的眼神里散发着怎样的光芒，他是如何不忍心让那光芒熄灭的。时间又是如何突然静止的，他又是怎样感觉到那头鹿的呼吸节奏跟自己的节奏落在了同一个频率上。他最后说道：

"你知道吗，这么说可能有点可笑，尤其是在我这个年纪，但是我觉得昨天在那个雄鹿等死的水塘前面发生了一件重要的事情。我不知道是因为什么，是不是造化弄人，但是我坚信如果我当时杀了它，那就是在亵渎神明。然而我热爱打猎，而且我从来没有过那些不懂我们习俗的城里人才有的多愁善感。我没能下得了手。而且就算我现在躺在这里，我也不后悔这么做。我的最后一次打猎……"

他重又躺回到枕头上，气喘吁吁地不停重复着"我的最后一次打猎"，保罗帮不上任何忙，喃喃地对他说道：

"我会驯服狗群的，我向您发誓。"

他深深地吸了一口气，然后打开了栅栏。

猎狗们温顺地看着他，其中一只立了起来，耳朵尖尖地竖起来，像长音符号一样。很快，那几只领头的公狗靠了过来。他保持着镇定，把身后的栅栏关上。他应该控制好呼吸，然后不停地在脑海里重复着："没事的，不要害怕，是你在发号施令。"狗群叫喊着包围了他，他看到一大堆湿漉漉的鼻子、龇出来的牙齿和伸出来的爪子。有些狗跳起来想要够到他的脸。他必须让它们安静下来，不然的话，它们相互之间会打起来的。他底气不足地喊道：

"后退！路西法，塔帕约，追风……"

他就是背一段诗或者读几段狄更斯的小说估计也会得到同样的结果！那些狗好像完全没有听到他的命令。博雷尔每次都能让它们听话。保罗拿出一直藏着的木棍，在空中挥舞着。这是他在没有更好的办法之后的最后选择。

"后退！路西法，塔帕约，追风！我说了，后退！"

这次，猎狗们有反应了，于是他又语气坚定地重复道：

"后退！后退！"

猎狗们立刻后退了。有几只打着哈欠趴到一边，好像是对他失去了兴趣。保罗想知道它们的顺从是出于害怕木棍还是听到了他的指令，于是藏起木棍，厉声喊道：

"追风！"

一只普瓦图犬向他走过来。保罗还没来得及往后退，那狗已经后腿站立扑了上来，用舌头大力地舔着他的脸，接着又发出友好的喘息声，那声音半似尖叫，半似舒服的咕噜声。顷刻间，其他的狗也受到了感染，全都向他靠过来，想要得到他的抚摸，舔到他的脸颊，轻轻地咬到他的手，保罗开心地忍不住大笑起来。这就是一直让他害怕的凶残的狗群，其实它们就是一群只想着玩耍和舔人的大狗！

伯爵知道自己战胜了恐惧，兑现了诺言之后一定会开心的！保罗急着想要跑去找他，把事情的经过完完整整地告诉他，好让他忘了胸口疼……就在这时，保罗意识到他第一个想到的人居然不是托托什，而是那个卧床不起的老人。一想到他受伤了，保罗心里就莫名地难过，还有点担心。因为塞莱斯蒂娜的谎言，他感觉自己浪费了好多时间，他本来可以有更多时间跟他待在一起的，他们可以一起讨论书籍，打猎，还可以交换经验。在确定没有旁人能看到自己之后，他腼腆地在胸前画了个十字，然后学着已经烂熟于心的饭前经，小声祷告道：

"上帝啊，请你保佑伯爵，感谢你的圣恩庇佑他。我谢谢你，因为他放了那头巨鹿，感谢你的所有善行。请让我们的灵魂安宁，让他早日康复。阿门。"

17

　　五天时间过去了。病人的身体一点也不见好转，他的胸膜穿孔的状况也变得令人忧心，但是当医生建议把他转移到附近城里的医院看病时，安托万坚决表示拒绝。他绝不会离开这里。尤其是贝特朗在一旁筹划着各种小动作，好像是要在这里扎根不走了。因为要赶走吉卜赛人的事情，他已经不得不插手了。是博雷尔通知他的。不管博雷尔的心里是怎么想的，博雷尔表现出来的忠心是毫无瑕疵的，如果伯爵不幸去世了，他就只能听从少主人的命令。但是现在，他不会违背伯爵的意愿，就算他觉得伯爵在自己的土地上收留一群流浪汉实在是可笑至极……

　　当儿子以为终于摆脱掉了吉卜赛人，却发现父亲把他们请到了自己的屋檐下，两人发生了激烈的争吵。吵架让病人脸上血色全无，伯爵绝望地发现贝特朗暴躁的性格越发严重，而他自己却无法理解儿子。

　　这个周日，快到下午五点的时候，德·拉谢奈让人把窗户打开。他再也忍受不了护窗板一直关着，好像要把他埋在屋里一样；他也忍受不了药水的味道，用人们的轻声细语还有来访者那副不自然的样子。他们几乎要把他当成死人了！说实话，只有保罗的到来会让他感到开心。眼见塞莱斯蒂娜一副没听见自己说话的样子，他吼道：

"我还没死呢，把窗帘给我拉开，我都要喘不过气来了。我等人来看我。"

"今天是满月，您这样会睡不好的。"

"我不在乎！我死了之后，有的是时间睡觉……"

"耶稣，玛丽，约瑟夫啊，老爷，您可千万不要这么说！"

善良的塞莱斯蒂娜想要掩饰难过的情绪，给他递过去一碗热汤，但是他一皱眉，把碗推了回去。

"您不喜欢我做的肉汤？您得吃点东西……"

"谢谢，我什么都不想吃。我的小保罗怎么还没来……"

"我让他去忙别的了。他会让您累着的。"

"正好相反，跟他说话才是休息。只要我还……我就能多了解他。叫他回来。"

他闭上眼睛等了一会儿，贪婪地吸了一口潮湿的空气。他开始失去耐心，顾不得身上的疼痛，激动起来，嘴里呻吟着。

"卡拉代克到底在干什么？将军解除他的任务已经有一周了，他应该到了不是吗？"

"再多等等吧，路上远着呢。"

"简直是永无止境，好吧……"

他发出一声可怜的干巴巴的笑声，把伸过来帮忙的手推了回去。

"人生真是不可预料啊。您想想，这个人抢走了我的女儿，我恨他入骨。现在我却只想着见到他，跟他说话。我觉着，如果上帝多给我点时间的话，我甚至可能会喜欢上他……"

公园里传来一阵尖细的音乐声，被紧闭的窗玻璃降低了音量。

"您听到了吗？"

塞莱斯蒂娜一脸关切地点了点头。

"您还是把汤喝了吧。按照您的口味，我炖的时候在里面放了鸡架。"

伯爵半靠在枕头上，侧耳听着，突然露出了笑容。

"请把窗户打开。"

"您会着凉的。"

"我裹得还不够厚吗?!"

"我听到您说话了! 您这么激动对身体不好! "

善良的她说着还是去把窗户开了条缝。草坪上，橡树林后面，吉卜赛人正围坐在一个篝火旁边。他们拉着奇怪的小提琴，唱着歌，拍着手。跟保罗待在一起的女孩正光脚跳着舞，好像集市表演中经常能看到的埃斯梅拉达，就差会讲故事的说书人和耍把戏的人了!

"这种热闹的活动可以有! 快看，那孩子在那儿! "

"保罗? "

"还能有谁?! 他还有个伴，是那个他整天跟在人家身后的吉卜赛姑娘! "

"他都没跟我讲过。"

"确实，不过这一点也不令人惊讶，这种事情人都是藏在自己心里。"

"初恋的悸动……"

老人伤感地叹了口气。保罗……恋爱了? 还跟一个野姑娘! 他做得对。他自己为了遵守那些社会规矩浪费了多少生命啊! 他想到自己曾经是多么懦弱，被自己的责任所奴役。就连想让他开心，从不抱怨的温柔的让娜……

塞莱斯蒂娜站在窗边，嘴里还在不停抱怨着:

"您这边病着，他们还在那里又唱又跳的! 他们怎么还有脸吃喝作乐?!"

"塞莱斯蒂娜，不要生气了！是我让人请他们住到这里的。他们是为了我才又唱又跳的，是为了向我表示尊敬。"

"我想也是！您允许他们在您的领地上安营扎寨，当贝特朗先生想要赶他们的时候，是您保护了他们……他们当然应该感激您！"

安托万·德·拉谢奈已经不再听她说话。他听着欢乐的音乐，冲着天花板露出了微笑，沉浸到年轻时候的回忆之中。

客厅里，巴黎来的客人们正在没完没了地打着桥牌。在没找到那头该死的雄鹿之前，贝特朗不想听到任何关于狩猎的事情。它被发现之时，便将是他们展开一场排场堪比路易十四的围猎之时！而现在，他们已经无聊透顶，整日里大吃大喝。因为伯爵病着，他们既不能大喊大叫，也不能放爵士乐，除非是把音量调到最低。因此，当吉卜赛人开始唱歌时，客厅里的气氛变得有些尴尬起来。女士们想要出去凑个乐子，但是这么做就是不给主人的面子，因此也不能去。为了打破尴尬的局面，爱德华借机喊道：

"老朋友，你已经欠我六千法郎了。"

贝特朗的脸抽搐了一下。他的债务增长的速度令人惊慌，这意味着他将不能像过去一样大手大脚，这让他心中不禁恼怒。

"嗯，等我们回到巴黎我就还你。我现在兜里一分钱都没有！"

爱德华不敢回嘴。作为客人，他只需要把这笔账先记着便可。贝特朗想要再给自己倒上一杯陈年的波尔多酒，结果发现酒瓶空了，便摇响呼唤用人的铃铛，用一种过分欢快的语气喊道：

"朋友们，先停一会儿吧！英国人喝茶，我们饮酒！"

亨利倒在一个躺椅上，打着哈欠。爱德华趁机走到正在无所顾忌地偷看着公园的姑娘们的身边。贝特朗假装看着留声机，现在放上一张唱片，等于让人知道他在不高兴。管家终于出现了，打消了他的迟疑。

"阿尔芒，快把跟这同一个产区的酒给我们拿几瓶来！"

他晃着手里的空酒瓶，但是管家一脸尴尬地道歉道：

"少爷，已经没有了。"

"怎么可能？"

"老爷让我把最后几瓶送给……"

"送给谁了？"

阿尔芒一脸狼狈，不敢看他的眼睛。

"快说，送给谁了？"

"送给吉卜赛人了，少爷。"

贝特朗差点背过气去，但是立刻又恢复了正常。他不想让人看到自己的不快。他摇着头假笑了几声，好像是觉得整件事情十分可笑。

"这样的话，那就随便拿几瓶能喝的酒过来吧。"

这将是父亲最后一次这么无礼地对待自己了！没外人的时候这么做也就算了，反正他也习惯了，但是当着自己朋友的面这么做就太过分了！他打开巨大的落地窗，走到露台上，也不管有没有人看见自己。

他们都来了，男的女的，老的少的，披着披巾，穿着绣花的坎肩、颜色鲜艳的裙子甚至是天鹅绒的斗篷！一群盛装打扮跑来向父亲致敬的穷鬼！他们在一辆手推车上架起了一个结实的火盆，火苗在火盆里欢快地跳动着，他们围着火盆，乐手们拉着蹩脚的小提琴，其他人拍着手。一个女孩正绕着火焰旋转着，舞姿还挺优雅。那不是之前咒过他的吉卜赛女孩吗？

他感到有两只胳膊围了上来，闻到了弗洛朗丝甜腻的香水味。

在那一小撮人群中，一个人转过身来面向露台，好像是发现了他们的存在。他留着一撮细细的小胡子，虽然他们中间还隔着一定距离，但也能看出来他在笑。是那个首领吗？他举起手里的酒杯，一仰头把酒干了。贝特朗攥紧了拳头，弗洛朗丝肯定也看到他了。这些穷鬼早晚有他们的好看！

比起两人都沉默，他更愿意开口说话：

"我到底为什么回来呢？我父亲一直不理我。从来没对我说过一句好话，也从来没鼓励过我……"

"亲爱的，他跟我们不是一代人。他大概不知道如何表达情感。"

"对我肯定不是不会！"

"你不要太倔了，他都快要死了。"

"我不能因为这个就原谅一切……"

"当然不能，但是赌气解决不了你们之间的任何问题。"

"我还记得……我八岁时，想要跟他一样骑马！我跟他要一匹小马作为圣诞礼物。他拒绝了，说我得先学会骑马。于是我每周四都偷偷去骑马场。我想让他为我骄傲。"

"他肯定是为您感到骄傲的！"

她安慰着他，靠紧他，而他则在回忆的重压之下，激动起来。

"有一天，庄园里来了一匹小马。我高兴坏了。我以为那是给我准备的，于是我更加努力练习，但是我错了。那匹小马是给我还不到五岁的妹妹准备的！说到底，玛蒂尔德才是他心目中的儿子。她死了跟我一点关系也没有，可是我觉得就连这事他也怨到我头上……"

他听到一声啜泣声，等了一下。当他确定是弗洛朗丝在哭时，他转脸看向她，抬起她的下巴，急于知道她难过的程度。她苦笑着，面容有些扭曲。

"亲爱的，谁把你惹哭了？"

"当然是你啊，你这个不被人理解的小男孩，真是太令人难过了！"

"啊……你真信了？我父亲确实一直偏心玛蒂尔德，但是至于那个求父亲给我一匹小马的故事嘛，老天哪，我还没有可怜到那种地步！"

她震惊地看着他。他这是在故作坚强还是又耍了一个小伎俩？她有点生气又有点可怜他，抗议道：

"贝特朗，我求求你……我真是搞不懂你，自从……"

他把身体压向她，用力地亲了下去，亲得她喘不过气来。她被他的激情所征服，任由着他把自己拉到一个昏暗的角落，撩起她的裙子。

黄昏已经来临，气温也随之下降，寒冷的天气预示着今年冬天会是个严冬。保罗靠近火炉，把手伸过去取暖。塞莱斯蒂娜同意了他跟吉卜赛人待在一起，因为伯爵想要这么做。他寻找着伯爵的窗户，看见那窗户半开着，一道微光照耀着窗户，那光芒是如此微弱，必须仔细看才能发现它在跳动。那肯定是蜡烛的光芒。他想起了老人在小教堂里坚持要点燃的大蜡烛，一阵悲伤的情绪突然涌上心头。

女巫看到了他所看的方向，突然开口说道：

"你知道伯爵为什么要保护我们吗？"

他思考了一下，但是除了他的善良之外，没想到别的原因。贝拉刚刚跳完舞，坐到了他身边，她向女巫哀求道：

"奶奶，你知道的！"

"有人说过……"

"那就说吧！"

"老白猴子不会喜欢我讲他的事情的，不过……"

她顿了一下，沉思了一会儿，然后说道：

"我觉得是时候翻翻过去的故事了……"

配合着这句话，她开始翻火盆里的炭，搅起一些火星子。在她面前，保罗总是隐约感到害怕。不过这次，他的好奇心战胜了一切。

"他很喜欢你们，他跟我说过……他说你们是流浪的民族，长途旅行需要很大的勇气。"

老太太点了点头。眼看沉默的时间越拉越长，他们以为她改主意了，但是她终于又用她那沙哑的嗓音说道：

"有人说他年轻的时候曾经喜欢过一个茨岗姑娘。她长得非常漂亮，眼睛是墨绿色的，令人神魂颠倒，她比黑圣女萨拉还顽强。这段感情当然是不被允许的。一个伯爵是不能爱上一个风的女儿的。风和火……但是火越撩只会越旺！年轻的伯爵什么都不想听，于是他的父母便想办法阻止了两人。他被送到了意大利，而那个女孩却因为痛苦而发了疯。有人说，她下了一个咒语，因为后来又发生了这样的事情……"

"什么？"

"后来……发生了同样的事情……"

听得入迷的贝拉对奶奶的吞吞吐吐感到恼火。

"什么事情，奶奶？他又见到她了？"

"再也没有。"

"那是什么事情？"

"不是他，是他的女儿……"

这次保罗好像明白了。她能知道这么多事情，这让他有点震惊，不过她毕竟是女巫……

"伯爵的女儿死了？"

"是的，她叫玛蒂尔德。"

那个名字轻飘飘地落下，就像一片叶子飘荡在空中。玛蒂尔德。这四个音节是如此熟悉，好像它们就是他身体的一部分似的。当他终于意识到这几个字的意义时，那股强烈的冲击让他停止了呼吸。

玛蒂尔德，伯爵的女儿。

他妈妈。

橡树林在公园的最北边，挨着一个平静的水塘。保罗之前一直不屑于来这个地方，因为觉得它不够荒野。小教堂就坐落在离那儿不远的地方，从一条精心维护的小路走过去，十多分钟就能走到。

保罗缓缓地往前走着，大脑因为缺氧而有点浑浑噩噩。他吸了一口清晨湿漉漉的空气，腐殖土的味道涌上头来，让他一阵眩晕。贝拉没有要帮他的意思，等着他自己恢复过来。她知道这个时刻的重要性，神色异常严肃地陪在他身边。昨天晚上，听完他的经历后，奶奶把自己所知道的事情全都告诉了他。这让贝拉有点震惊。奶奶很少信任别人，更不要说是一个白猴子了。但是保罗跟别人不一样……

按照老太太的指示，贝拉和保罗走上了一座架在一条小溪之上的精心打造的小木桥。真漂亮，可也真没用，他心里想着，那条小溪只要一跳便能跳过去。看到贝拉停在后面，他感到自己心里不安起来。

"你觉得就是这里？"

"奶奶说过了这座桥就是。她的记忆从来没出错过。"

"过了这座桥就是，说得轻巧！在哪棵树下面呢？"

"松树林旁边的那棵橡树下。"

268

"她怎么能确定呢？"

"女巫知道所有的秘密。"

他选择不说话。跟她斗嘴什么作用也没有。他觉得自己很奇怪，心里纠结着各种自相矛盾的情绪：激动，害怕，伤感，他自己也搞不清楚。通常在这个时候，他应该是坐在教室里，忍受同桌的吸鼻涕声的。埃内斯特是出了名的从春天一直感冒到秋天，他的手帕永远也不够他擤鼻涕的。现在已经是10月中旬，正是他流鼻涕最高峰的时候……保罗往前走了几步，眨了眨眼。他昨晚几乎没怎么睡觉，今天早晨出门的时候，又忘了吃他的面包片。塞莱斯蒂娜早晨看到他不说话，以为是他睡太晚了，还没从疲惫之中恢复过来。他什么也没跟她说。在问她之前，保罗想要先看看女巫的证据。

他扫视着树林，寻找一棵比其他树都高的树。贝拉说得没错，那棵树没有很难找。他们同时看到了它，那是一棵参天大树，它从一片红棕色的和淡黄色的树叶中探出头来，傲立在一排细长虬结的山毛榉和一片矮矮的榛树林之间，金黄色的枝叶中还点缀着一些绿色的斑点。它就是那棵橡树！斑驳的树皮让它看上去好像一个古老的巨人。保罗想起了那头鹿，心里想着它是不是森林给他送来的一个信号。

"快看！"

贝拉指着树叶间一个颜色深暗的小屋喊道。

"你觉得就在那儿吗？"

"去看看。"

她第一个开始爬，踩着树瘤和粗糙不平的树皮沿着曲折的树干往上爬。他几乎同样轻松地跟在她后面爬。激动的心情已经把身体的疲倦一扫而空。那棵树的高度在二十五米到三十米之间，但是他们很快就爬到了有树枝伸出的部分，层叠而上的树枝让接下来的攀爬变得相对容易起来。在离地大约十五米的地方，他们找到了树屋的遗迹。有人用圆木在树上搭了个平台，用粗糙的木板做成了搁板，那屋子已经潮湿腐烂，只剩下一些残枝断片了。

"你跨过来的时候小心点！"

他们小心翼翼地在虫蛀过的随时可能化为齑粉的板条上走着。在一个用作搁板的树枝上，保罗发现了刻在上面的一行字。他突然一阵恐慌，抓住了贝拉的手腕。

"就在那儿，你看到了吗？"

"我不识字。"

"你说过你学过的。"

"那其实不是真的。我只是随便说说。"

她脸红了。这是她第一次露出尴尬的样子，这让他感动。他转脸看向树枝上的那些刻痕，略微有些胆怯地摸着它们。

"它们有些变形了，但是看得出来是两个字母，一个'M'和一个'J'。"

他闭上眼睛，轻轻地说道：

"就像玛蒂尔德和让……"

"太美了！"

贝拉也伸手去摸。

"'M'和'J'。我记住了。"

"如果你愿意的话，我还可以教你别的。字母表里的所有字母。它们一共有二十六个。看着。"

他把托托什夏天刚开始送给他的那把刀拿了出来，然后开始在灰色的树皮上刻道：

"这是'B'，然后这是'P'。你知道为什么吗？"

她摇了摇头，但是她那双亮晶晶的眼睛让他觉得她在说谎。

"贝拉和保罗。"

她不说话，他们就这样沉默了一会儿。保罗不想破坏气氛。他有点头晕，被自己的大胆举动吓到，又被各种思绪搞得心烦意乱：曾经待在这里的母亲，那个垂死的老人——他的外公。一切都是如此混乱！回头他要跟塞莱斯蒂娜谈谈，听她如何解释。一个温柔的声音把他从昏昏沉沉中叫醒过来：

"你亲过别人吗？我是说真正的亲吻。"

她热切地看着他，嘴角的一丝微笑让她的语气更加具有挑衅意味。但是眼下，有一件别的事情，一件比做游戏更加重要的事情要处理。他想说没有，说他从来没有亲吻过一个女孩，不论是真亲还是假亲，但是他曾经见过一些情侣在他家附近的电影院里亲过。然而，他只是摇了摇头，没有说话。

"这个，我可以教你……"

她侧过身来，他看着她的脸遮住了天空，填满了他的全部视野：光滑的皮肤，黑色明亮的眼睛，红色的嘴唇，接下来他便什么也看不见了，因为他闭上了眼睛。

她的嘴唇有雨水的味道，又像是树林里青苔的味道。她的舌头探进他的嘴里，像蛇一样盘绕在他的舌头上。他感到自己好像被一个旋涡带到了别处，一个很远的远离一切秘密的地方，在一个未知宇宙的边缘。

保罗等着夜幕降临。幸运的是，博雷尔决定出门去巡逻。现在是猎物丰盛的季节，偷猎贼们都在抓紧偷猎！

到了要上楼睡觉的时间，保罗不知道该怎么开口，突然说道：

"我今天逃学了。"

"你就这么平静地告诉我了?!"

"我去了我爸妈的小屋。"

他顿了一下，好让她明白自己话里的意思，然后说道：

"跟我说说玛蒂尔德吧。"

看着他严肃的表情、小脸紧绷的样子，塞莱斯蒂娜知道再装下去已经没有任何意义了。孩子已经猜到了一部分真相，她已经无可奈何了。几个月来一直压在她心里的大石头突然神奇般地就落地了。她突然发现保罗变了，变得成熟了，这让他身上有了一种新的自信。她想要严肃地回答他，她直视着他，认真地说道：

"好。"

她思忖着该如何开头，决定把她知道的一切都告诉他。

"你妈妈，从很小的时候就是我带的。伯爵非常喜欢她，把她当宝贝一样疼。贝特朗的情况就没这么简单了，他脾气坏，有时候还有点奸诈。我一点也没带过他，因为我到庄园的时候，他已经九岁了，还被送去了寄宿学校，所以对他没有太多感情……但是玛蒂尔德就跟我自己的孩子一样，虽然我那时还很年轻。"

她陷入回忆当中，保罗没有插嘴。他知道她会把事情原原本本地讲清楚的，就算这意味着一直要讲到深夜。从昨天晚上到今天，许多事情都浮出了水面，就连她撒谎的原因他也清楚了。她接着说道：

"玛蒂尔德像野草一样长大，她父亲也没觉得有什么不妥。她是那么可爱，无拘无束，一个真正的野姑娘！但是自由这个东西只有在适合你的情况下才是个好东西！一旦她长成大姑娘后，伯爵就张罗着想要把她许配给一个有教养的体面人，一个伯爵还是哪家的公子哥，我记不清了。你想也能知道玛蒂尔德根本看不上他！后来她在森林里碰到了一个男人……他在那边修铁路，而她正好像往常一样从森林出来。这个男人，就是让·卡拉代克，你父亲。"

她深深地叹了口气，半闭起眼睛。

"我时常在想，要是他们两人没碰到，事情的结局会如何，她肯定也不会嫁给别的伯爵……他们俩的相遇就是人们常说的一见钟情。那可真是天雷勾动地火啊！他们是如此相爱，简直难舍难分，感情这种事情不是说熄灭就能熄灭的，只是老爷他不懂。"

她叹了口气，好像是为了鼓起勇气。

"他们在你去过的那个树屋里谈情说爱。他们爱得无所顾忌，好像全世界只有他们俩。不幸的是，这世界没有不透风的墙，有人看到了他俩在一起，然后就告诉了伯爵，那些人都是些贪图奖赏的小人！伯爵知道了之后，想尽一切办法要把他们分开，他甚至跑去宪兵队报案，因为你妈妈当时还是少女，这可捅了马蜂窝。就算你妈妈当时马上就要成年了，让也不能继续待下去了，因为他可能要被抓去坐牢，于是她就跟他一起逃到了巴黎。"

"可是为什么呢？"

虽然他已经猜到了许多事情，一个难以忍受的想法突然出现在他的脑海里：伯爵的暴脾气，还有他的顽固。然后保罗突然间就明白了他为什么一直是那么忧伤：他赶走了他的女儿，然后他无论做什么也无法把她挽回了，也无法弥补他的坏脾气所造成的破坏。

塞莱斯蒂娜看着他纠结的小脸，知道他内心在激烈斗争着，便轻声地说道：

"你知道的，现在这些都不重要了。你父母之间的感情比山要高，比海还深。他们的爱情外人看着都会觉得感动！玛蒂尔德离开庄园的时候还不知道她当时已经怀上你了！你当时就在她的肚子里，一个即将出生的婴儿，他们爱情的结晶！"

"然后她就死了……我妈妈是因为我而死的。"

"不要相信这些蠢话！她死是因为医生救不了她，什么都救不了她，事情就是这样！孩子，这不是你的错，她最希望看到的事情就是你开心地活着……"

在沉默了好长一段时间后，塞莱斯蒂娜又继续讲述。只是这次她沉浸在回忆之中，好像在梦呓一般：

"伯爵痛苦得要死。我们经常能听到他的吼叫，那叫声比受伤的野兽还凄惨。他除了痛心，还不停地自责。你妈妈离开之后，他不回她的信，拒绝再见她，然后突然有一天，一个令人悲痛的日子，她躺在棺材里回来了……"

她开始轻轻啜泣起来。

"你为什么不把真相告诉我？你觉得我太小了？"

"大概是吧……还有你父亲也不让我告诉你。他有他的理由，你不要怪他，他认为这样对你最好。你知道吗，有时候人会把一点点小事搞得特别复杂。"

她抬起头，眼里还噙着泪花，冲他温柔地笑了笑。

"我应该知道你会明白而且会帮我的。现在你想要看点东西吗？"

他们带上了一盏汽油灯，蓝色的火苗照亮前方的道路。昏暗的夜色之中，他们染了一身浓浓的汽油味，长长的白衬衫从斗篷中露出来，不知道的还以为是两只怕冷的幽灵呢。塞莱斯蒂娜紧紧地抓着他的手，他感到她的温度也感染了自己，同时心中迫不及待的情绪让他毫无困意。

在走了一刻钟之后，他们走到了小教堂前。夜空之下，教堂的墙壁看上去有些阴森，好像是薄薄的铜板做的。塞莱斯蒂娜翻了翻口袋，取出一个钥匙圈，上面只挂着一个精心雕刻的大钥匙。

"伯爵把它给了我是为了以防万一……"

她没有细说下去，但是保罗忍不住想到了他的病情。

"这是家族墓穴。来吧……"

她穿过中间的过道，带着他走上一条通向地下墓穴的台阶。地下墓穴里高高低低地坐落着几座石头砌成的墓。其中一个墓碑上刻着"玛蒂尔德，生于拉谢奈家族"的字样。

他迟疑地伸出手去。妈妈就在这里，就在这个墓穴之中，可是除了一片空寂，他什么也感觉不到。

"明天，你可以给她献上一束欧石楠花。你愿意吗？"

他点点头，大颗的泪珠涌上眼眶，他不知道自己为什么要哭，是因为自己终于破解了这个谜团？是因为痛苦，还是因为这种母亲不在给自己带来的晕眩感？

塞莱斯蒂娜在胸前画着十字，嘴里小声念道："以圣父、圣子、圣灵之名。"他想要模仿她，却因为疲惫而念错。既然让·卡拉代克不信教，那他妈妈的亡灵一定也不会在乎的……

"拿着。"

她从摆在面前的半打大蜡烛里抓出一根来。

"可是，这是……"

"你姥爷的，除了他还能有谁！他不会怪你的。"

她把蜡烛插在一个石头的陈列架上，让他把灯芯点燃。他们一起看着那颗小火苗燃烧了许久。

塞莱斯蒂娜同意了让保罗早晨不去学校，去看望他的姥爷，前提是他下午要去跟沙西涅克小姐说明原因。然而整个上午，保罗在脑子里把事情翻来覆去地琢磨了一遍又一遍，还是拿不定主意。这事情太难办了，也太复杂了……他一会儿气愤难耐，一会儿又心绪不宁，想要把脸颊靠在那只衰老的布满皱纹的手上。

他终于在中午前拿定了主意，往大房子跑去。他三步并作两步地爬上楼梯，气喘吁吁地冲进病人的房间，他既没有敲门，也没有打招呼，把老人吓了一跳。然后，依然一声不吭地，他把父母的照片扔在了老人的被子上。

安托万·德·拉谢奈认出那是玛蒂尔德的照片，吃了一惊。本就苍白的脸色变得血色全无。他用颤抖的手抓起那张照片，热切地看着。声音突然变得好像瓦片一样脆弱：

"她可真漂亮啊……"

"她曾经很漂亮！现在已经不在了！"

"可是她一直在我的心里头，也在你的心里头，不是吗？"

"对我来说，她从来都没存在过。"

"我能猜到你的感受……"

"我不在乎。"

"这可能对你来说算不上什么大的安慰，但是你现在知道你是谁了，这很重要不是吗？"

"我尤其知道您对她做了什么！至于我，这对我没什么改变！"

他嘴里反抗着，只是为了让自己不要哭起来，其实心里并不相信自己的话。伯爵等他喘了口气才又苦涩地说道：

276

"孩子，请相信我，我没有一天、没有一刻不在想着她。"

"您应该在以前，在她还活着的时候爱她的！"

保罗悲哀地发现老人的话安慰不了自己，他抢回照片，把它放在了自己的兜里。然后他就站在老人的面前，身子因为气愤和悲伤而颤抖着。伯爵心中一阵绝望，重又躺回床上，有点喘不过气来。保罗无法让自己原谅他，接着又说道：

"是您把她赶走的，是您拒绝再见她的！您甚至没有参加她的婚礼！"

"你说得没错，我的孩子。但是我每时每刻都在后悔。"

"后悔又有什么用呢？"

"什么用都没有。我没能理解我的女儿，也没能接受她的幸福。我让所有人都过得不开心。在这场悲剧之中只有一件好事发生。那就是你来了。你需要被人爱。孩子，不要拒绝姥爷爱你……"

他不再说话，害怕把保罗吓走。保罗虽然是背着光站着，他还是猜到老人的悲伤。老人想要呼喊他，请求他的原谅。突然，保罗冲到床前，径直地趴进老人的怀里。虽然老人被他的重量压得生疼，但还是用尽自己仅有的一点热忱紧紧地抱住了自己的外孙子。

塞莱斯蒂娜把壁炉里欢快跳动着的火苗撩得更旺一些，火苗给阴暗的房间投下一片跳动的光芒。伯爵的床头只有两根蜡烛在照明。伯爵抱怨光线太刺眼，然后就睡着了。在睡梦之中，他有时候会哼一哼。壁炉里的火再加上肉汤浓郁的味道让整个房间有些憋闷，但是这样病人至少不会着凉。老人时断时续的喘气声让她很是担忧。塞莱斯蒂娜想着为什么医生还不来，这已经是两小时里她第一百次这么想了。她已经派阿尔芒去他巡诊的路上找他了，希望能尽快把他接过来。

两个孩子踮着脚走进房间里来。伯爵在昏睡过去之前，曾让保罗去把他的朋友、那个吉卜赛姑娘找来。两人的鞋子踩在地板上发出声响，把他从半睡半醒之中叫了起来。他好像突然有些精神错乱。

"玛蒂尔德！你回来了？"

他伸出手去摸，两眼无神，神情激动，苍白的脸上露出一个可怜的微笑。看他这个样子，塞莱斯蒂娜冲贝拉点点头，示意她走到病人身前。贝拉默默地照做了，她明白她要做什么。

她抓住那只干枯的手，把他紧紧地压在自己的两手之间。

伯爵惊呼道：

"亲爱的，是你吗？我以为你死了……你知道……"

伯爵开始呜咽起来，不知是喜还是悲。塞莱斯蒂娜抓起装满带血纱布的脸盆，她之前不敢把盆带走，生怕留下病人一个人。现在可以让他们待一会儿了。在关上房门前，她最后看了一眼自己伺候了那么长时间的老人。玛蒂尔德逃走的时候，她曾经恨过他，后来又可怜他。自从保罗来了之后，他又唤起了她身上无尽的柔情。

两个孩子像守护天使一样趴在垂死之人的身前，握着他的手。老人喘着粗气，含糊不清地说道：

"我想要请求你丈夫的原谅，请他原谅我在没有了解他之前就认为他配不上你……你会转告他吗？"

贝拉怯生生地、结结巴巴地说了一声"会的"，她嗓子里带着哭声。伯爵笑了，然后又语气更加坚定地说道：

"等我不在了，你要好好照看这片领地，森林还有池塘。还有那头鹿。那是一头神兽，它能来到这里是我们的荣幸。我们应该尊重和保护它。就像你小时候我给你讲过的圣于贝尔的故事一样，你还记得吗？"

"记得……"

"你儿子在哪儿呢？我的小保罗……"

"我在这儿，姥爷……你知道吗，那头长着十八个叉角的鹿，我今天早晨看见它了。它正在埃尔代涅池塘里洗澡。它的角上沾了一些野草。它浑身闪闪发光，看上去像是金子做的……"

伯爵笑了，面容祥和。他的眼睛闭了起来，然后呼了一口气，手指渐渐地松开。

在他眼前，那头巨鹿正庄严地朝向一片铜色的薄雾跑去。

18

庄园的大厅里已经盖上巨大的黑色孝布。二楼伯爵的房间好像充斥着死亡一般的寂静，这寂静无孔不入，连厨房也不例外。死神已经降临，没人敢去破坏这阴森的沉重感。

当一切就绪，逝者的尸体已经清洗干净并被精心穿戴整齐之后，埃尔代涅领地上的人们涌进来向死者最后一次致敬。他们人数众多，有一直相熟的村民，有接到医生的通知从镇上赶来的人，有佃农，还有那些偶尔到他的土地上干活的季节工。在这片土地上，伯爵以严厉公平著称，他慷慨的名声比他粗鲁的性格更为人所知。这里的人们更喜欢一位态度严格但是心怀仁善的领主，而不是一个只会说漂亮话、口惠而实不至的人。如果说安托万·德·拉谢奈有时会发脾气，但是他从来不会没来由地羞辱他人。

人们依次走过他的遗体前，低头祷念或是说一声告别，想到未来的日子，心里俱是一紧。少伯爵变成了新主子，可是大家都不了解他，也不信任他，尤其是他住在巴黎，又从巴黎带回一些连野鸭和绿头鸭都分不清楚的蠢货朋友之后。不过现在，哀悼才是重点。贝特朗站在窗前，一脸高贵地接受着人们的致哀。弗洛朗丝站在他身边，认真履行着她作为慰藉者的新角色。未婚夫父亲的葬礼让她突然变得举足轻重起来。

保罗一大早便跑去通知托托什，但是偷猎贼还是决定一如既往：他不想来假惺惺地哀悼，这样对伯爵才是冒犯。他更愿意仰头朝天，喝一杯酒，让一切都随风而去！这样更真诚，而且这才是他的信仰……

在为老伯爵净身整容的整个过程期间，保罗一直在厨房里等着。他有时会想起在树屋里的那个吻，心脏便会怦怦跳起来，然后又会立刻想到眼下沉重的氛围，随即又陷入一阵忧伤。塞莱斯蒂娜完事之后，终于过来叫他。现在他紧贴着她的围裙站着，看着人们鱼贯而过，心中各种情绪交杂，让他的大脑一片麻木。前天晚上，他找到了自己的姥爷，现在老人却已经不在了……

帕什沃夹在父母中间，脸上装出悲伤的样子，他的到来把保罗从胡思乱想中拉了出来。那个淘气鬼又穿上了他的节日礼服，这让他看上去很奇怪地好像变了个人似的。见到小巴黎人也在这里时，帕什沃吃了一惊，然后便偷偷伸出食指和小指冲他做了个"恶魔之角"的手势，并在从他面前经过时轻声说道："牛脑袋，我们又见面了！"这话给他招来了父亲的一巴掌。

最后神父出来了，唱诗班的孩子们摇着小香炉走在他的前面。在那群穿着浆洗过的白长衣的孩子中，保罗认出了埃内斯特和小普里约尔，他们正忙着从香炉里晃出浓浓的烟雾来，脸上还挂着掩藏不住的喜悦。他们肯定要在学校里大肆炫耀的，因为他们要保持自己的名气，这场葬礼给了他们耀武扬威的机会！比龙神父穿过人群，滔滔不绝地念着亡灵祈祷，态度超乎寻常地认真，他终于能够给生前不够虔诚的伯爵念经了。上帝才是做最终审判的那个人！

"吾以创造了汝的全能的圣父之名，以为汝受难的上帝之子耶稣之名，以通过洗礼的圣典降临汝身的圣灵之名宣布，汝现在可以离开这个世界了，信奉基督的灵魂。从今往后，汝将生活在天堂的喜悦和平和之中……"

保罗听着晦涩难懂的话，既感到害怕又觉得厌恶。托托什说得对，这些身着华服、一本正经的神父看上去更像是十足的牛皮大王！

塞莱斯蒂娜利用这个时机在他耳边小声说道：

"去亲一下你姥爷。"

他走到床前，心脏剧烈地跳动着，生怕自己哪个动作做得不对。老人看上去有些陌生。死亡凝固了他的面容，给他的脸盖上了一层蜡色的面罩，让人难以辨认。保罗感到一阵头晕目眩，不得不扶着床垫，然后奇怪的是，他又想起了在那间树屋里眼花缭乱的幸福时刻。眼下的这个亲吻与之前的那个截然不同。他闭上眼睛不去看老人的脸，嘴巴触到了冰冷的皮肤，除去心中那因为失去保护者产生的恐慌感，他什么也没有感觉到。

他一边后退一边偷偷看向塞莱斯蒂娜，想要知道自己接下来要往哪边走。她轻轻地抬了一下下巴，给他指了指方向。他停留得已经够久了。

幸运的是，贝特朗没有看见保罗刚才趴在了他父亲的遗体上。他的脸色煞白，葬礼显然让他遭了不少罪。药剂师抓着他的手喋喋不休地说着，他就在那里听着。

"多么不幸啊，这么一个优秀的人！再也找不到像他这样的人了。您知道吗，我们那天还说过话……"

致哀的环节持续了整整两小时，见已经没人致哀了，新的拉谢奈伯爵示意管家进行下个流程。按照传统，他应该在葬礼的第一天接受家族纹章，服侍了老伯爵一辈子的阿尔芒负责执行这个仪式。他已经准备好了。他隆重地走上前去，手里端着一个天鹅绒的垫子，垫子上面是一个闪闪发光的粗大的戒指……

"已故伯爵、您父亲的印戒……"

这庄严的时刻让贝特朗激动起来，贝特朗抓起戒指，把它套在了自己的左手无名指上。戒指对他来说有点太大了，戴着有些松，这好像是一个信号。看来必须让人给它紧一下。他按下心中的不快，突然注意到阿尔芒还站在那里。

"还有什么事吗？"

"那些吉卜赛人想要到老爷的遗体面前鞠个躬。我能让他们进来吗？"

"那是自然……都是些善良人。"

透过黑色的帷幔，他看见那些人正在公园里等着，便又开心地说道：

"不过接下来，我不想再看到他们，让他们滚蛋。"

弗洛朗丝站在他的身边，压住了想要发抖的冲动。

锤子一锤落在木桩上，把它深深地砸进土地里。木桩前面已经插了一排短桩，形成一条笔直的轴线，轴线两端的木桩用红色的横线标志着，跟一般的木栅栏区分开来，因为它们可是正式的标志桩。

两个土地测量员在特马耶树林边缘忙活着，轮流用仪器测量土地，又或者是熟练地挥舞着手中的大锤。离他们几步远的地方，索德尔河在起伏不平的黏土地上蜿蜒流淌着，让木桩画出的直线戛然而止。现在那排木桩已经立好，他们打开一圈结实的带子，标出土地的边界。

负责整个项目的土地测量专家打开一张地图给刚刚到来的年轻伯爵看。贝特朗之前突击找的他，委托为自己的领地画出一幅精确到米的地形图来。

"您看，我们在这儿，在这条标记着领地北方边界的河边。然后，河道变宽，您看……"

他指着地图上的一个点，然后手指顺着代表着索德尔河的蓝色线条指下去。

"我们在两公里的地方重新开始砌墙，具体说来就是水流不再是自然边界的那个地方。"

贝特朗皱起眉头，不快地说道：

"这片地方绝不能就这么对那些擅入者敞着……您不了解这些穷鬼，他们会把您的'自然边界'当儿戏看！"

"可是先生，那河……"

"对不起，什么先生……"

他故意拉长音节想要加强自己的嘲讽意味，他很气对方不按照礼数称他为"伯爵"，因为他父亲现在已经死了，而且已经下葬。

"那条河有好几个地方都可以轻松跨过，我不想让什么人轻轻松松就能进来。围墙必须把全部领地都围起来，不能有缺口。我说得够清楚了吗？"

他斩钉截铁的语气容不得半点反驳。专家选择让步，同时为这个计划的愚蠢感到震惊。说到底，如果这个蠢货想要把钱花在围墙上，随便他好了！他只是来测量土地的，后面的事情与他无关。

解决了这个问题之后，贝特朗感到很满意，他急忙去找"暴风"，他现在更喜欢骑它而不是自己原来的那匹马。

下葬的时间刚刚过去三天，他的生活已经发生了改变。作为一个性子冷淡的人——他父亲说他是"懒惰"——他惊讶地发现自己充满了精力。他突然对一切都感兴趣起来。田地租种的情况，树木的砍伐情况，马路的维修状况等，他都感兴趣。他轻轻地吹着口哨，想到只需继承一笔财富就可以变成真正的男人便不禁兴高采烈起来。巴黎对他来说不再重要，他不会很快就回去，至少在他把自己对领地的想法都落实完之前是不会回去的。不过必须考虑购买一辆更加豪华，能与他的新身份相匹配的汽车了。

他在骑马小道上一边骑着马，一边想着博雷尔还没有找到那头鹿。想到他的各种雄心壮志，他决定不能再这么下去了，就今天下午，他要跟博雷尔一起去找，看博雷尔到底有没有认真在找！这将确立他的威严，并消除他心中因令父亲失望而产生的强烈耻辱感，因为在经过一阵奇怪的思考之后，贝特朗认为杀死那头鹿可以为他过去遭受的一切复仇！

蒙泰纳骑着阿莱让到达马厩时，贝特朗正在费力地想把马鞍从"暴风"身上解下来。他们互相有礼貌地打了个招呼，有点被迫在这么近的距离碰面，这样的情况以前从未发生过。

在这次骑马溜达之前，蒙泰纳犹豫了一下。伯爵经常在周四早晨陪她一起骑马，如今他不在了，一个人骑马让她感到更加悲伤。如果不能说她像是失去了一位父亲，那也至少是一位老朋友和一个保护人。当她跟于贝尔分手时，安托万给了她许多帮助，他既没有露出什么异样的表情，也没有长篇大论，他只是陪着她，安慰她，真诚地对待她。

贝特朗笨拙的样子让她忍不住偷笑了一下。他感到自己受到了羞辱，想要教训一下她的傲慢无礼。

"沙西涅克小姐，您可不知道这里的新规矩吧？"

"跟我有关？"

"当然，您还有其他人……这片领地重新变成了私人财产，它本来就应该一直是私人财产。我猜是我父亲同意让您骑阿莱让的？"

"您大概不知道吧，但是这匹马还是小马的时候我就认识它了，它生病的时候是我照顾它。确实是您父亲如此有善心让我骑它的，现在有什么问题吗？”

“现在由我决定。”

“那是当然……所以您想怎么样呢？”

“您一点也不喜欢我，不是吗？”

他把礼节扔在了一边，眼睛直视着她，眼神里充满了复仇的欲望。蒙泰纳不紧不慢地想着该如何回答，才能既激怒他又发泄了自己的怒火。她没有任何办法可以确保他会对自己慷慨，却可以确保羞辱得了他，可是她原本一点也没有打算这么做，还是为了一匹马！她像跟学生们解释一篇特别难的课文时那样字斟句酌地说道：

“我不怎么了解您，但是如果真要直说的话……”

“说！”

“仅就我所知道的那些事情，我觉得您挺令人讨厌的。”

“很好，我现在知道了！”

他突然面露喜色，像扔掉伪装一样把之前的坏脾气扔到一边。

“您有话直说做得很好，在新命令下达之前，我允许您骑这匹马……”

“谢谢。”

“能为您效劳我很荣幸……不过，我有个想法……”

果不其然！大方之后必有要求！蒙泰纳感到自己受到了摆弄，心中不免怒气冲冲，不过她还是努力让自己保持镇定。以前听到安托万抱怨他时，她还曾经可怜过贝特朗呢！结果这个人其实还要更坏，他的专横和懦弱让他简直令人厌恶！

“您为什么不跟我一起去参加一个小小的围猎呢？我已经派了博雷尔去抄山了，虽然我现在开始有些怀疑他的能力。我们午饭后会带上一个仆人和几条狗出发。”

“围猎？您想打什么？我听说您很喜欢打野鸭啊……”

一阵冰冷的恐惧感涌上她的全身，她努力控制着自己的情绪。他露出自命不凡的笑容。

"哼，我这次有比长毛的鸟儿更好的猎物要打！您也许听说了，最近有一头十八个叉角的雄鹿在这片林子出没。我可以向您保证您不会见到比它还雄壮的鹿。"

他眉飞色舞起来，眼前的年轻女子一脸惊恐地看着他，这让他感到了权力的滋味，他的自尊心也得到了满足。

"那头被您父亲赦免的鹿？"

"正是那头。消息传得就是快啊！是那头畜生让他坠马的。我向您保证它一定会付出代价的，我要把它的头挂在壁炉上！"

"您怎么可以……"

蒙泰纳恶心得喘不过气来。她正准备回击，突然发现他脸上闪过得意的神色，便又忍住了。无论她说什么都不会让他改变主意，她的坚持反而会让他更兴奋。她咬紧牙关让自己平静下来，然后尽量摆出不受影响的样子问道：

"我可以带走阿莱让了吗？"

"您不是刚回来吗？"

"是的，可是我改主意了。"

"天下的女人真是都一样……"

蒙泰纳忍住扇他一耳光的冲动，冲他一点头，重又翻身上马，驾着马向两边长满橡树的林荫大道飞奔而去。必须想办法阻止贝特朗……上帝慈悲，没让安托万看到他现在这个样子。与其让他因为无力阻拦儿子即将犯下的罪行而痛心疾首，还不如死了的好！

在拉博利奥客栈，虽然人头攒动，但是每个人都是忧心忡忡。烟草燃烧发出的烟气和肉类加热散发出的热气混合在一起，让喝酒的人呛得喘不过气来，整个气氛仿佛陷在泥潭之中一样沉重。博雷尔和托托什肩并肩地坐在一张桌子上，塞莱斯蒂娜和保罗坐在他们对面，对两人靠得这么近感到震惊。这种亲近要是放在平时都能掀起一场小革命了，然而现在却只不过引来一声惊呼，又很快被淹没在一片嘈杂声之中了。

吧台处，德德紧紧地搂着他的女朋友。吕西安出于同仇敌忾的原因破天荒地允许他赊账。埃尔代涅的猎人们占据了吧台的其他部分。在离吧台稍远的餐桌区，巴斯－福斯和普瓦尼的两帮人马刚刚吃完饭，此外还有三个偶尔偷猎的渔夫，两个季节工，他们都参加过老伯爵的葬礼。刚才博雷尔走进来时，消息已经传开了。伯爵的儿子居然命他去追踪自己父亲已经赦免过的鹿！再加上最近那些土地测量员引起的动静，众人的忍耐已经到了极限！

托托什把酒杯往桌上一拍，引来众人的注意。他喝酒时已经尽量节制自己不要喝太多，想要保持头脑清醒。事情很严重，他不能胡说八道，更不能在他情人的老公面前失态。在这件事情上，博雷尔将是一个非常有用的盟友。他刚才揭露了自己那个蠢货主子的计划，已经证明了这一点。他们俩的账可以以后再算，目前他们必须行动起来。

他的声音洪亮，不像人们平时所熟知的那样。

"贝特朗是打算要把这里搅个天翻地覆。他现在要把森林变成监狱。那个围墙，你们知道它意味着什么吗？死亡！"

保罗不明白他话中的含义，大着胆子问道：

"这堵墙，为什么会这么严重？"

　　猎人们凑过来，想要听清楚他的回答。这个家伙，你想怎么说他都行，但是说到森林，没有谁能比他更懂行！

　　托托什一副专家的样子，解释道：

　　"因为那些大型的动物，鹿啊，狍子啊，野猪啊，需要空间。它们这个季节到这里，下个季节就会去别的地方觅食、繁殖、等待迁徙……野生动物可不是家禽，你不能把它们关在笼子里养！"

　　博雷尔不甘人后地使劲点着头。他们面临着一个共同的敌人，而且他感到他需要托托什跟自己站在同一个阵营。托托什停下来思考接下来要说的话，他的眉头紧皱，就好像在额头画了一道粗线。他把自己的论据整理清楚，想要让保罗能够听明白，把他们愤怒的理由说清楚。

　　"发情期结束之后，雄鹿需要补充大量食物好重新长出新角来，它们需要到一些林区去寻找食物。"

　　他闭上眼睛沉默了一会儿，然后又压低声音，像说悄悄话一样：

　　"我们这块地方不是片物丰盛的地方，但是我们有一个宝藏……"

　　所有人都张大嘴巴听着，塞莱斯蒂娜比别人听得更加专注，看到自己生命中的两个男人意见一致地坐在一张桌子上，她心里不禁偷偷地感到满意。

　　"我们的宝藏就是森林和森林周边的旷野，是空气，是沙地，是到处流淌的水流。一直以来，这里一直有人在偷偷打猎，我们不就是因为这个才聚在这里的吗？那个人还有他那堵该死的墙，会把我们还有森林的活路全断掉！"

　　他的最后几句话说得震耳欲聋，后面的人就算没有听清他说的内容，也从他的语气中猜出了他的意思。可是这一点意义也没有，因为每个人都知道：

　　"不会再有蘑菇了，不会再有栗子，也不会再有柴火。什么都不会有了。动物们会离开，而我们……"

大家一片沉默，直到气得酒醒的德德突然喊道：

"他总不能什么都禁止吧？"

"你是真听不明白吗？一堵墙！一堵墙意味着围起来，封起来，一切都结束。"

博雷尔一拳砸在桌子上，把杯子震得叮当响，开口说道：

"另外他现在还想杀了那头鹿！还恬不知耻地要我把那头鹿给他赶回这片林子来！"

他晃了晃空酒杯，冲远处的老板喊道：

"我还渴着呢！"

塞莱斯蒂娜怕他又要喝醉，生气地呵斥道：

"渴了喝水。"

他这个老婆可真行！他犹豫着要不要升高语气，随即又改了主意。现在不是吵架的时候，于是他打了个嗝，对老板喊道：

"吕西安，给我一大杯水。"

"水？你确定？"

"确定以及肯定！把你屋里的好水给我倒满满一杯来。"

吕西安正要回击，突然闭上了嘴，因为他立刻明白了博雷尔话里的意思。他悄悄地拿起一瓶烧酒，倒了满满一杯，然后给博雷尔送了过去。如果塞莱斯蒂娜没有在忙着跟保罗解释为什么这些人要一起反抗贝特朗的话，她早就该发现那杯中的猫腻了。

就在这时，蒙泰纳出现在了门口。冲着客栈大门坐着的托托什走上前去迎她。一个猎人脸色阴沉地说道：

"听索弗泰尔的医生说，他还想要组织付费狩猎。他们会先放飞一些鸟，然后像打飞碟一样打它们。那些巴黎来的老爷愿意花大钱玩这个！"

为了表达他的态度，他冲地上吐了口痰。

"这简直是不可思议！"

"该死的，就算是魔鬼也不敢这么对待动物！"

"魔鬼不敢，但是巴黎人就不好说了……"

"贝特朗可是出生在这里的啊！"

"那也不意味着他就是索洛涅人了，该死的……"

"注意说话，这里还有小孩呢！"

"小孩听听也没有坏处。这个伯爵就是个……"

"博雷尔！"

"行了，我闭嘴……但是我心里可不会少骂！"

大家滔滔不绝地说着，每个人脸上都燃烧着怒火，众人的狂热让保罗很奇怪地感到一阵晕眩。只有一件事情是最重要的，那就是那头鹿的命运，他很清楚地感觉到它现在命悬一线。

客栈老板想到一个报复的主意，他举起双手，招呼大家听听自己的看法：

"他不想要我们去他的领地，我们不去便是！永远也不去！"

一个总是被大家认为想法不同寻常，甚至是反动的老人开始嚷嚷道：

"吕吕说得对。这样的坏家伙，让人恶心！一定要反抗，伟大的农民起义万岁！"

另一个参加过凡尔登战役的人也不甘人后，大声喊道：

"同志们，叛乱吧！既然战争没能杀死我，大贝莎炮弹也没能杀了我，那小伯爵也更不可能杀了我！"

吕西安激动地举起了拳头，喝醉酒的人也跟着学他。德德慢了半拍，结结巴巴地问道：

"我们要干什么？"

"推车手德德，站起来！我要你站起来，不是光是举起你的杯子！"

吕西安一把抓起他的胳膊，像摇一面旗子一样摇着。客栈里的人们哄堂大笑，然后纷纷喊道：

"罗歇说得对！"

"吕吕当总统！"

"德德当司机！"

"你以为他开的是小轿车啊！"

"他的小车对贝特朗的屁股来说算够舒服的了！"

这时，托托什才和蒙泰纳一起回来了。他想要引起大家的注意，但是知道没人会听他的召唤，于是他纵身一跃，跳到一张桌子上，踩得那桌子差点翻过去。

"大家请安静！沙西涅克小姐刚刚告诉我，正如博雷尔所说的，拉谢奈马上就要去围捕那头鹿。看样子，他认为那头鹿是害死他父亲的罪魁祸首。"

大厅里，众人突然安静下来，托托什趁机接着说道：

"这头鹿，伯爵已经放过了它……这里有一个人会破坏规矩吗？"

所有人都摇头，拒绝成为那样的人。一个来自普瓦尼的人代表大家说道：

"被赦免过的动物不能杀，否则就是亵渎神明！"

"必须阻止这件事……"

蒙泰纳看着这些男人，他们中大部分都是农民，有些人她见过面，但是可能并不是很想跟他们握手，可是现在他们都傲然挺立，为了一个共同的目标团结在了一起。他们是猎人，是偷猎贼，他们要保护那头高大的雄鹿！

19

让·卡拉代克前天在马赛港下的船，他忘了 11 月的法国有多冷，身上穿的衣服太过单薄。他离开阿尔及利亚时，当地的气温是二十摄氏度左右。火车旅行让他疲惫不堪。身体的劳顿至少有一个好处：暂时不用去想保罗和到了之后可能要面对的局面。自从上周一，他突然被叫到上尉办公室之后，他就一直想着这些事情。埃鲁维尔将军要求他立刻回到法国本土，但是除了让他去埃尔代涅见拉谢奈伯爵之外，再没有给出任何具体的理由。这还不是最令人担心的。负责传达命令的上尉还跟他说什么都不用担心："没什么大事，您就专心回去，就把这当作一次休假。"可是让还是忍不住在想，部队不可能因为一点小事就把像他这样的一个人给放回去。拉谢奈肯定是发现了保罗的身份，所以才要求他回去。自这天之后，各种各样的可能性都出现在他的脑海里：他儿子和塞莱斯蒂娜一起被赶出庄园，又或者正好相反，他被留在庄园里，被强迫听老伯爵的苦水……他为自己暴露了保罗而感到自责，他不该愚蠢地以为伯爵是那么好骗的……当然，他当时也没有别的选择，只是他当时要是能先跟保罗说出一部分事实，让保罗有所准备就好了！

他于周四下午到达埃尔代涅火车站，虽然舟车劳顿，他还是急行军一般走完了通往村里的四公里的路程。在去庄园之前，他想要先见到保罗，确保保罗没发生什么意外，另外也要跟保罗说声对不起。十二年来，村子一点也没有变，只是比以前更安静了。离开了这么长时间，再次回到这个地方让他痛苦地感到很荒谬。他本该是跟玛蒂尔德一起走在中心街道上的，看着他们的儿子跑在前面……

他先去了学校，但是在窗户后面没有看到任何动静。这种绝对的宁静没有告诉他任何有用的信息。他看了看手表，心里越发担心起来。房屋的百叶窗没有拉起来，这让他安下心来。除非是打仗，否则人们不会这样遗弃一个村子的。他知道至少有一个地方他可以找得到人。他迈开步子往回走，很快就看到了那个跟记忆中一模一样的兔子招牌。老板应该是重新漆了一遍，因为颜色看着很鲜艳。一辆手推车靠墙放着，正好放挡雨披檐下，好像是为了防止被雨淋一样。他绕过手推车，推开门，眨了眨眼才适应里面的阴暗。一个孤零零的身影懒洋洋地靠在吧台上，他咳了一声，但没有引起那人的任何反应。

"没多少人啊！"

那人吓得跳了起来，透出一张喝醉酒之后涨红的脸。

"啊？"

"您能告诉我……孩子们几点放学吗？学校里一个人都没有。我在找我的儿子。"

"学校！你是说那个假教书真堕落的地方吗？"

"如果您非要这么说的话……"

"周四不上课！你儿子是谁啊？"

"保罗·卡拉代克……周四！该死，我应该想到的！"

"巴黎来的那个保罗？"

294

"您认识他？"

"噗，你还问我这个！好嘛！这里所有人都认识那个小坏蛋！注意啊，我说小坏蛋，不是说他真的是坏蛋啊，只是这里再也找不到比他更胆大妄为的孩子了！对了，既然你到了这里，就不要用'您'来称呼我了，不然我会生气的。我叫德德！"

"我叫让。我很想跟你聊天，但是我急着见到他。他现在在博雷尔家吗？"

"你现在去找不到一个人的。他们都去围猎去了。"

"什么围猎？"

"老天哪，当然是村里组织的围猎，我呢，我的腿和我的嘴一样歪，所以他们都叫我留下来看客栈。就连我去参军，军队都不愿意要我。"

"我向你保证，你什么也没错过。我1918年才去参军，因为我有一个孩子要照顾，但是我宁愿没去！"

"我料想也是这样……你看看那些老兵就知道。"

"嗯，德德，不是我不想陪你聊天，但是我儿子，我去哪儿才能找到他？"

"着什么急！你火烧屁股啦？我虽然不能跑，但是我对这片地方了如指掌。"

"你能带我走一段吗？"

"我德德向你保证，没问题！另外，我得给你讲讲围猎的事情，因为这个特别复杂，我听着都头疼。"

他们出了客栈，德德还没有醒酒，对他勉强有些好奇的让走在他后面。这个满脸通红的粗人好像是真心实意地想要帮他，他决定相信这个人。无论如何，他不能什么都不清楚便直接去庄园。另外，他儿子一切都好，不然的话，这个醉汉就算再醉也该早就跟他说了。

德德带上自己的手推车之后——"我的手推车我走哪儿都带着它，有一次它还当过汽车使！"——便迈开大步往前走，脚程之快让人都不能相信他腿是瘸的。车轮发出咯吱咯吱的声音，他兴高采烈地说道：

"瞧瞧你，让，我很想带你去见你的孩子，但是你得装备一下自己。你是打哪里来的啊，穿得像个城里人似的？"

"我刚下的火车。之前还坐了轮船。如果我事先知道的话，我就把行李带上了，我为了不带太多东西在身上，把行李留在了火车站。"

"没关系，你穿多大码的鞋？"

"四十二码整。"

"这好解决。我们不用多绕多少路。我们先去一个朋友家里，他什么装备都有……"

在托托什的船上，他们东拼西凑地凑出了一套装备：一双靴子，一件粗布上衣，还有一顶鸭舌帽，以防下雨，因为就算老天没有要下雨的意思，也得做好万全的准备，这就是德德坚持的"时刻准备着"的哲学。

托托什在灌木丛中停下来等其他人。他们已经走了两小时，检查了每一条走兽回窝的小径，想要找到雄鹿走过时留下的粪便和毛发的痕迹。他们察看了每一个它有可能在里面打过滚的烂泥坑，甚至试图在空气中闻到麝香的气味，在树干上寻找撞击过的痕迹，然而他们什么都没有找到。

他们的这个小团队里面有六个猎人，全是偷猎的，另外再加上保罗。博雷尔看到保罗跟着一起出发时一声也没吭。他的任务是让小伯爵离那头鹿越远越好，另外，沙西涅克会陪在小伯爵身边。贝特朗的邀约

296

来得正好，她也许可以拖慢他们的脚步。

剩下的自愿加入的人分成了三组，每组六个人，他们已经进了乔木林四散开来。小伯爵应该料不到他们的存在，万一碰到了，他们可以随机应变地解释说自己是在抓野猪或是狍子。

当猎人们都到齐了之后，托托什就像带兵打仗的将军一样从容不迫地给他们下达指令。既然在猎区西边找不到那头鹿，他们现在就应该往旷野那边的沼泽地方向出发。

当他正准备打出出发的信号时，突然看到一个吉卜赛人从矮林中出来，径直向他们走来。该死！他们太靠近吉卜赛人的营地了，那人一定是听到了他们的动静！他还没来得及担心，就见到了贝拉，她身后还跟着约莫十二个吉卜赛人。他稍稍安下心来，佯作生气的样子说道：

"这些人，他们想干吗？"

那个看上去像头领的人打量着他，脸上什么表情都没有，既没有露出不信任的样子，也没有传达出友善的意思。

"我们是来保护雄鹿的。这是我们欠他的。"

"欠雄鹿的?! 你，你欠它什么？"

"欠伯爵的。他对我们来说就像父亲一样。"

那人说到伯爵时好像当伯爵还活着一样，他这么做不是为了引人注目，而是在陈述一个事实。这种直率的方式让一向不喜欢多礼的托托什很喜欢。托托什抬起一只手来，摊开手掌，另一个人干脆地拍了一下他的手，以示约成。时间紧迫，他决定长话短说：

"好了，我想大概情况你都知道了，我就给你简单说一下！我们必须尽快赶在那个卑鄙的小伯爵之前把雄鹿转移。他有可能会走狗屎运，更不要说他还有狗。狩猎监督官是站在我们这一边的，但是如果猎狗发现了雄鹿，他就什么也做不了了，他不可能把它们给叫回去。我们的优

势是人多，如果我们要赶鹿的话，就要把它赶得离这里远远的，赶出
这片领地。我们六个人准备从矮林往普瓦尼路那边走。你可以从营地的
北边出发，这样就省了我的人手，你穿过博代树林，如果碰到一些刷了
漆的木桩，直接拔了就是，这样可以刺激一下那个二世祖……孩子们，
你们跟谁走？"

"跟你走！"

保罗看着贝拉，想要知道她的反应。他心急火燎地想要抓起她的手，
却不敢行动。自从他们上次在树屋接吻之后，他们就再也没见过面，就
连在葬礼上也没有碰到，他觉得自己很愚蠢，畏畏缩缩的，无法动弹。
这个时间没有持续很长。贝拉走上前来，冲他露出灿烂的笑容，把他的
心搅得天翻地覆，整个世界又重新恢复了平衡。

两个孩子手里拿着一根棍子，负责打探队伍左边的情况。他们来到
了离马尔努池塘不远的那片旷野上。一个嘎吱嘎吱的声音让他们停下了
脚步，那声音介乎于生锈的滑轮声和鸭子的叫声之间。如此熟悉的声音，
保罗一听就知道是谁来了。他悄悄对贝拉说道：

"是德德。他应该是睡醒了，因为他刚才可醉得不轻！"

"你怎么知道是他来了？"

"因为他的手推车……"

实际上，他们先看到的是车轮，然后是手推车全身，最后才看到那
个好心的德德跟托托什一起走了出来，可是这怎么可能呢？托托什明明
应该是在队伍的另一头，负责打探右边的情况才对！他不管什么指示不
指示的，开口喊道：

"托托什！"

那人转脸看向他，不可思议的事情发生了。在那顶变形的鸭舌帽之

下，从那张被太阳晒黑的脸庞上，保罗认出了他的父亲。

"爸爸！"

"保罗！"

他们朝彼此跑去，紧紧拥抱在一起，激动得不知该说什么好。

"你回来了！"

"简直不可思议！"

"怎么了？"

"我走的时候你还是个脸色苍白的小男孩，现在居然变成一个浑身肌肉的大小伙子了！"

"你也是。"

保罗放声大笑起来，心中充满了喜悦！他又见到爸爸了！这一刻，他眼里看不到其他人，甚至没有去想这有可能意味着他要回巴黎了……让第一个恢复过来，正色说道：

"好孩子，跟我说说这个托托什是谁。自从我来到这里便一直听到他的名字，更不要说我现在还穿着他的衣服……"

"是我。"

粗厚的声音让他吓了一跳。一个满脸络腮胡，眼睛跟头发一样黑的大个子男人突然出现在了他们的背后。

托托什是在听到他们的声音之后，跑着从灌木林里出来的，正准备要臭骂一顿搞出这番动静的孩子们，结果却在这里碰到德德这个家伙带着一个穿着自己衣服的陌生人！他正要破口大骂，突然保罗指着那人开口说话了，那骄傲的神情让他心里一阵不是滋味。

"这是我爸爸！"

接着，他又同样得意扬扬地介绍道：

"他就是托托什，索洛涅最好的偷猎贼，我什么都是跟他学的！还有她，她是贝拉！"

他介绍的是一个头发乱蓬蓬的长着黑色大眼睛的小女孩。让·卡拉代克感觉自己好像是错过了什么事情。他想要解释一下自己为什么回来这里，但是托托什已经冲他招呼道：

"'没有上帝，也没有什么主宰'，你也是这样吗？"

"呃，是……是我儿子跟你说的吗？"

"就是他！听着，我们现在没有时间做自我介绍，我们必须上路了。"

"我猜到了。"

"你跟我们一起走吗，同志？为了维护我们的自由……德德应该跟你说了吧，这不仅仅是为了一头鹿。"

"我义不容辞，'同志'，只是你得多给我解释一下，因为我怎么感觉自己好像是加入了一场革命！"

"我会跟你解释的，但是现在我们必须马上出发。"

两人相视一笑。只需要打量对方一眼便能知道对方是个怎样的人了。

黄昏已经降临，再过一小时，天就要黑了。几个人又重新上了路，托托什打发了德德去通知右翼的人继续前进，不用等他。除非是碰到保罗的爸爸让他脑子糊涂了，否则直觉告诉他，那头鹿已经离他们不远了，凭着他们这么多人，猎人加上吉卜赛人，他们不可能错过它！不过，随着时间分分钟过去，他也越发焦躁不安。

天色越来越暗，他们安静地往前走着，支起耳朵，五感全开。一个窸窸窣窣的声音让他们突然停了下来。一只野鸡像一颗子弹一样从树枝上方飞过，惊恐地抖落几根红色的羽毛。让趁机快速地问道：

"在这么茂密的一个森林里追踪一头鹿，你不觉得好像大海捞针吗？"

托托什还没来得及回答，保罗已经插嘴了：

"不会，因为博雷尔已经把它赶回这片林子。"

"什么意思？"

"赶鹿。他已经找到了它的踪迹：印迹很清楚。不管怎么说，它都在这附近，因为到了晚上，它总会回到觅食的地方找吃的。所以我们才在走过林子之后往牧场方向走的。"

赶鹿，印迹，觅食！保罗，他的儿子，现在都在说些什么话啊！儿子的这份自信让他感到震惊，也忘了要保持安静的指示。

"那当我们找到它之后，要做什么呢？"

"嗯，什么都不做。我们要救它的命！"

这个想法如此疯狂，当工人的让恐怕自己是没有完全搞懂。是有什么魔法让整个村子的人都同意去救一头索洛涅土地上的雄鹿吗？在这一点上，那个推手推车的德德看上去要比其他所有人加在一起都靠谱啊！但是他没有时间多想，因为一阵凄凉的狩猎号角声打破了当前的宁静。托托什的脸一下白了。如果贝特朗已经开始给猎狗鼓劲了，这简直是一个坏得不能再坏的兆头了！

"该死！他们肯定是发现了它的线路！"

当他们快速穿过骑马小道时，落日的余晖还照亮着道路，他们及时地蹿进了树林里。路上有一个人骑马路过。保罗藏在树林边，突然跳了出去，冲到路中间，举起手来，拦住正在往前冲的人。

"老师！"

蒙泰纳·沙西涅克冒着栽跟头的风险，一拉缰绳，跳下马来，嘴里还喘着粗气。让急忙冲上前去把儿子抱了起来，正好跟她打了个照面。托托什已经抓起女老师的胳膊把她带到隐蔽的地方。他们急切地说了几句话。

卡拉代克刚才心里一阵害怕，现在正评估着这场行动的危险性。这些偷猎贼是在对抗谁呢？德德提到过玛蒂尔德的哥哥，托托什好像也很气他……那拉谢奈呢？他对这件事是怎么看的呢？这件事会怎样改变或恶化他的境遇呢？

保罗拉了拉他的袖子，指着那个差点把他撞翻的女骑士说道：

"那是我老师。"

"是吗，她也打猎？"

"是的！嗯，不是，不过她跟我们是一边的！"

"告诉我，是不是这里所有人都参加了你的这个行动？老师和狩猎监督官都参与进来了，对吗？"

"对啊！"

"孩子，我知道现在不是时候，但是伯爵一反常态地把我叫到这来，我本来应该在工地上再多待六周的，你知道是因为什么吗？"

"我知道一点点。"

"一点点？一点点是什么意思？"

"我不知道你会来，但是老伯爵把你叫来，我也不惊讶……爸爸，我跟你保证我会跟你解释清楚的，但是现在不行！那头鹿要是死了，就是我的责任，我会自责一辈子的，你明白吗？"

"不是很明白，但是既然你要我等，我就再等等。"

实际上，让·卡拉代克看到儿子并没有怨恨自己，心里大大松了口气。所以他还不知道事情真相是吗？老伯爵呢？

他已经等了五天，当然可以再多等几小时……

在离他们几步远的地方，蒙泰纳刚刚告诉托托什她离开捕猎队伍，是因为不想看到猎犬围住雄鹿的画面。为了迷惑猎犬，她和博雷尔已经把能用的方法都用上了，但是猎犬们一门心思扑在鹿身上，对其他的事情全不在意。现在，已经太晚了，但是没人能强迫她留在那里看它死去。

重新上马之后，她冲自己的学生抱歉地撇了撇嘴，然后策马离去。托托什难过地走到他们身旁。突然他像是被针扎到一样，一挺胸说道：

"贝拉，你快跑去通知你们部落的人，行动结束了！你们的人没有必要再掺和进来了，因为都结束了！我们现在知道鹿在哪里了，但是它已经被狗盯上了……快去吧！我们会争取跟他们会合的。"

"巡游者"改变了方向，突然停下来听四周的动静，它的鼻孔放大，喷出白色的雾气。远处猎狗在叫。它们在追踪它的痕迹。它深深地吸了一口泥土的芬芳，寻找着死水的酸臭味，又重新跑起来。随着它心里越来越慌，它也越跑越快。

它沿着松林跑着，想要跨过那条挡住去路的水流，却被系在一些木桩上头的带子拦了回去。它本能地躲得远远的，因为这个路障是人类设的。它想要找到一个出口跑到河的另一边去，却惊恐地听到狗叫声越来越大。整片森林都淹没在一片狂热之中，狗叫声仿佛是从四面八方传来，驱使着它往大沼泽地跑去的神经冲动这时也紊乱了。它跺着脚转了好几圈，没有继续往西跑，反而是重新返回树林，朝猎狗的方向径直冲去，它横冲直撞，穿过一片空地，两肋因为惊恐而上下起伏着。它呼出的不再是血管中流淌着的生机，而是撕破它胸膛的赤裸裸的疼痛。可它还是继续奔跑着，以惊人的身姿跳过一个个沟壑，角尖闪耀着落日的余晖。然后它又重新蹿进回窝的小径，在逼近的猎狗的刺激下，像无头苍蝇一样地乱跑着。一次、两次、三次，它变化着方向，时而向右，时而向左，徒劳地想把它们甩掉。紧随力不从心之后而来的是绝望。它的计策已经被识破，又被猎狗紧紧追着，它不能再重跑一遍原来的路线，也找不到一个鹿群来分散猎狗的注意力好甩掉它们。它只有自己。

第一只狗吼叫着跳了出来，紧接着乌压压一大群扯着嗓子吼叫、嘴里散发着恶臭的猎狗也出现了，恐怖的气氛笼罩了每一个角落。

雄鹿被困在一个斜坡和一个长满青苔的岩石之间，猎狗在它面前形成了一个半圆形的包围圈，挡住了它的去路，它在原地跺着脚，眼睛蒙上了一层惊恐之色。突然，它好像冷静了下来，把头正面冲向它们，巨大的鹿角在地面上划着，它的四肢虽然不停地颤抖，但牢牢地扎进地面。它准备好了，它要殊死搏斗。

猎狗已经开始缩小包围圈。它们几乎已经可以闻到血的味道，这让它们近乎疯狂。博雷尔和贝特朗从小径上走了出来，停在十几米远的地方，惊讶地看着雄鹿巨大的身躯，感受着它那显而易见的强大。博雷尔感到一股胆汁涌上喉咙，他已经用尽所有方法想让猎狗跟丢它，然而它们却没有上当。

他耸了耸肩，挣扎着不去看它。既然主人坚持要这么做……他抓起匕首递向主人，他的头垂得低低的，不想让主人看到他的愤怒，但是那人却驱使着马向后退了一步。

"动手吧，博雷尔，我把这个机会让给您。"

"老爷，我只是您的仆人，一个仆人是不能宰杀雄鹿的，更不要说还是这头……"

他在心里咒骂着贝特朗。这头无能的蠢驴居然不敢自己动手！他听到一声响动，随即便看到伯爵抓起了他的猎枪。他一开始都不敢相信自己的眼睛，因为这样的亵渎行径简直是不可思议！贝特朗稳稳地坐在马鞍上，把枪架在肩上，一副孬种的样子！

他愤怒到了极点，大声喊道：

"老爷！不要！"

但是那人眯起眼睛开始瞄准。一声震耳欲聋的枪声响起，"暴风"一仰头站立了起来，把背上的人摔到了地上。雄鹿颤抖了一阵之后，依然保持着站姿。虽然被摔得不轻，贝特朗还是站了起来，然后就发现博雷尔家的那个孩子正挥舞着一根棍子朝猎狗走去：

"后退！后退！追风！路西法！后退！"

猎狗们在这个小魔鬼面前四散开来，然后往后退去。雄鹿趁着包围圈打开的时机，立刻向树林逃去。博雷尔看着眼前的场景，一动没动，嘴角挂着一丝微笑。

贝特朗又惊又气，哇哇嚷道：

"谁开的枪？这个毛孩子？"

博雷尔摇头否认道：

"老爷，我什么都不知道，但是要说他手里这截木棍能当枪使，那是万万不可能的！您看，我觉得您要找的枪手在这儿……"

托托什从林中走出来，手里的枪还冒着烟。任何人，只要不是贵族，不是自以为能凌驾于法律之上的人，看到他那凶狠的表情都会心生恐惧。贝特朗破口大骂，直骂得唾沫横飞：

"浑蛋！我有权杀了你，你知道吗？我只要说自己是正当防卫，就可以被宣告无罪！"

托托什连看都不看他一眼，在朝保罗招手示意他跟上来之后，便转身离去。托托什的镇定显然激怒了贝特朗。疯狂之下，贝特朗举起了枪，这次不是一声枪响，而是一个暴击把贝特朗打倒在地。一个男人抢走了贝特朗的枪，然后只一下就把那枪用力地砸在一棵树干上。砸完之后，那个男人转过身来，一脸鄙视地看着贝特朗，贝特朗气得结结巴巴地说道：

"你是谁，该死！你知道我是谁吗？"

"我知道。相信我，我是个还魂的人。"

让朝躺在地上的人走去，把他拉起来，又给了他一拳。这个浑蛋居然敢冲他儿子开枪！让不得不拼命控制住自己才没用拳头把他打死。

贝特朗弯腰喘着粗气，直不起身来，感觉身子疼得要分成两半。他的视线虽然已经模糊，但还是看到博雷尔两手下垂站在一边。

"蠢货，快来帮我！"

博雷尔一点要动的意思也没有。他好像是在观察贝特朗的状态，然后冷冷地说道：

"不，老爷，一切都结束了，了结了。我不会再帮您。您可以继续发号施令，留着您的狩猎监督官的岗位，但是我不想干了，我辞职。"

说完，他吹了一声口哨，猎狗们立刻顺从地跑了过来，他没有再多看贝特朗一眼便驾着马离开了。

贝特朗等到他们都走了之后，才愤恨地吼道：

"该死的，是我解雇你！你还有你老婆都被解雇了！现在你们可以收拾行李了，因为一周之后，我再也不要在我的地盘上见到你们！"

他声嘶力竭地喊着，然而比起身上的疼痛，涌遍全身的羞辱感似乎更加残忍。

第二天，父子两人吃完饭之后便出发了。庄园里情况变得很糟糕。贝特朗怒气冲冲地回来，决定要报复每一个让他受辱的人。所有人都在等着他的疯狂报复。当天早晨，阿尔芒已经提醒过博雷尔让他躲远点。

这天天气很好，冷得有点刺骨。托托什说过，如果天气继续这么下去，圣诞节时一定会下雪。在纯净的空气之中，每一个声音都发出特别的回响，不论是他们走在干枯的荆棘上发出的咯吱咯吱的声音，还是荆棘丛中一只鸟儿拍动翅膀发出的簌簌声。

他们沿着小路走，保罗现在对这里的路熟悉的程度已经跟托托什差不多了。除了他遇到的那些倒霉事，让他与这片土地发生联系的是一种他还不知道该如何表达的对这片土地的深刻的领悟，只能说这种领悟一直流淌在他的血液之中。他永远也不会忘记索洛涅这片土地。

让还在整理着头绪。昨天在重逢之后，他和保罗还有塞莱斯蒂娜说了很多。博雷尔这时才发现孩子的真实身份。奇怪的是，他没有苛责他的老婆，他的反叛举动还有随之而来的后果让他还沉浸在震惊的情绪之中。塞莱斯蒂娜跟让讲述了伯爵的临终时刻，转达了伯爵在死之前想要见到他——玛蒂尔德的丈夫的愿望。这让他心情烦乱，隐隐地还有些失望。虽然他已经紧急回来了，安托万·德·拉谢奈还是在能够跟他说上话之前就死了。他想要说什么呢？想要寻求原谅？可是只有死去的玛蒂尔德才能原谅他。在经过舟车劳顿和追踪雄鹿的行动之后，这些真相的披露让他警醒起来，他决定把跟保罗的谈话推迟到第二天再说。现在，第二天已经到了……

保罗跑在前头，他加快脚步追了上去，看到他脸上熟悉的兴奋表情，让心中不禁软了下来。他好像又看到了玛蒂尔德在树林里大步走着，嘲笑自己一脸严肃的样子。过去的记忆突然让他的心情放松下来，他开始用口哨吹起《樱桃时节》来。在这片一切开始又结束的地方，他的丧妻之痛也可以以某种方式放下了。他明白，对保罗来说，了解他的外公是件多么重要的事情……

他们从森林中走出来之后，朝河岸走去。他们走过托托什的小船还有那座石桥，往原野走去。这次是让来带路了。在走了三四里地之后，他们走到了离火车站有一定距离的铁道上。然而，在见到铁轨之后，保罗的脸色阴沉了下来。他很快就要离开埃尔代涅回圣丹尼斯，回到他以前的生活去了，这让他感到难以接受。

他们沿着铁道走了有一百多米，然后让指着森林的边缘说道：

"我就是在这里第一次见到你妈妈的，就在那棵粗大的橡树附近。我当时正跟几个同事在建扳道岔……扳道岔是用来防止两个火车相撞的，是的，我就是在这里遇到了我的一生至爱。从见到她的第一眼，我就知道是她了。"

他们静静地看着这个地方。对保罗来说，许多事情依然是他所不知道的，但是他不再急着想去知道。这是让第一次如此轻松地提到玛蒂尔德。保罗蹦蹦跳跳地走着，他的父亲却迷失在过去的记忆之中，惨淡的天空下，他的脸上已经没有了怨恨。

在回去的路上，保罗发现了几个蘑菇，便摘了放进包里。

"这是可以吃的小伞菌……塞莱斯蒂娜见到一定会很开心的！"

看着他一脸郑重的样子，让忍不住笑出声来。不知道的还以为他是个乡巴佬呢！

"我看你现在真的变成了一个乡下人！不仅认识各种动物，现在对植物的名字也是张嘴就来！你的小伙伴们见到你这样都不知道该说什么好了吧！"

"我们必须回去吗？"

"你知道我们是要回去的。"

"我不想走。"

308

"好嘛！你不想再见到埃米尔和雅科了吗？"

"就算是这样……"

"不会是因为你喜欢的那个吉卜赛姑娘吧？"

"不许嘲笑我！总之你要是不同意的话，我们就会跑到一个树屋里藏起来，然后逃跑。"

让差点哆嗦了一下。他儿子不仅长大了，还发现了一个隐藏许久的秘密。从今往后不能再把他当小孩子来看了。

"儿子，不要生气。这世上没有比两个天造地设的人儿相遇再美好的事情了。我是过来人，但是你不能在十一岁的年纪就决定自己的未来……这是我的错，我应该早点告诉你这些的。可是……"

他犹豫了一下，想要找到合适的词语来解释他之前为什么一直沉默不说。保罗一脸痛苦地专心听着，他便又接着说了下去。

"总而言之，我想该来的还是来了。有些事情，就算很艰难，还是通过自己去知道的好。你看，如果我提前把一切都告诉你了，你也许会不相信你外公，也许永远不会遇上他。当时也该是你发现其他家人的时候了，至少是还在世的家人……"

"伯爵说他想要请求你的原谅，因为他伤害了你。"

"他并没有怎么伤害到我，他伤害到的主要是你的妈妈……"

他的儿子点了点头，然后突然想起了什么，抓起他的手说道：

"跟我来……我带你去看她的墓！"

小教堂里还留着最近那次葬礼的痕迹，弥漫着一股燃烧的蜡烛和枯萎的鲜花的味道。

从今往后，玛蒂尔德安息在她的双亲身旁了。

当他们开始默哀时，让感到了儿子的悲伤。他现在依然能感受到刚才在扳道岔附近那棵粗大的橡树下体验到的释然的感觉。十年前，塞莱斯蒂娜劝他把玛蒂尔德的遗体运回庄园，葬在她所热爱的土地上，他时常为没有一座坟墓来哀悼妻子而感到懊恼。现在，面对这座地下墓穴，他意识到这座冰冷凄凉的小教堂在他眼里什么都不是。他更看重的是回忆带给他的温暖。对保罗来说，事情是不一样的。他是玛蒂尔德的孩子，不管他愿不愿意，他都既是卡拉代克家的人也是拉谢奈家的人。

落日好像是特意在等他们，当他们从小教堂出来时，森林在落日的余晖下染上了一层红彤彤的金色。他们叹了口气，好像是从一个梦境中刚刚走出来。几只野鸡在灌木丛里愤怒地叫着，发出"咕咕咕"的声音。一群野鸭排成一个近乎完美的 V 字形，从天空高高飞过。生活照常继续。

远远地，他们看到一个骑马的女子回到马厩。

"好像是你老师。"

"是她。"

"啊……"

让笑了一下，然后压住心里的好奇，一耸肩膀说道：

"我们回去吗？"

"好的。"

当天下午，博雷尔和托托什在池塘边他们上次发生冲突的地方碰了面。他们希望在一个中立的地方好好谈谈，结果两个小时他们都在钓鱼，打发时间，几乎没说几句话。追踪雄鹿的行动好像把他们之间仇视了一辈子的敌意消弭了一大半，他们甚至觉得自己有点傻，能够被仇恨蒙蔽成那个样子。博雷尔昨晚思考着自己的人生，一夜没睡，马上就要丢掉饭碗这件事也让他开始重新考虑许多事情，比如那些无谓的怒火，还有对保罗的误解。

最后是托托什忍不住好奇，先开口了。塞莱斯蒂娜要离开，这让他比自己想象中还要难受。

"你们准备去哪里？"

"去罗莫朗坦，我弟弟那里。"

"进城！"

"对，进城！把这里的一切都抛开，我心里很不好受。"

他用手指着森林，波光粼粼的水面。眼前的景象美得让他想哭。他继续沉声说道：

"我没的选。伯爵已经开始寻找新的狩猎监督官了。那个蠢货在这里谁也不认识，没人会帮他。所以他只好联系了巴黎的一家用人中介！你能想象这种蠢事吗？一个有女佣伺候的狩猎监督官！"

"我自己都不能相信……我会想你的！你走了，还有谁来抓我呢？"

博雷尔哈哈大笑起来。

"不知道。我其实不想承认，但是你对我也是一样！我怎么也不会想到我会想念一个臭偷猎的！"

想到人生的不可思议，他们笑了起来，然后又愁云惨雾地沉默了。托托什想到了什么，突然站了起来。

"既然你要走了，我可以让你看看了……来，我们交换靴子。"

"靴子？你究竟要干什么？"

"因为我想把我的招数教给你。你看啊，这招在你被宪兵或者狩猎监督官追的时候特别有用。好好看着啊！"

他蹲下来，展示了一下倒转脚印的方法，博雷尔在一旁破口大骂道：

"该死的！你这个浑蛋！原来你每次都是这样骗到我的！而我这个傻子每次都被你骗！"

"我把靴子给你了。这样，你离开的时候就好像你回来了一样！你只要倒转脚印，每走一步都是在靠近这里。"

博雷尔嘴上骂骂咧咧，心里却暗暗感动。

"那我们就在老界石那里交换吧，那里正好在我们两家中间。这样我们就算告别了。现在回去吧。"

"一言为定。"

他们把钓上来的鱼分了，一共是两条大鲈鱼，三条梭鲈。接着他们便迈着沉重的步伐上路了。

天色已晚，当他们走到岔路口时，天空已经变成了墨色。托托什正要脱鞋时，一辆迎面而来的汽车的前照灯突然照亮了他们，有一瞬间他们还以为是被那个浑蛋拉谢奈抓住了呢。汽车在他们面前停了下来。开车的是个陌生人，那人在看到博雷尔的臂章后，冲他招呼道：

"热尔曼·博雷尔先生？狩猎监督官？"

"很快就不是了。"

"我一直在找您。"

那人从车里走了出来。他穿得像个在殡仪馆里工作的人，手里拿着一个袋子，另一只手在袋子里快速地翻找着什么。

"这是给您的。"

"给我的？"

"给您的。"

他递过来一张措辞十分官方的文件，不习惯跟政府打交道的博雷尔已经开始担心起最坏的结果。

"这是什么？"

"传唤通知。"

"因为什么？有人指控我偷猎吗？"

他转脸冲托托什眨了眨眼，指了指他的靴子。

"这简直是太过分了！"

"不，博雷尔先生，传唤您只是为了一件公证事宜。明天早晨我在通知上指定的地点等您。"

当汽车走远，他们又陷入一片漆黑之后，托托什放声大笑道：

"热尔曼，你还有好多事情没告诉我啊！我还以为你的教名是朱斯坦呢。热尔曼·博雷尔……"

在他身后，弗洛朗丝坐在床上像猫一样品着茶。见他透过镜子看着自己，她懒洋洋地叹了口气。

贝特朗仔细地系好领带。他选了一套最严肃的衣服，跟葬礼那天的穿着一样严肃。今天他要跟过去的轻率表现一刀两断，所有的这一切都属于过去，他已经翻开了新的一页，他觉得自己已经面目一新！

在他身后，弗洛朗丝坐在床上像猫一样品着茶。见他透过镜子看着自己，她懒洋洋地叹了口气。

"亲爱的，你这么早要去哪里？我们现在几乎见不到面，我都快无聊死了。"

"有件小事要处理……完事之后，如果你愿意的话，我们可以开车出去兜兜风。"

"我在巴黎有好多人要见呢！我觉得我已经有一个世纪没碰到有意思的人了。我在这里已经待烦了。"

"我们等等再说。亲爱的，我有很多重要的事情要办，还要管理家产。"

贝特朗站在大楼梯上，有些飘飘然，心中的不平抚慰了不少。一切都是他的了！所有的战利品，油画，父亲的瘤木桌子还有父亲的宝贝图书室，家具，塔楼，还有这庄园里的每一块砖都是他的了！

他心情很好，路过一幅油画时，他把它摆正了一下，并开始吹着口哨唱起《玛德隆》¹来。随后他又恢复常态，走进了大客厅，公证人应该正在那里等他。阿尔芒应该已经接待了公证人，因为他半小时前就听见了铃响。他故意拖延了一下，想要体验一下刚刚得到的权力。

当他看到客厅里有一群盛装打扮的人正冲着一个西装革履的人站着时，他还以为自己眼花了。除了博雷尔和用人们，他还吃惊地看到那个娶了他妹妹，昨天还把自己狠狠地打了一顿的家伙，那个留着小胡子的吉卜赛人，那个骂过他的女孩……就连他父亲喜爱的那个孩子也在！

"我能知道这些人到我家里来做什么吗？"

"是我把他们召集过来的。"

公证人身子极小幅度地往前倾了倾，算是跟他打了招呼，然后不紧不慢地开始了显然是经过悉心准备的一段演讲。

"拉谢奈先生，我们就等您了。您请坐，听我宣读遗嘱……"

他占用了一张平时用来备酒的桌子，话音一落，便拿起一个公文包，从里面取出一张手写的纸来。贝特朗一屁股坐在一把安乐椅上，躲在众人后面。他完全惊呆了，吃力地听着那个古怪的公证人的话：

"这份遗嘱上有明确日期和签名，立遗嘱人精神完全正常，这一点是我在抵达现场之后亲眼所见的……"

他戴上圆框眼镜，清了好几下嗓子。

"本人菲利普·路易·安托万·拉谢奈宣布此文件为本人遗嘱，撤

---
1 法国一战期间的流行歌曲。

销以前的所有安排。本人把以下财产遗赠给以下人员……"

读到这里，作为一个经验丰富的公证人，他故意停顿了一下，确保每一个人都在听。死者的儿子看上去脸色苍白得吓人，其他人则直直地看着自己。

"以约瑟夫·韦斯为首的吉卜赛人可以无限期使用领地范围内的土地，维洛特的溪水，还有博代树林的道路，面积共计约为两公顷。"

约瑟夫摇晃了一下，没敢让公证人再具体解释一下，但是贝拉趴到他耳边小声说了几句话，看上去像是把他给吓傻了。公证人又接着念道：

"热尔曼·博雷尔及其妻子塞莱斯蒂娜，将拥有其住所、菜地还有附属花园的完整产权。"

博雷尔激动地攥紧了老婆的手。他的脸已经变成了砖红色，所有人，包括他自己，有一瞬间都觉得他要晕倒了。塞莱斯蒂娜悄悄地用手帕擤鼻子，不想让旁人看见自己的眼泪。

"阿尔芒·勒梅西埃及其妻子玛德莱娜在配楼里享有同等待遇……"

随着他听懂每句话的含义，贝特朗慢慢地回过神来。赠予……这只是一些赠予，虽然有些损害他的利益，但还不至于无法挽回。不过，虽然他这么想着，内心深处还是生出一阵可怕的恐惧感来。他努力挺直腰杆，装出一副无所谓的样子。现在该轮到他的部分了。

"至于本人的儿子，考虑到他已经抵押了部分家族财产，本人把可以助他自食其力的部分遗赠给他……"

公证人邪恶地停了下来，不管他是不是真的邪恶，反正贝特朗是这么想的，在公证人短暂的停顿时间里，他无法听出这些该死的晦涩文字到底想说什么。

"本人在奥尔良市福布尔－巴尼耶街的食醋作坊的所有权，及其附属住所。"

"可是，公证人……剩下的呢？"

他必须说话，说明这些只不过是一场误会，他的坏名声，还有他跟父亲之间的愚蠢争吵，全都是误会，他不能就这么屈服于这场荒谬的闹剧。公证人看着他的眼神很奇怪，近乎是在嘲笑。

"剩下的？"

"是啊，您是聋了吗？剩下的呢？"

"我没聋……还有一匹叫阿莱让的马归一位叫作蒙泰纳·沙西涅克的小姐所有。"

剩下的话全变成了嗡嗡嗡的声音，因为不配做安托万·德·拉谢奈伯爵继承人的贝特朗·德·拉谢奈刚刚昏了过去。

托托什像股龙卷风一样冲进拉博利奥客栈，气喘吁吁得连话都说不清楚……

"你们还不知道吧？真是活见鬼了！"

吧台上，除了吕吕之外，所有的常客，德德、昂塞尔姆、普瓦尼的罗歇、三个宪兵还有刚刚送完信的邮递员，都凑了过来。上气不接下气的托托什吐了一口痰，说道：

"嗯，那个孩子，小保罗，被指定成为所有财产的受馈赠人，或者之类的。他爸爸，从阿尔及利亚直接赶回来的那个，成了遗嘱执行人！总之呢，就是那个孩子继承了领地还有庄园！森林，雄鹿都得救了！"

众人一片欢呼。

德德一字不差地听完了这个好消息，跳起了庆祝胜利的布雷舞。吕西安一把抓过托托什，把他紧紧地抱在怀里，那几个不明就里的宪兵也不甘示弱地冲上去抱了起来。他们昨天因为害怕报复有多难过，今天就有多开心。吕西安突然举起手来，一脸困惑地说道：

"大家静一静！有件事不对劲啊。为什么那个巴黎孩子能继承伯爵的家产呢？"

"我让你猜一百次一千次你也猜不出来。"

托托什坏笑着，好像突然变得吞吞吐吐起来。

"告诉你个中缘由，至少得值一杯好酒啊！"

"你不是在耍我吧？"

"我保证！"

吕西安废话不多说，立刻给他满了一杯。托托什一抬胳膊把酒一饮而尽，然后满意地咂着舌头说道：

"保罗原来是伯爵的外孙，是那个死在巴黎的玛蒂尔德的儿子。"

"这我可真是没想到！所以，如果我没听错的话，他就成了伯爵的继承人。"

"没错，完全正确！"

"那这样的话……来啊，这轮该我请了！"

其他人难以置信地面面相觑。强迫吕西安请客是一回事，但是他自己主动请客，这可是破天荒头一回！客栈老板小气的名声可是臭名远扬，现在他居然请客了！

托托什发出了雷鸣般的笑声。

"他妈的！吕西安请客，这可是自从他老婆死了之后的头一回……"

就在拉博利奥里的常客们举杯相庆之时，贝特朗在弗洛朗丝的搀扶下走出了庄园。

贝特朗·德·拉谢奈已经没了之前的神气，更可怜的是，他好像突然间老了二十岁。阿尔芒跟在他后面，把手里拎着的两个箱子放进瓦赞汽车的后备厢里。

"等一下！"

保罗突然出现在庄园的门口。应该是听到了他们的动静。照公证人的说法，那个保罗·卡拉代克，是他的外甥……看见用人们都站在保罗身后，他不禁浑身一个激灵。他努力地让自己说话的声音不要颤抖，也不要喊出来：

"还想干什么？"

他用尽最后一点力气让自己的语气强硬起来。这里的所有人都见证了他的失败……

"贝特朗舅舅，您可以回来看我们。这片领地现在对所有人开放。"

这个可恶的小孩甚至都不是在嘲笑他，可是小孩的这种好心的真诚比辱骂他更让他觉得难堪。贝特朗转过身去，没有回话。他已经没有力气了。他关上车门，一踩油门把车发动起来，这让他生出一点微不足道的满足感，在这种时刻，这也是他所仅剩的一点满足感。他必须把他的耻辱甩得越远越好。他忍不住冷笑了一声。人真的能甩掉自己的耻辱吗?！

弗洛朗丝从旁边伸过手来想要安慰他。他冷冰冰地命令道：

"现在不要烦我，我开着车呢！"

她咬紧嘴唇，心里虽然恼怒但没再坚持。

后视镜里，站在高大的石墙前面的孩子身影越来越小，最后在道路转弯处消失不见。

贝特朗仍在加速，从速度中寻找着快感，想要抹掉自己的屈辱。

接下来的事情发生得如此之快，以至于后来当他想要搞清楚事情的来龙去脉时，只能想起几个支离破碎的片段。巨大的雄鹿突然从右边的矮树林里全速冲出来。就在相撞无法避免的时候，那动物猛地一跳，刚好越过了汽车的引擎盖，落到了另一边的地上。就在贝特朗猛转方向盘，撞到一棵树上之时，它消失在了荆棘丛中。当贝特朗再抬起头时，他看到了一棵巨大的橡树，那是正义的象征。

他听到一声压抑的抽泣声，突然担心起弗洛朗丝的安危来，但是她的座位是空的。他木然地寻找着她，听到一声关门的声音。他的未婚妻正怒气冲冲地迈着大步一边走远一边喊着："到此为止！"

风挡玻璃碎了，引擎盖变形了，绝望的贝特朗·德·拉谢奈把头埋在方向盘上大哭起来。

尾声

托托什蹲在雪地里，眯着眼睛仔细观察着地面。狩猎监督官的制服让他看上去有点肩高脖子短，那制服对他来说太新了，肩膀上写着"法"字的金黄色徽章闪闪发亮。

他踩碎了一个掺着雪的泥土块，想要判断一下地面情况，但是地上的脚印已经证明了一切。洋姜田已经被彻底糟蹋了，地上这一块那一块都是被咬了一半的块茎。他气愤地冲其他人喊道：

"有整整一群来过。十五头两三岁的公野猪，三头母野猪，还有一头四岁的大野猪。"

博雷尔蹲下来亲自看，伸出拇指和食指量了一下野猪脚趾之间的距离。

"你看得不错。这头野猪确实有四岁了。"

保罗一脸老成地表示了赞同，有人要是看到他那严肃的样子一定会觉得好笑，尤其他还是孩子，但是这孩子值得受人尊敬，而这绝不仅仅是因为他的身份。

"这是一头很肥的公野猪，至少得有一百三十公斤！"

两个狩猎监督官纷纷表示赞同，对他的鉴定结果感到满意。

"看来我教你的你都记住了！"

"喂，托托什先生，教他的不止你一个人啊！"

托托什和博雷尔现在都为同一个目标服务，两人之间过去存在的敌意已经缓和了不少，但是在教育孩子这个问题上除外。托托什没好气地反驳道：

"我可没这么说啊！"

"你表面上没这么说，但是你的意思就是这个意思。"

"该死的，我当然可以有这个意思，是谁第一个教他的？"

"那我们就好好说说吧，你教他还不是为了恶心我！"

让开口说话了，不然两人可以吵到夜里去。

"所以是野猪干的好事？"

博雷尔抓住这个机会想要重新占个上风。在动物侵犯田地这件事情上，还是他说了算。

"如果让它们这么继续下去的话，会把庄稼都糟蹋了的。明天，它们就会跑到葡萄园里去。"

托托什用嘲笑的口吻对保罗说道：

"保罗老爷，我推荐进行一次驱赶行动。"

保罗没有想到自己要做决定。他谨慎地说道：

"好吧。我们明天早晨行动。"

博雷尔也加入了托托什的游戏，说道：

"保罗老爷，明天几点开始呢？"

"嗯……九点？"

"老板对我们还真是苛刻啊！"

"九点，你还嫌这苛刻？要我说这时间最好不过了，尤其是如果我们要把所有的野猪都赶走的话。"

"所有的？你确定？"

"当然！尤其是老板还要回学校呢！等他回到伟大的首都去，这件
事会给他留下深刻的记忆！"

第二天所有人都到了，博雷尔一家，托托什，蒙泰纳，约瑟夫和贝
拉，德德还有五十多个猎手和负责赶猎物的帮手，其中有些人还牵着把
链子抻得老远的猎狗。

洁白无瑕的雪给田野盖上了一层被子，虽然天色阴沉，天气寒冷，
众人都是兴高采烈。在经历了那么多事情之后，大家自从那次了不起的
驱赶行动结束之后就再也没有打猎了。

博雷尔走上前去，朝站在台阶上的保罗说道：

"保罗老爷，我可以开始了吗？"

"可以，可以……博雷尔。"

保罗还是不习惯担当主人的这个角色。突然间，大家开始用"老爷"
来称呼他，就算是开玩笑，这也让他感到尴尬。当他回学校拿自己的东
西时，帕什沃的小团体跟他保持着距离。没人再叫他"牛脑袋"了。他
以为至少会有人瞪他或者嘟囔着骂他，结果所有人都带着一种诚惶诚恐
的敬意，仰视着他。然而他早就已经下定决心什么都不会改变，希望大
家还像原来一样对待他，而不是因为头衔所赋予的，他也并不想要的
表面权力而对他另眼相看。

他强迫自己听博雷尔继续说下去：

"托托什已经把一群野猪赶到了树林里。我们现在要把它们赶到领
地外面去，要是我们能打中几只……圣诞节就有猪腿肉吃了，这样大家
都开心！"

猎人们一片欢呼和鼓掌。自从博雷尔有了托托什这个朋友之后，大

322

家都快认不出他来了。他的臭脾气大大地好转，而且如果他还会大呼小叫的话，那也是出于好意而不是像过去一样只为发泄自己没完没了的坏情绪。另外，他也没有以前那么拘泥于规章制度了，也许是托托什影响了他，也许是因为他知道将来保罗成年后便会自己管理领地……在这个权力交接之前，他们这些领地上的男人要负责打理好一切事务，这种责任也是对他的能力的一种认可。当然，当他看到那孩子并没有因为自己之前的恶劣态度而苛责他，他的心里也是松了一口气。当保罗宣布要发生的改变时，他们笨嘴笨舌地把之前的误会都说清了。

他最后把发言权让给他的副手，结束了自己的演讲。

"你们其他人安静一点！托托什先生要下达一些指令！"

托托什表情严肃，神色骄傲地走上前去。这是他被任命为狩猎监督官之后组织的第一次狩猎行动，绝对不能搞砸了。

当他开始说话时，他觉得自己的声音异常尖细。

"我在贝勒罗什发现了新鲜的野猪脚印，它们没有再出来。负责追赶猎物的人从马尼埃路开始往前推进……"

他话说得有点直接，但是别的话他什么也没想起来。演讲这种事他还是留给别人去做吧。

保罗努力听着，突然感到背后一阵冰冷。贝拉刚刚往他脖子上放了一个雪球。他忍住要喊出来的冲动，脸上保持着镇定。贝拉是唯一一个没有把他当成拉谢奈伯爵继承人的人，而他就喜欢这种坚持。

托托什现在信心满满地说道：

"就眼下这风向，野猪肯定会直接往索德尔方向跑。我们会在那边布置第一批射手。博雷尔负责带队。第二批去兔子林那边等着。吕奥，你知道那个地方吧？你带三个人去那边，务必在橡树那边给我埋伏一个人。我们这次要搞出动静来，所以你们不用担心：吹起你们的号角，吹起来，好让我们知道发生了什么！不过，只可以打野猪。好了，上路！"

众人吵吵闹闹地表示赞同，急于出发，只有塞莱斯蒂娜转身回到厨房帮助玛德莱娜做饭，等待猎人们的归来。这将是足足有五十多人的一顿饭……她们已经预先备好了足够一个团的人吃的小母鸡和炖菜、圆面包，还有用秋天剩下的李子做的十几个奶油水果馅饼。

塞莱斯蒂娜用眼睛寻找着保罗。他正跑着，贝拉在后面追着。这个姑娘简直跟她的猴子一样敏捷！她一个纵身便大笑着把保罗推到了一个雪堆上。塞莱斯蒂娜心里一阵担忧，但又立刻驱散了这种情绪。何必自寻烦恼呢？事情该怎么发展就会怎么发展，尤其是如果旁人不从中阻挠的话。

保罗被压在雪地上，连反抗的意思都没有。他知道他越镇定，越能激怒贝拉。贝拉骑在他身上，手里挥舞着一个雪球，见他不反抗，她选择了另外一种进攻角度。

"说，你打算什么时候娶我呢？"

"我们这个年纪还不能结婚。"

"按我们吉卜赛人的规矩就可以。你不想娶我？"

"我跟你说了，我还太小了。"

"那就算了吧，我会找别人当老公的！"

威胁完，她便把雪球砸在了他的脸上，然后一下子跳起来跑远了。

"别磨蹭了，白猴子们都在等他们的小伯爵带领他们去驱赶野猪呢！"

"贝拉，等等！我一点也不在乎打猎！我不想要你找别人做你的未婚夫！"

她心花怒放，停下了脚步，冲他露出了最美的笑容。

猎人们分散成一个个小组在田野里前进着。有时可以听到树枝断裂的声音，或者一声被迅速压下去的狗叫声，有时可以听到一只鸟拍打着翅膀飞起来，声音转瞬即逝，然后一切又归于宁静。雪好像把这世上的声响全都吞进了肚里。

让和蒙泰纳两人离得越来越远，他们也许是故意这么做的，一个是因为对狩猎实在没什么兴趣，另一个是因为每次相遇，哪怕只是最短暂的见面，她的心都会怦怦地跳。说实在的，他们没有多少相遇的机会。过去的两周，时间快得好像龙卷风一样刮过。

让身上有些东西让她很喜欢。她想这肯定是保罗的原因，连带喜欢的他，想到这里她的脸不禁红了。不要再自欺欺人了，那孩子跟自己喜欢他父亲一点关系都没有！

让好像是窥探到了她的一部分想法似的，碰了碰她的胳臂，引起她的注意，小声对她说道：

"您觉得我们可以聊天吗？"

"如果我们不大喊大叫的话，我觉得没问题。更何况我们走在后面。"

她扑哧一下笑出声来，脸更红了。他肯定要把她当成一个傻傻的村姑了。如果她更了解他的话，她也许会猜到他正在努力地让自己不要说错话。让·卡拉代克对身边的这个人印象颇好，而这不仅仅是因为她有学识。

"我想要告诉您我们很快就要回巴黎了。"

"这么快？"

"我儿子还太小，不能管理埃尔代涅，而我什么也不懂。博雷尔和托托什会做得很好的，在此期间……"

"在此期间什么？"

"我可以考虑得更清楚一些……这片领地应该属于大家，它不应该是专属于一个人的遗产。"

她盯着他看，嘴巴微微地半开着，他克制着想要触碰她的冲动。

"我的意思是……这里不仅仅是保罗的领地。它还属于生活在它上面的动物和人们。您理解吗？"

"当然。只是我一点也不习惯听到这样的说法。"

"我呢，我得习惯自己的儿子是个贵族的事实。"

他笑出声来，这次是她不得不压制自己想要靠近他的冲动。她还没来得及想明白自己话中的意味，那话已经脱口而出：

"您得给我留个地址。"

"地址？"

"对，我好……我好给您写信。"

脸颊红透的她更加美丽。

"您想在信里跟我说什么？"

她犹豫了一下，突然坚定地看着他说道：

"让您快点回来。"

她想要改口，但是他的目光阻止了她，他的眼睛闪着亮光，温柔地看着她。他伸出手摸了摸她的头发，然后笑了。

猎人们的包围圈在树林边收紧，昨天晚上托托什已经把野猪赶回了这片林子里。突然，猎狗们冲了出去，围着一片巨大茂密的荆棘丛低吼

326

狂叫着，野猪们正藏在里面。

野猪这边被猎狗围着，那边又被人类构成的死亡曲线拦住了去路，在震耳欲聋的铃声和叫喊声的催促下，它们开始在树林间快速逃窜起来。枪声撕开天空，不时从这里那里响起，两只野猪被子弹打中，倒在了地上。

猎人们的队伍没有停下，也没有放慢脚步继续前进着。严寒也没能阻挡这种无情冲锋的热忱，猎人们前进着，为野猪已经成了囊中物而感到兴奋。突然，他们听到了驻守在河边的德德的号角声。他负责的是在看到野猪路过，或者是从林中出来并跨过已经上冻的界河时，向大家发出信号。为了确保大家都听见，他又吹响了第二次号角。

在遥远的雪原上，高大的"巡游者"听见了人类的号角声。好像是为了回应一般，它发出一声长长的嘶哑的叫声，那声音在冬日寂静的天空中盘旋而上。

著作权合同登记号：图字 18-2018-051

图书在版编目（CIP）数据

生命的课堂 /（法）尼古拉斯·瓦尼耶著；王猛译
. — 长沙：湖南文艺出版社，2020.1
 ISBN 978-7-5404-8705-8

Ⅰ.①生⋯ Ⅱ.①尼⋯ ②王⋯ Ⅲ.①长篇小说—法国—现代 Ⅳ.① I565.45

中国版本图书馆 CIP 数据核字（2018）第 091956 号

上架建议：畅销·外国文学

SHENGMING DE KETANG
生命的课堂

著　　者：[法]尼古拉斯·瓦尼耶（Nicolas Vanier）
译　　者：王　猛
出 版 人：曾赛丰
责任编辑：薛　健　刘诗哲
监　　制：蔡明菲　邢越超
策划编辑：马冬冬
特约编辑：汪　璐　李乐娟
版权支持：辛　艳
营销支持：周　茜　傅婷婷　文刀刀
版式设计：潘雪琴
封面设计：棱角视觉
内文排版：百朗文化
出　　版：湖南文艺出版社
　　　　　（长沙市雨花区东二环一段 508 号　邮编：410014）
网　　址：www.hnwy.net
印　　刷：三河市百盛印装有限公司
经　　销：新华书店
开　　本：875mm×1270mm　1/32
字　　数：260 千字
印　　张：10.5
版　　次：2020 年 1 月第 1 版
印　　次：2020 年 1 月第 1 次印刷
书　　号：ISBN 978-7-5404-8705-8
定　　价：45.00 元

若有质量问题，请致电质量监督电话：010-59096394
团购电话：010-59320018